Veröffentlicht von
DREAMSPINNER PRESS

5032 Capital Circle SW, Suite 2, PMB# 279, Tallahassee, FL 32305-7886 USA
www.dreamspinnerpress.com

Der Wind in den Zäunen
Urheberrecht der deutschen Ausgabe © 2018 Dreamspinner Press.
Originaltitel: Tender Mercies
Urheberrecht © 2017 Eli Easton.
Original Erstausgabe. Oktober 2017
Übersetzt von Jutta Grobleben.

Umschlagillustration
© 2017 Brooke Albrecht.
http://brookealbrechtstudio.com
Die Illustrationen auf dem Einband bzw. Titelseite werden nur für darstellerische Zwecke genutzt. Jede abgebildete Person ist ein Model.

Deutsche ISBN. 978-1-64080-807-2
Deutsche eBook Ausgabe. 978-1-64080-806-5
Deutsche Erstausgabe. Mai 2018
v 1.0

Gedruckt in den Vereinigten Staaten von Amerika.

DER WIND
IN DEN
ZÄUNEN

ELI EASTON

Dieses Buch ist den mehr als sieben Jahren gewidmet, die Bob und ich auf unserer Farm in Lancaster County, PA verbracht haben, und all den Tieren, mit denen wir dort gesegnet waren – besonders dem kleinen Schwein Watson, das sich auf unser Land verirrt hat.

DANKSAGUNG

VIELEN DANK an meine Betas Nico und Veronica für ihre tollen Vorschläge und ihre Hilfe, diese Geschichte zu verbessern. Außerdem vielen Dank an Dreamspinner Press, Elizabeth und Tricia für ihre Unterstützung und meiner Freundin Jamie, meiner kritischen Stimme via Skype.

I.
DIE ANFÄNGE DER FARM

Kann ein Traum so mächtig sein, dass er, auch wenn man den Glauben an ihn verliert, den Glauben an sich selbst nicht verliert?

1

DAS IST sowohl der beste, als auch der schlimmste Tag meines Lebens, dachte Eddie Graber, als er in die lange Auffahrt der Meadow Lake Farm einbog. Der Kaufvertrag für die zehn Hektar große Farm lag auf dem Rücksitz des Pick-ups und die Hausschlüssel waren in seiner Manteltasche. Dies war seit Jahren sein Traum – ein eigenes Haus zu besitzen, wo er einen Gnadenhof aufbauen konnte. Heute sollte ein Freudentag sein. Nur dass die Person, die neben ihm saß, nicht Alex war, mit dem er sechs Jahre zusammen gewesen war, sondern Devin, sein bester Freund. Und diese Kleinigkeit bedrohte alles.

„Oh. Mein. Gott", rief Devin aus, als sie die Auffahrt hinauffuhren. „Sieh dir das an, Eddie, das ist *verrückt*! Ich kann nicht glauben, dass du das hier gekauft hast."

„Ja", stimmte Eddie zu und lächelte trotz seiner Sorgen.

Er hatte drei Jahre lang im Internet Farmen in Pennsylvania angeschaut. Das war immer ein entfernter Traum gewesen, so wie andere von einem Ferrari oder Jaguar träumen. Dann war diese Farm auf dem Markt aufgetaucht und er hatte gewusst, dass er handeln musste.

Es ist so weit, hatte die Stimme in seinem Kopf versichert. *Das ist das Richtige. Das ist dein Gnadenhof.*

Er hatte das gesamte kleine Erbe von seinen Großeltern für die Anzahlung verwendet und eine enorme Hypothek aufgenommen.

An dieser Farm stimmte alles. Sie befand sich nicht weit außerhalb der Stadt, aber das Haus und die Scheune lagen abseits der Straße und waren von Feldern, die zur Farm gehörten, umgeben, deshalb hatte man das Gefühl, man befände sich mitten im Nirgendwo und es gäbe keine Nachbarn, die einen stören konnten. Das Farmhaus im Kolonialstil hatte sechs Schlafzimmer, war aus Feldsteinen gebaut und erstklassig renoviert. Ein wenig abseits lag ein kleiner Teich, perfekt für Wasservögel und wunderbar idyllisch. Die riesige alte Bank-Scheune war in gutem Zustand und hatte auf beiden Ebenen viel Platz für die Tiere. Es gab eine vier Hektar große eingezäunte Weide und auf dem übrigen Land war genug Platz für einen Gemüsegarten, Zwinger, ein Besucherzentrum, Parkplätze und was auch immer Eddie irgendwann wollen oder brauchen könnte.

Aber hauptsächlich war das Grundstück magisch, friedlich und wunderschön. Es war voller stattlicher alter Eichen, Weiden, Pinien, Obstbäumen und Beerenbüschen, wie eine liebevolle, immergrüne Oase. Es war schöner, als er zu hoffen gewagt hatte. Es fühlte sich an wie … ein besonderer Ort.

Es gab nur ein kleines Problem. Eddie hatte keine Ahnung, wie er die Hypothek bezahlen sollte, nachdem Alex ihn im allerletzten Moment im Stich gelassen hatte.

„Es ist so wunderschön. Wirklich", murmelte Devin, als Eddie vor dem Haus parkte. Er drehte sich zu Eddie und drückte dessen Schulter. „Ich kann verstehen, warum du es dir unter den Nagel reißen musstest, bevor jemand anderer es tat."

Eddie lächelte schwach. „Das stimmt. Aber darf ich zugeben, dass ich im Moment ein wenig Angst habe?"

Devin schmollte mitleidig. „Das ginge mir auch so. Aber du schaffst das schon."

Devin sah immer das Positive. Das war einer der Gründe, die Eddie vor sechs Jahren angezogen hatten, als Devin neu in der Grafikabteilung von HarperCollins gewesen war, wo Eddie als Lektor arbeitete. Aber obwohl sie beide schwul waren und Devin mit seinem dunklen stacheligen Haar, seinen grün-braunen Augen und seinem kleinen Mund hübsch anzusehen war, hatte es nie auch nur einen Anflug von sexueller Spannung zwischen ihnen gegeben.

Eddie holte tief Luft. „Sicher. Ich komme schon klar. Na los. Ich führe dich herum."

Er schloss zuerst das Haus auf, dann holte er ihre Taschen. Die Kisten beließ er vorerst auf dem Truck. Sie gingen durch das Haus und ihre Schritte und Stimmen hallten in den leeren Räumen wider.

„Diese beiden Räume gehören zu dem ursprünglichen Farmhaus." Die vorderen Räume hatten hohe Decken, dunkle Holzfußböden und einen Kamin an der Wand. „Es wurde später noch zweimal erweitert."

„Oh mein Gott!", rief Devin erneut aus, als sie das Esszimmer mit seiner sechs Meter hohen Decke und den Doppeltüren, die zum Teich zeigten, betraten. „Das ist atemberaubend!"

Stolz erfüllte Eddie. „Ja, nicht wahr? Ich dachte, diesen Raum könnten wir für Präsentationen nutzen. Komm weiter. Zur Küche geht es hier entlang."

In der Küche war Devin ebenso enthusiastisch. „Ich will auf der Stelle eine Party schmeißen. Zum Beispiel morgen."

„Ich weiß, dass es für mich allein zu groß ist, aber sobald alles läuft, werden wir hier vielleicht Veranstaltungen abhalten."

„Ein doppelter Backofen. Nett." Devin öffnete eine der kleinen Ofentüren. „Oh Gott, Eddie." Er schüttelte ungläubig den Kopf. „Das ist einfach zu viel. Ich habe ein wenig Angst *um* dich, wenn ich das so sagen darf."

„Es war ein wirklich guter Deal", sagte Eddie abwehrend. Das entsprach der Wahrheit, dennoch war er nervös und Angst beschmutzte diesen wundervollen Tag.

Die Farm *war* zu viel für ihn. Sie war auch zu viel für Alex und ihn zusammen, aber er hatte gedacht, dass sie hineinwachsen würden. Sobald die Farm lief, würde es freiwillige Helfer, viele Gäste, vegane Essen und Veranstaltungen geben. Da würden sie den Platz brauchen.

3

Aber würde das jetzt überhaupt passieren? Der Gedanke war überwältigend. Was Alex getan hatte, hatte ihm den Boden unter den Füßen weggezogen.

VOR GERADE einmal zwei Wochen, nachdem der Kauf des Grundstücks verifiziert worden war, war Eddie nach Hause gekommen und hatte Alex in ihrem kleinen Appartement in Greenwich Village vorgefunden. Er hatte in der Mitte des Wohnzimmers gestanden, mit einem gequälten Ausdruck auf seinem gut aussehenden Gesicht und einer großen, gepackten Tasche zu seinen Füßen.

„Es tut mir leid", hatte Alex zu ihm gesagt. „Ich wünsche dir alles Glück der Welt, Eddie, aber diese Sache ist einfach nicht das Richtige für mich. Ich habe mir schon seit einer Weile Gedanken über unsere Beziehung gemacht und ich glaube, jetzt ist der richtige Zeitpunkt, um einen Schnitt zu machen. Ich ziehe fürs Erste zu Bill und Chris. Ich habe meine Sachen bereits ausgeräumt."

Eddie war wie vom Donner gerührt. Nicht verletzt, noch nicht. Dieses Gefühl war später gekommen. „Ist das dein Ernst? *Jetzt* verlässt du mich? Vielleicht hättest du mich davon unterrichten können, bevor ich eine sechshunderttausend Dollar-Hypothek aufgenommen habe!"

Wenigstens sah Alex beschämt aus. „Es tut mir leid. Aber du wolltest die Farm so sehr, Eddie. Und ich wusste, dass du es ohne mich nicht über dich gebracht hättest. So hast du wenigstens bekommen, was du wolltest. Du wirst die Farm zum Erfolg führen. Ich kenne dich."

„Aber du hast auch unterschrieben!"

„Das ist schon in Ordnung. Ich weiß, dass du anständig bist. Wir können meinen Namen später aus den Unterlagen streichen lassen."

Trotz Alex' Versicherung hatte seine Flucht den Anschein einer Ratte, die ein sinkendes Schiff verließ. Als würde er glauben, dass alles den Bach runtergehen würde und er nicht dabei sein wollte, wenn es passierte.

Wieso war Eddie nicht aufgefallen, wie halbherzig Alex bei der Sache gewesen war?

Es traf zu, dass ihre Beziehung seit einer Weile nur noch auf Sparflamme gelaufen war. Aber der Umzug aufs Land hätte das alles ändern sollen. Und was ebenfalls zutraf, der Gnadenhof war Eddies Traum gewesen. Doch Alex hatte sich auch darauf gefreut, auf dem Land zu leben. Er hatte mit seinem Boss vereinbart, dass er von montags bis mittwochs in New York sein und den Rest der Woche von der Farm aus arbeiten würde. Es war nicht seine Bestimmung, eine Tierrettung zu führen, aber er war *froh* gewesen, Eddies Vision zu unterstützen. Das hatte er zumindest gesagt.

Klar. Davon konnte Eddie sich allerdings nichts kaufen.

Eddie hatte an diesem Tag nicht nur seinen Partner verloren, mit dem er sechs Jahre zusammen gewesen war. Er hatte die Hälfte des Einkommens in seinem Budget verloren. Und Alex war Buchhalter, deshalb hatte Eddie sich darauf verlassen, dass er sich um die finanziellen Angelegenheiten kümmern würde.

Du warst der Stärkere von uns, Alex. Derjenige mit dem Plan. Ich war der Träumer. Wer wird mich jetzt unterstützen?

Vor Jahren hatte Eddie eine Wahrsagerin aufgesucht, die seine Kollegen ihm empfohlen hatten. Sie hatte Eddie gesagt, dass sein Geist gespalten war. Er hatte eine sehr spirituelle Seite und eine ebenso starke praktische Seite. Diese beiden Seiten bekämpften einander und waren der Grund dafür, dass er sich innerlich zerrissen fühlte. Zum Glück würde er jemanden finden, der sehr bodenständig war und das würde ihm helfen, seine Vision wahr werden zu lassen.

Das hatte er tatsächlich geglaubt. Und er hatte geglaubt, Alex wäre diese bodenständige Person. Aber … nein. Anscheinend hatte er unrecht gehabt.

Oder vielleicht war die Wahrsagerin, genau wie Alex, nur ebenso zuverlässig wie die meisten Träume – sie lösten sich im kalten Licht des Tages in Luft auf.

UM DREI Uhr nachmittags an Eddies erstem Tag auf der Farm, fuhr ein Truck mit einem Viehanhänger vor der Scheune vor. Der Fahrer hatte Eddie eine Nachricht geschickt, deshalb wartete dieser mit Devin vor dem Haus. Eddie stieß das große Viehgatter neben der Scheune auf – *mein Gatter, meine Scheune* – damit der Fahrer auf die Weide fahren konnte – *meine Kühe*. Heilige Scheiße. Es war schwer zu glauben, dass es wirklich passieren würde. Aber der Anhänger war sehr real, als er über das Gras holperte. Gleich würde er eigene *Kühe* haben.

„Ich warte hier", meinte Devin nervös. Er kletterte über den Zaun an der Scheune, sodass er auf dem Betonweg, vor welchem Cthulhu-Monster auch immer, das aus dem Viehanhänger kommen würde, in Sicherheit war.

„Es sind bloß Kühe", sagte Eddie lachend. Seine Vorfreude war zurück. Das war es. Die ersten Einwohner des Meadow Lake Farm Sanctuarys waren angekommen.

„Ja. Pflanzenfresser. Ich verstehe schon", meinte Devin trocken. „Aber sie bocken und gehen durch und was weiß ich. Ich habe schon Rodeos gesehen. Deshalb warte ich lieber hier. Versuch, dir nicht an deinem ersten Tag als Farmer den Schädel eintreten zu lassen, Schnuckelchen."

Das sollte offensichtlich ein Scherz sein und Devins Augen blitzten. Aber um ehrlich zu sein, war Eddie selbst ein wenig nervös. Er war bisher nur auf dem Watkins Glen Farm Sanctuary Kühen nah genug gekommen, um sie zu streicheln. Aber sein Herz war voller Vorfreude, zwar keiner Liebe, aber der Vorfreude auf Liebe.

Die armen Dinger. Ginger und Fred. Jetzt seid ihr zu Hause.

Der Fahrer, ein korpulenter Mann mittleren Alters mit einer roten Baseballkappe, ließ Eddie ein Formular auf einem Clipboard unterschreiben, dann riet er ihm zurückzubleiben, während er die große Tür des Anhängers öffnete.

5

Er führte die erste Kuh an einem Seil, das an ihrem Halfter befestigt war, die Metallrampe herunter.

Eddie erkannte sie von ihrem Bild. Das war Ginger, die Mutterkuh. Sie hatte vor Angst die Augen weit aufgerissen, denn sie hatte keine Ahnung, wohin man sie gebracht hatte und warum. Eddie beeilte sich, das Tor zur Scheune zu öffnen, dann führte der Fahrer sie hinein und löste das Seil. Eddie schaute zu und wünschte sich, er könnte sie berühren, aber er wusste, dass das noch würde warten müssen.

Ginger trottete durch den Stall, schnüffelte und schielte nervös zu den Menschen.

„Jetzt die Große", sagte der Fahrer. „Es war eine Aktion, sie in den Anhänger zu bekommen."

Er eilte die Rampe wieder herauf, dann hörte man den Klang einer Tür. Er erschien wieder mit einer großen, dunkelbraunen Jersey-Kuh an einem Zügel. Das war Fred, Gingers Tochter. Sie war weniger führungswillig als Ginger und ihre Augen rollten panisch. Sie warf ihren Kopf hin und her und versuchte, den Mann mit dem Seil abzuschütteln. Als Reaktion darauf hielt der Fahrer das Seil dichter, und wahrscheinlich enger, an ihrem Hals. Eddie schaute eingeschüchtert zu. Er hatte keine Ahnung, wie man das machte.

Fred wehrte sich, in die Nähe der Scheune zu kommen und schaute stattdessen zur Weide. Aber dann rief Ginger aus dem Stall und Fred eilte in ihre Richtung, dabei zerrte sie den Fahrer hinter sich her. Eddie schaffte es gerade so, das Tor zu öffnen, bevor das Fünfhundert-Kilo-Tier mit furchterregender Geschwindigkeit an ihm vorbeiraste. Der Fahrer ließ das Seil los und Eddie schloss mit hämmerndem Herzen das Tor hinter ihr.

Ginger begann sofort, Fred abzulecken. Das war irgendwie berührend, dachte Eddie. Sein Puls raste immer noch. Es schien, als wollte Ginger ihr *riesiges* Kalb beruhigen.

Der Fahrer schlüpfte in den Stall, holte das Halfter und kam wieder heraus.

„Viel Glück", sagte er zu Eddie und schüttelte ihm die Hand. Er stieg in seinen Truck. Eddie öffnete ihm das Tor der Weide und der Truck fuhr mit dem leeren Anhänger die Auffahrt hinunter.

Eddie schloss das große Tor. Nachdem er die Weide gesichert hatte, wollte er den Kühen erlauben, sie zu erkunden. Er wollte nicht, dass ihr erstes Erlebnis auf der Farm das Eingesperrtsein war, deshalb öffnete Eddie das Tor zum Stall und ließ es geöffnet. Er stellte sich neben Devin.

Es war für März ein schöner Tag. Die Sonne schien und in der Luft lag eine kühle Brise. Eddie und Devin beobachteten, wie Ginger, die offensichtlich die Mutigere war, schnüffelnd aus dem Tor trat, sich umschaute und mit Fred auf den Fersen davonstob. Die beiden Kühe rannten über die offene Weide und buckelten, als hätten sie noch nie zuvor so viel Platz gehabt. Als wären sie im Kuhhimmel gelandet. Sie tänzelten über eine Stunde vor Freude herum, rannten bis zum hinteren Zaun, dann wieder zurück zur Scheune. Zwei Kühe, die über eine vier Hektar große Weide galoppierten.

Eddies Brust wurde eng, als er ihnen zuschaute, und er schluckte mehrmals. Dies. Dies war der Grund. Das war es wert, auch wenn Alex ihn verlassen hatte. Es war die riesige Hypothek wert, die ihm im Nacken saß. Das war es wert, auch wenn er ein kleiner schwuler Mann war, der Gefahr lief, von seinem Traum überrollt und im Schlaf erdrückt zu werden. Während er zusah, wie Fred und Ginger zum ersten Mal in ihrem Leben frei herumtollen konnten, wusste er, dass sein Traum einen Wert hatte.

Devin lehnte den Kopf an Eddies Schulter und sie sahen beide den Tieren zu. Es gab nichts zu sagen.

Als die beiden Kühe schließlich wieder zur Scheune kamen und Eddie erwartungsvoll anschauten, richtete er sich auf. „Ich sollte sie wohl füttern."

Devin streckte die Hand aus und beugte sich über das Gatter. „Kommt her, Kühe! Yoo-dle-hoo!"

Anscheinend fanden die Kühe Devin nicht so amüsant wie Eddie, denn sie ignorierten ihn.

Eddie ging in den Fütterungsgang neben den Boxen. Er versuchte, einen Sack mit fünfundzwanzig Kilo Kuhfutter zu öffnen, den er früher am Tag gekauft hatte, aber er schaffte es nicht. Schließlich nahm er sein Taschenmesser und schlitzte ihn auf. Er schaufelte zwei Portionen Getreide in den Trog und Fred und Ginger stürzten sich darauf, als stünden sie kurz vorm Verhungern. Sie leckten es mit ihren Zungen auf, die grau und seltsam groß waren.

Eddie versuchte, durch die Öffnung des Trogs Gingers Nase zu streicheln, aber sie scheute sofort vor ihm zurück.

Sie hat keine Ahnung, was sie von dir halten soll. Gib ihr Zeit.

Er ließ sie in Ruhe fressen und gesellte sich wieder nach draußen zu Devin.

„Du hast keine Ahnung, was du da tust, nicht wahr?", sagte Devin leichthin und beobachtete die Kühe.

„Nein. Nicht die geringste. Aber ich habe ein paar Bücher gelesen."

„Na ja", seufzte Devin. „Ich hatte früher einen Hund. Wie viel schwerer kann das schon sein?"

Eddie lachte. „Abgesehen davon, dass sie zehn Mal größer und nicht auf Menschen geprägt sind?"

Es würde eine Herausforderung werden, aber das machte Eddie nichts aus. Er war überglücklich, dass er Fred und Ginger hier hatte. Schließlich war eine Farm ohne Tiere keine Farm und ein Gnadenhof schon gar nicht.

„Ich kann nicht glauben, dass du sie so schnell zu dir genommen hast. Nur du, Eddie, würdest dir zwei Kühe aufhalsen, bevor du überhaupt eine Nacht auf deiner brandneuen Farm verbracht hast. Du hättest dir ein paar Wochen Zeit nehmen sollen, um auszupacken und dich einzugewöhnen."

„Ich hatte keine Wahl. Das Paar, dem Fred und Ginger gehört haben, hat sein Haus vor zwei Monaten verkauft und sie hatten keinen Platz für sie. Sie waren seitdem in der Garage von irgendeinem Kerl untergebracht. Einer *Garage*. Er hatte mich immer wieder angerufen und gebeten, dass ich sie nehme. Schließlich hat er gedroht, sie zum Schlachter zu geben, wenn ich sie nicht bald abhole."

„Oh nein!"

„Genau." Eddie rieb sich das Brustbein, um den plötzlichen Schmerz zu lindern. Allein die Vorstellung tat ihm in der Seele weh. „Und ihre vorherige Unterkunft war winzig. Ich habe ein Bild davon gesehen. Sie waren in einem kleinen Hinterhof mit einem überwucherten Baum als einzigem Schutz. Die Frau hat Ginger gemolken, nachdem Fred geboren war, aber dann hatte sie keine Lust mehr dazu. Wenigstens sind sie jetzt auf einer Weide mit richtigem Gras und haben einen richtigen Stall."

Devin schlang den Arm um Eddies Schultern. „Glückliche Kühe."

„Das hoffe ich."

Die Nervosität kehrte zurück. Fred und Ginger waren hier und sie verließen sich auf ihn. Wenn er versagte, wären sie wieder obdachlos. Er seufzte. „Du hast ja keine Ahnung, wie viele Tiere in Not es gibt. Als ich den Papierkram für den Status 501(3)(c) eingereicht habe, musste ich mich als Gnadenhof registrieren lassen. Ich habe bereits Dutzende E-Mails von Leuten bekommen, deren Tiere ein neues Zuhause brauchen. Und es werden noch mehr. Ich habe noch drei Schafe angenommen, aber das reicht erst einmal, zumindest bis ich festen Boden unter den Füßen habe."

Devin zog ihn fester an sich. „Du bist nur ein Mensch. Ich kann mir nicht vorstellen, wie du dich um dieses große Anwesen, die Tiere *und* deinen Vollzeitjob kümmern willst. Ich wünschte, ich könnte eine oder zwei Wochen bleiben, doch bei mir geht im Moment alles drunter und drüber. Aber nicht auf die gute Art. Nächste Woche starten zwei neue Werbekampagnen."

„Es bedeutet mir sehr viel, dass du dieses Wochenende mitgekommen bist. Es wäre einfach *schrecklich* gewesen, wenn ich ganz allein gewesen wäre."

„Alex ist ein Arschloch", erklärte Devin. „Aber du wirst jemand anderen finden. Jemanden, der besser ist. Ich weiß es einfach."

Eddie antwortete nicht, aber er dachte, dass einen neuen Freund zu finden im Moment die geringste seiner Sorgen war. Tatsächlich war er nach dem, was Alex getan hatte, nicht sicher, dass er überhaupt jemals wieder eine Beziehung wollte. Das Hauptproblem war, dass er die Farm allein führen musste. Und das Geld. Auf jeden Fall das Geld.

Devin tätschelte seinen Arm, als wäre er ein Kind. „Im Ernst. Alles passiert aus einem Grund. Du kommst schon klar und weißt du auch warum? Weil niemand ein so großes Herz hat wie du, und weil alles, was du tun willst, ist Tieren zu helfen. Das Karma ist auf deiner Seite und ein Engel sitzt auf deiner Schulter."

Eddie schnaubte. „Ich wünschte, ich könnte das glauben."

8

„Hör auf deine innere Stimme. Alles wird gut."

„Ja, genau wie diese Typen, die andauernd das Ende der Welt prophezeien und dann, hey, wer hätte das gedacht. Sie haben unrecht. Oder, du weißt schon, Son of Sam. Innere Stimmen haben nicht immer recht."

Devin streckte ihm die Zunge heraus. „Wie kannst du so ein Softie und gleichzeitig so ein eiskalter Zyniker sein?"

„Ich wurde nett geboren. Der Zynismus ist erlerntes Verhalten."

„Ha", machte Devin. „Na ja, vielleicht solltest du dir das wieder abgewöhnen, Schnuckelchen. Du führst jetzt eine Tierrettung. Da ist Zynismus verboten. Ich schlage vor, wir öffnen eine Flasche Wein und feiern deine neuen Kühe. Bist du dabei?"

Eddie eilte ins Haus und holte eine sechzig Zentimeter große Statue aus seiner Tasche, die er in Kleidung eingepackt hatte, damit sie nicht zerbrach. Er kehrte zur Scheune zurück und stellte sie in das nächstgelegene Blumenbeet, wo er sie ein wenig eingrub, damit sie nicht umfiel.

„Na bitte."

Devin schaute das Teil aus Terrakotta an und hob eine Augenbraue. „Ist das nicht ein Heiliger? Ich dachte, du wärst Jude."

„Das der Heilige Franziskus, der Schutzheilige der Tiere. Mein Boss hat ihn mir als Abschiedsgeschenk gegeben. Es ist ein Symbol. Oder vielleicht auch ein Scherz. Jedenfalls warst du derjenige, der mir gesagt hat, dass ich nicht so zynisch sein soll."

„Das stimmt. Na ja, ich hoffe, Sankt Franziskus bringt dir Glück."

Das hoffte Eddie auch. Fred, Ginger und Dutzende andere Tiere, die er noch nicht getroffen hatte, verließen sich auf ihn.

II.
Wie Samuel auf die Farm kam.

Zuhause ist ein Ort, der dich findet.

2

„WAS ZUM Teufel machst du da?" Vaters Stimme hallte über den Heuboden und erschreckte Samuel zu Tode. Er hatte mit dem Rücken zur Leiter aus dem Fenster geschaut und nun schloss er hastig den Latz seiner Hose. Er hatte kaum die Knöpfe geschlossen, als sein Vater neben ihm war, Samuel mit der Schulter zur Seite stieß und aus dem Fenster schaute.

Gedemütigt trat Samuel zurück und sein Mut sank. *Oh Herr, bitte lass es ihn nicht sehen.*

Aber sein Vater sah es und er verstand. Als er sich vom Fenster abwandte, trug sein bärtiges Gesicht einen harten Ausdruck und seine Augen brannten. „Du hast eine kranke, schmutzige Seele!"

„Nein, Da! Ich hab' nur zum Himmel geguckt."

„Lügner! Mach deine Sünde nicht noch schlimmer, indem du mich anlügst!"

„Da ..."

„Beweg dich nicht! Keinen Zentimeter!"

Vater eilte zur Leiter und stieg hinunter. Samuel wusste, dass er zurückkehren würde, und wenn er das tat, bedeutete das für Samuel Schmerzen. Er war neunzehn Jahre alt, um aller Liebe willen, und er hatte keine Prügel mehr bekommen, seit er vierzehn war. Er ging Bestrafungen aus dem Weg, indem er sich ruhig verhielt und tat, was ihm gesagt wurde. Aber das ... er war in großen Schwierigkeiten.

Es war schlimm genug, dass Samuels Vater ihn ertappt hatte, wie er sich selbst berührte. Aber das allein hätte wahrscheinlich zusätzliche Bibelstudien nach sich gezogen, nicht die Peitsche. Dass Samuel dabei aus dem Fenster zu einem Feld gesehen hatte, machte es noch schlimmer. Das Einzige von Interesse auf jenem Feld war ihr Nachbar, der junge und gut aussehende John Snyder, der gerade mit Pflügen beschäftigt war. Sein Körper war stark und seine Muskeln spannten sich unter seinem weißen verschwitzten Hemd ... Selbst jetzt entfachte die Erinnerung an diesen Anblick neben der Angst Wirbel der Erregung in Samuels Bauch.

Es war auch nicht das erste Mal, dass er bei etwas Derartigem ertappt wurde. Mit Vierzehn war er hinter dem Schulhaus mit einem Jungen gesehen worden, als sie die Hände in die Hose des anderen gesteckt hatten, als der Vater des anderen Jungen um die Ecke gekommen war. Der Mann hatte Samuel nach Hause gefahren und leise mit Samuels Vater geredet. In dieser Nacht hatte Samuel die schlimmsten Schläge seines Lebens bekommen. Aber er hatte seinem Vater versprochen, dass es das einzige Mal gewesen war, dass er das getan hatte, und dass es nur aus Neugier passiert war, nicht weil es seine Natur war. Er hatte gelogen.

11

In den Jahren seitdem hatte dieser Vorfall die Beziehung zu seinem Vater zerfressen wie verrottetes Fundament. Manchmal sah Samuel auf und bemerkte, wie Da ihn mit Misstrauen und Sorge in den Augen anstarrte. Aber Samuel hatte es ignoriert und versucht zu beweisen, dass er ein guter Arbeiter war, ein ehrbarer Mann und dass körperliches Verlangen kein Teil von ihm war. Und jetzt hatte ein Blick aus dem Fenster diese lang verdrängten Zweifel in Vaters Gedanken wiedererweckt und all die Jahre des Verleugnens zerfielen wie Staub zu Samuels Füßen.

Sein Bauch rumorte vor Scham und Selbstverachtung. Warum tat er diese Dinge? Warum quälte dieses Verlangen ihn so? Was stimmte mit ihm nicht? Er war ein erwachsener Mann. Er sollte keine Prügel mehr von seinem Vater bekommen oder klammheimlich beschämende Dinge tun, wodurch er sie sich verdiente.

Sein Vater kam die Leiter wieder herauf. „Zieh dein Hemd aus!", befahl er, seine Stimme so dunkel und kalt wie eine Winternacht.

Mit zitternden Händen stand Samuel auf, zog seine Hosenträger herunter und begann, sein Hemd aufzuknöpfen. Seine Finger waren wenig graziös, denn die Angst machte ihn ungeschickt. Es gab nichts, was er sagen konnte, um seinen Vater jetzt noch umzustimmen. Jede Lüge würde es nur noch schlimmer machen.

Er legte das Hemd ordentlich auf einen Heuballen und drehte seinem Vater gehorsam den Rücken zu. Wenn er Demut zeigte, wäre sein Vater zufrieden. Seine Schulter zuckte, als sein schlimmer Fuß ihm das Umdrehen erschwerte. In der Bewegung entdeckte er die große Rute in der Hand seines Vaters. Sein Da hatte in der Scheune eine Kiste mit mehreren ähnlichen Ruten, die er hin und wieder durch neue ersetzte. Sie waren eine exzellente Methode zur Abschreckung für seine Kinder, aber wurden selten benutzt.

Das würde wehtun. Sehr. Samuel bereitete sich auf den Schmerz vor. Ein paar Schläge, sagte er sich. Vielleicht drei. Höchstens fünf. Dann würde –

Es gab ein leises, pfeifendes Geräusch, dann schoss Feuer über seinen Rücken. Der Schmerz war so scharf und so heftig, dass Samuel einen Schrei nicht unterdrücken konnte und einen halben Schritt vorwärts trat.

Bevor er sich erholt hatte, kam ein weiterer Schlag, und ein weiterer. Er fand sich halb liegend auf einem Stapel Heuballen wieder, wo er sich an die raue Oberfläche klammerte. In den Schlägen, die auf ihn einprasselten, lag ungezähmte Wut. Sein Da hielt sich nicht zurück und schlug Samuel wieder und wieder mit all seiner Kraft.

Samuel zählte die Schläge nicht mehr mit. Seine Schreie wurden zu einem beständigen Strom von Flehen und Leid. Das Feuer in seinem Rücken wurde schärfer und schneidend, als die Haut unter dem Angriff anschwoll und aufbrach wie eine Melone, die zum Verrotten auf dem Feld zurückgelassen worden war. Er fühlte, wie das Blut an seinem Rücken hinunterlief. Er versuchte, sich wegzudrehen, aber konnte den grausamen Schlägen und dem trübenden Effekt von Schock und Schmerz nicht entkommen.

Oh lieber Gott im Himmel, hilf mir.

Durch den Nebel der Qualen hörte er die zornige Stimme seines Vaters. „Hätte es wissen sollen! Dein Fuß ist ein Hinweis Gottes auf die kranke, unredliche Natur deiner Seele! Dein Fuß ist nicht die Abscheulichkeit hier! Das bist du! Du verlogener, lüsterner, kranker, vom Teufel gerittener ..."

„Da, hör auf!" Das war Matthews Stimme. „Da, bitte hör auf! Du wirst ihn umbringen!"

„Halt dich da raus!", brüllte sein Vater.

„Ich hole Ma. Ma! Ma!" Matthew war achtzehn und der einzige von Samuels Geschwistern, dem er wirklich nahestand. Er hörte, wie Matthews Stimme verhallte. Matthew würde Mutter holen. Sie würde dem ein Ende machen und die Hand seines Vaters aufhalten. Sie musste. *Bitte, Herr.*

Aber die Schläge hatten bereits aufgehört, bemerkte Samuel. Der einzige Laut war das harsche Keuchen seines Vaters. Das Adrenalin, das Samuel bisher größtenteils aufrecht gehalten hatte, verschwand, und er blieb erschöpft zurück, die Sinne überwältigt vom Schmerz. Er ließ den Kopf auf die Arme sinken, immer noch auf den Heuballen, und schluchzte. Es waren laute, gebrochene Geräusche, die er nicht zurückhalten konnte.

Sein Vater packte ihn am Oberarm und zerrte ihn hoch. „Steh auf. Sofort, Junge!"

Samuel stand zittrig auf und wischte sich über die Augen. Er schämte sich für seine Tränen, aber er konnte sie nicht unterdrücken.

„Hör mir genau zu! Du wirst diese Leiter heruntersteigen und die Straße entlanglaufen. Dann gehst du einfach immer weiter. Ich will dich auf dieser Farm nicht mehr haben. Denn wenn ich dich noch einmal beim Sündigen erwische, kann ich für nichts mehr garantieren. Und das will ich mir nicht auf mein Gewissen lasten. Hast du mich verstanden?"

Samuel stockte der Atem und er starrte seinen Vater ungläubig an. Er wischte sich erneut mit dem Ärmel über die Augen, als könnte er seinen eigenen Sinnen nicht trauen. „Aber ... aber Da ..."

„Ich meine es ernst!" Das Gesicht seines Vaters und seine Stimme waren kalt und gnadenlos. „Nimm deinen Mantel und deinen Hut und verschwinde. Hier." Der Mund seines Vaters war zu einer schmalen Linie zusammengepresst, als er die Rute fallenließ, seine Geldbörse hervorholte und ein paar Zwanzig-Dollar-Noten hervorholte. Er steckte sie in Samuels Hand. „Nimm das und komm nie wieder zurück! Ich wasche meine Hände in Unschuld."

Da drehte sich um und stieg die Leiter hinunter, dabei schaute er Samuel nicht mehr an.

Samuels Ohren dröhnten. Sein Rücken stach und pulsierte, als wäre er in den Mähdrescher geraten. Sein Kopf schwamm. Nichts fühlte sich real an und dennoch war es zu schrecklich, um ein Traum zu sein. Sicherlich wäre ein Traum weder so schlimm noch so grausam. Er hob sein Hemd, seinen schwarzen Wollmantel und seinen schwarzen Hut auf, wo er sie vorhin abgelegt hatte, bevor seine Welt zerbrochen war. Einen Moment stand er da und hielt seine Kleidung fest. Er wollte das Hemd nicht anziehen. Es war weiß und wäre schnell von dem Blut durchtränkt, das er auf seinem Rücken spürte. Aber er konnte auch nicht im März halb nackt die Straße entlanggehen.

Er zog das Hemd an und versuchte, den Schmerz wegzuatmen, als die Bewegung seine gepeinigte Haut spannte. Dann zog er den Mantel an, setzte den Hut auf und steckte sein langes Haar mit zitternden Fingern hinter seine Ohren. Er wischte sich Tränen und Rotz aus dem Gesicht, schluckte den Schmerz hinunter und kletterte vorsichtig die Leiter hinunter. Das raue Holz der Sprossen fühlte sich zu fest unter seinen Handflächen an, der Moment zu wichtig. *Ich bin auf dieser Leiter Millionen Male geklettert, seit ich klein war. Ich werde sie nie wieder erklimmen.*

Als er die Einfahrt erreichte, schaute er zurück zum Farmhaus. Er erwartete, seine Mutter zu sehen oder Matthew oder Eliza, *irgendwen*. Sicher würde jemand herauskommen und sagen *Wo gehst du hin, Samuel? Was ist los? Wir stimmen Da um, du wirst sehen.* Aber vom Haus kam kein Geräusch und keine Bewegung, abgesehen vom Flattern eines Vorhangs, als jemand von einem der Fenster zurücktrat.

Sein Vater behielt sie im Haus. Er hinderte sie daran, herauszukommen.

Nicht dein Fuß ist die Abscheulichkeit! Das bist du!

Sein Herz schrumpfte in seiner Brust und zog sich in die hinterste Ecke seines Brustkorbes zurück wie ein geprügelter Hund, der sich in seiner Hundehütte versteckte. *Abscheulichkeit*. Er war hinausgeworfen worden und würde von Bischof gemieden werden. Seine Familie, Ma, Matthew, Jane, Sarah, Eliza, all seine älteren Brüder und Schwestern, Cousins … sie alle waren nun für ihn verloren. Er hatte nichts und niemanden mehr. Benommen und unter Schock drehte Samuel sich um und ging die Straße entlang. Sein für gewöhnlich kaum merkliches Hinken, verursacht durch seinen verdrehten Fuß, wurde durch den Schmerz in seinem Rücken verstärkt. Er wankte mitleiderregend hin und her.

Am Ende der Auffahrt wandte er sich nach rechts. Und er ging weiter.

3

IN DER ersten Nacht schlief Samuel in der Scheune der Oberfells. Die Familie war immer freundlich zu ihm gewesen, aber er wollte nicht, dass sie wussten, dass er da war. Er konnte nicht zugeben, was passiert war. Aber er konnte auch nicht weiterlaufen. Erschöpfung überkam ihn wie ein dicker, schwerer Mantel, der Vergessen versprach. Er stolperte über die Straße und war kaum noch in der Lage, die Augen aufzuhalten. Sein Rücken war steif und der stechende Schmerz drang in seine Knochen.

Er kletterte umständlich über den Zaun und fand eine dunkle Ecke in einer leeren Box in der Scheune der Oberfells. Es roch nach Ziege, aber das Stroh war sauber. Das Stroh und sein Mantel waren die einzigen Annehmlichkeiten, die er hatte. In der Nacht wachte er oft auf, denn der Schmerz in seinem Rücken zwang ihn, sich von einer Seite auf die andere zu drehen. Vor Sonnenaufgang stand er auf und stahl sich davon.

Während er an diesem kalten und regnerischen Märzmorgen lief und nachdem er den ersten Schock verdaut hatte, wurde Samuel sich seiner Situation bewusst.

Was sollte er nur tun? Er hatte zweihundertvierzig Dollar in der Tasche – das Geld, das sein Da ihm gegeben hatte. Er hatte die Kleidung, die er am Leib trug – eine schwarze Wollhose, ein weißes Hemd, das durch sein getrocknetes Blut ruiniert worden war, Hosenträger, seinen schwarzen Mantel, den schwarzen Hut, Unterhose, Unterhemd und seine Arbeitsstiefel, die speziell an seinen schlimmen Fuß angepasst worden waren. Das war alles, was er auf der Welt besaß.

Er musste einen Job und eine Unterkunft finden. Vielleicht konnte ihn das bisschen Geld, das er hatte, für ein paar Wochen über Wasser halten, bis er bezahlt wurde. Er brauchte nichts Außergewöhnliches, nur einen Ort, wo er sich ausruhen konnte und wo es trocken war. Und Essen, einfaches Essen, um zu überleben. Er verdiente nichts, das schmackhaft oder hausgemacht war.

Abscheulichkeit.

Wo konnte er Arbeit finden? Alles, was er konnte, war Farmarbeit. Er konnte einfache Reparaturen ausführen, aber er war kein guter Zimmermann. Und er konnte nicht in der Gemeinschaft der Amish suchen. Die Vorstellung, dass sein Da herausfand, wo er war, und mit seinem Buggy kam, um mit seinem Arbeitgeber zu sprechen und ihm erzählte, warum Samuel nichts mit anständigen Menschen zu tun haben sollte …

Abscheulichkeit.

Nein. Allein bei dem Gedanken daran wollte er sich übergeben. Das konnte Samuel nicht riskieren. Er musste in der Welt der Englischen nach Arbeit suchen. Dorthin würde sein Vater ihm nicht folgen.

Lieber Gott, warum hasst du mich so?

Samuel wusste, dass er Jungs mochte, seit seine Stimme sich verändert hatte. Er neigte dazu, sich schnell und heftig zu verlieben. Die anderen Kinder in der Amish-Schule hatten ihn ausgelacht, als er versucht hatte, mit seinen Freunden Händchen zu halten oder ihnen seine Zuneigung zu zeigen. Er hatte schnell gelernt, diese Wünsche zu verbergen. Das Verlangen zu berühren war nicht weniger geworden, als er älter und sein Körper reifer geworden war. Es wurde stärker, ein Hunger, der manchmal so heftig war, dass er das Gefühl hatte, er würde ihn von innen heraus verzehren.

Jahrelang war er heftig in Robert Yoder verliebt gewesen. Das weiche braune Haar des Jungen und seine großen braunen Augen waren der Inbegriff der Schönheit, was Samuel anging. Robert und er waren nicht miteinander befreundet. Robert hatte seine eigenen Brüder und Cousins, mit denen er spielte und er lebte auch nicht gerade in der Nähe. Aber Samuel sah ihn jeden Sonntag in der Kirche. Darauf freute er sich die ganze Woche. Dieses komische Gefühl in seinem Bauch tauchte auf, sobald er Robert sah. Er versuchte, ihn nicht zu beobachten. Nein, das stimmte nicht. Samuel versuchte, nicht dabei erwischt zu werden, wie er ihn beobachtete.

Im letzten Frühling hatte Robert sich mit Sophie Miller verlobt. Samuel hatte geweint, als er es herausgefunden hatte, allein in seinem dunklen Schlafzimmer. Das war ein peinliches Benehmen für einen Achtzehnjährigen. Er weinte nicht, weil er Robert verloren hatte, sondern weil es nie die Chance auf einen anderen Ausgang gegeben hatte. Er weinte, weil Robert mit Sophie ein normales Leben führen würde, ein reines und aufrechtes Leben, das Samuel verwehrt bleiben würde. Er weinte, weil er sich selbst dafür hasste, dass er Robert liebte, dass er ihn auf diese Weise begehrte. Diese Leidenschaft in ihm war ein nutzloses Gefühl, ebenso produktiv wie Saat auf Zement auszusäen. Aber er konnte sie nicht kontrollieren und er konnte sie nicht ändern.

Warum war sein Geist so zerrüttet? Warum hatte Gott ihn auf diese Weise erschaffen? Warum hasste Gott ihn so? War sein Fuß noch nicht genug der Bürde für einen einzelnen Mann? Sein rechter Fuß war um neunzig Grad nach innen verdreht, seine rechte Sohle zeigte zu seinem linken Knöchel. Der Bereich um seinen rechten Knöchel war dick und hart, da er gezwungen war, darauf zu laufen. Sein Stiefel, eine Spezialanfertigung, gab ihm zusätzliche Zentimeter auf der rechten Seite, damit der Längenunterschied nicht zu groß war, aber dennoch hinkte er. Einen Klumpfuß nannte man das. Entenfuß, hatten die Kinder in der Schule gesagt.

Vielleicht hatte Da recht. Vielleicht war sein schlimmer Fuß ein äußeres Zeichen dafür, dass sein inneres Verlangen verdreht war. Vielleicht war sein Fuß wie ein Makel auf einem Apfel, der aussah, als könnte man ihn einfach entfernen, der aber tief in das Innere zu einem kranken, verfaulten Kern reichte.

Der Fuß hätte ihn nicht eines erfüllten Lebens in der Gemeinschaft beraubt. Er konnte immer noch hart arbeiten – und das tat er auch. Es gab nur wenige Dinge, die er nicht tun konnte, zum Beispiel gehen oder rennen, wenn er etwas Schweres trug. Aber er hätte eine Braut finden, Kinder aufziehen und einem Heim vorstehen können. Doch das Falsche, das in ihm war, machte ein solches Leben unmöglich.

Samuel konnte sein Verlangen verbergen und so tun, als wäre es nicht da. Aber er konnte niemals vorgeben, Gefühle für ein Mädchen zu haben. Seine angeborene Schüchternheit hatte ihn stumm und unangenehm ungeduldig gemacht, wenn er gezwungen war, eine infrage kommende junge Dame in seinem Buggy nach Hause zu bringen. Er konnte es nicht erwarten, von ihr wegzukommen, weg von seiner eigenen Unfähigkeit. Und sie waren froh, von ihm wegzukommen, als die Fahrt vorbei war.

SAMUEL LIEF die sechzehn Kilometer zu der Stadt Lancaster, wo es ein Obdachlosenasyl gab. Er war ein paar Mal dort gewesen, als er mit seinem Da etwas gespendet hatte. Wie die anderen in ihrer Kirche, hatte Da manchmal Mais oder anderes Erntegut gespendet, das zu klein war, Insektenfraß hatte oder zu unterentwickelt war, um es auf dem Markt zu verkaufen. Samuel konnte sich mit dem Geld in seiner Tasche ein billiges Hotelzimmer leisten, aber er musste so viel wie möglich sparen, bis er Arbeit gefunden hatte. Das Asyl war kostenlos.

Der lange Marsch war hart für seinen Fuß, seinen Rücken und seine Hüfte. Kurze Distanzen waren mit seinem schlimmen Fuß zu bewältigen, aber seine Knöchel waren nicht für lange Märsche gemacht und sie taten weh, wenn er zu weit gehen musste. Das Hinken war anstrengend für seinen Körper, was in seinem unteren Rücken große Schmerzen verursachte. Und neben diesem Schmerz, mit dem er seit seiner Geburt leben musste, wurde die verletzte Haut auf seinem Rücken von dem Stoff des Hemdes und seinem Gang gereizt. Die Striemen pulsierten bei jedem Herzschlag.

Um dem Schmerz und seinen dunklen Gedanken zu entfliehen, begab er sich in seine Lieblingsfantasiewelt, die er sich vor langer Zeit erdacht hatte und die er besuchte, wenn er eintönige Aufgaben zu erledigen hatte oder wenn er nachts in seinem Bett lag.

„Morgen, Samuel, ich hoffe, deinem Ehemann geht es gut?"

„Ja, Bischoff, es geht uns sehr gut, und den Kindern auch."

Der Bischoff stand auf der Veranda der idyllischen und gepflegten Farm. Alles war hell und ordentlich.

„Ich muss sie sehen und Hallo sagen." Der Bischoff lächelte Samuel an und sagte ihm damit, dass er es nur tat, weil es seine Pflicht war. Er wusste, dass er nichts Ungehöriges finden würde.

„Sicher! Warum kommen Sie nicht herein und trinken etwas Limonade?
Dann rufe ich die Kinder."

Die Küche war gemütlich und üppig und der Geruch von Zimt und Äpfeln
von den Pies, die im Ofen waren, lag in der Luft. Samuels Ehemann Ethan kam
herein, gut aussehend und lächelnd, mit roten Wangen von der Arbeit im Freien.
„Hallo Bischoff."

„Ethan."

Viele Jahre lang hatte Samuels Ehemann in seinen Tagträumen das Gesicht
und den Namen von Robert Yoder gehabt, auch wenn alles andere an ihm Samuels
Vorstellung entsprungen war. Aber nun hatte „Ethan" Robert ersetzt. Ethan basierte
auf niemandem, er war einfach ein Abbild der Sehnsucht. Er hatte dunkles Haar
und war schlank, wie Samuel es am besten gefiel, aber seine Gesichtszüge waren
nicht definiert, als wäre Samuels Vorstellungskraft nichts mehr eingefallen.

Die Kinder kamen herein, vier Jungen zwischen drei und zwölf Jahren,
gesund und ordentlich angezogen.

„Geht es euch gut?", fragte der Bischoff mit freundlicher Stimme.

„Ja, Bischoff", sagten sie lächelnd. „Uns gefällt es hier sehr gut."

In Green Valley, der Gemeinschaft, die Samuel sich erdacht hatte, waren
männliche Paare vollkommen normal und sie zogen Waisen auf, die niemand sonst
haben wollte, um sie vor einem schlimmen Schicksal zu bewahren. Die Waisen
waren glücklich. Die Kirchenältesten waren glücklich. Alle profitierten von diesem
Arrangement. Samuel und Ethan liebten ihre Kinder sehr und in den vier Wänden
ihres erdachten Heims war stets alles im Reinen.

Samuel hatte viele Stunden in dieser Welt verbracht. Aber während er heute
lief, brachte sie ihm nur kurzzeitig Erleichterung. Die Verdammung seines Vaters
war zu frisch und zu demütigend.

Als Samuel sich der Stadt näherte, gab es mehr und mehr Autos und
Menschen. Er musste aufmerksam sein. Er musste die Blicke ertragen, die sich
dank seiner Amish-Kleidung und seines Fußes auf ihn richteten. Er musste auf
Fremde achten, die ihm gefährlich werden konnten und nicht bloß neugierig waren.

Kurz bevor er das Obdachlosenasyl erreichte, ging er in einen Supermarkt
und kaufte sich einen Hot Dog für 2.99$. Er belegte ihn mit so vielen Zutaten
wie möglich, um mehr Kalorien zu bekommen und aß ihn in drei Bissen auf dem
Gehweg vor dem Laden. Der Hot Dog linderte den nagenden Hunger, aber nicht die
anderen Schmerzen. Er wollte eine Flasche Aspirin kaufen, aber vielleicht konnte
er im Asyl welches bekommen. Er ging weiter, auch wenn sein Hinken nach der
kurzen Pause umso schlimmer war.

Als er das Asyl erreichte, war es fast dunkel und er torkelte wie ein Junge,
der Monster spielte. Alles tat ihm weh. Er war müde, ihm war übel und er war
niedergeschlagener als je zuvor. Samuel musste sich anstellen und befürchtete
schon, abgewiesen zu werden. Die Frau am Eingang hörte zu, wie er stockend um
ein Bett bat und murmelte etwas Mitfühlendes. Sie hatte braune Haut, war kräftig

und hatte eine mütterliche Ausstrahlung, die Samuels Scham, weil er um Hilfe bitten musste, beruhigte. Er musste warten, während sie nachschaute, ob für ihn noch Platz war. Als sie schließlich zurückkam, umgab Mitleid sie wie ein schweres Parfum.

„Sie haben Glück. Ich habe ein Bett für Sie gefunden, Samuel. Aber es ist nichts Besonderes. Abendessen gibt es um sieben, wenn Sie Hunger haben. Kommen Sie mit."

Samuel folgte ihr durch einen langen Flur, dabei passierte er mehrere Leute, die seinem Blick auswichen. Durch einen Türbogen kam man in einen großen Raum, in dem ein paar Dutzend Feldbetten standen, wie Reihen auf einem Maisfeld. Der Raum schien nur für Männer zu sein und er war fast voll – ein alter schwarzer Mann saß auf einem Feldbett und stützte den Kopf auf die Hände, ein Mann mit wildem roten Haar und aschfahlem Gesicht stand bei einem Feldbett, wühlte in seinem Sack und redete mit sich selbst, andere lagen da und schliefen oder unterhielten sich in kleinen Gruppen. Der Raum roch nach Desinfektionsmittel und ungewaschenen Körpern. Die Frau brachte Samuel zu einem Feldbett, das die Nummer 5 am Ende hatte. Sie machte sich in dem Buch, das sie dabeihatte, eine Notiz.

„Sie können bis zehn Uhr hierbleiben. Wir haben auch eine Psychologin, mit der Sie sprechen können. Gehen Sie einfach in die Lobby und tragen Sie sich ein. Ihr Name ist Jan und sie kann Ihnen helfen, einen Job zu finden oder wenn Sie einfach reden wollen. Die Toiletten und die Spinde sind dort hinten." Sie deutete zur hinteren Wand, wo es eine Damentoilette und eine Herrentoilette gab. „Okay, mein Lieber?"

„Vielen Dank und Gottes Segen", sagte Samuel.

Er war dankbar, dass er ein Bett hatte, dankbar, dass er für eine Weile nicht mehr weiterlaufen musste und Schutz vor den Elementen hatte. Er ließ sich darauf nieder und sein Kopf schwamm. Er wollte sich hinlegen und die Augen schließen, aber er zwang sich dazu, aufzustehen und in die Herrentoilette zu gehen, um sich ein wenig sauber zu machen und seine Blase zu erleichtern.

Sein Gesicht im Spiegel war totenbleich, als hätte er die Grippe. Unter seinen Augen waren bräunliche Ringe, wie Kaffeeflecken auf weißem Porzellan. Er rieb an einem roten Fleck auf seiner Wange, der allerdings kein Ketchup war, wie sich herausstellte, sondern Blut. Er wusch sich am Waschbecken mit einem feuchten Papierhandtuch. Er hatte nicht einmal eine Zahnbürste. Er überlegte, ob er seinen Mantel und sein Hemd ausziehen sollte, um nach seinem Rücken zu sehen. Aber jemand könnte hereinkommen und außerdem hatte er sowieso nichts, womit er die Wunden behandeln konnte. Also was hatte er davon?

Als er sein Möglichstes getan hatte, überlegte er, was er als Nächstes tun sollte. Es war später Nachmittag. Er sollte mit der Psychologin über Jobs reden. Er sollte eine Zeitung suchen und die Stellenanzeigen durchsuchen. Er sollte zumindest wach bleiben, bis es Abendessen gab, damit er eine kostenlose Mahlzeit bekam.

Aber er tat nichts davon. Er ging zurück zu seinem Feldbett, zog seine Stiefel aus und kroch unter die kratzige Decke. Er zog sie sich so weit es ging über den Kopf, um die Fremden im Raum auszusperren.

Seine Gedanken wanderten nach Green Valley. Dort hielt sein Ehemann ihn im oberen Stockwerk in den Armen. Die Kinder schliefen in ihren Betten. Samuel lehnte sich vorsichtig an Ethan, der ihn mit seinen starken Armen hielt, sein Atem warm und sein Herzschlag stetig. Dort ruhte Samuel sich aus und tat so, als wäre alles in Ordnung.

AM NÄCHSTEN Morgen wachte Samuel um fünf Uhr auf. Er war daran gewöhnt, früh aufzustehen und er war am vorigen Tag lange vor dem Abendessen schlafen gegangen. Als er aufwachte, waren alle Betten um ihn herum belegt mit Menschen in tiefem Schlaf und der Raum stank muffig nach Körperausdünstungen. Er versuchte, so still wie möglich zu sein, als er aus dem Feldbett stieg und sich auf die Lippe biss, weil sein Rücken steif war und vor Schmerz stach. Er nahm seine Stiefel und hinkte hinaus.

In der Lobby waren die Lichter eingeschaltet, aber niemand war da. Die Straßen auf der anderen Seite des großen Fensters waren dunkel und still. Samuel setzte sich auf einen Stuhl und zog methodisch seine Stiefel an. Bei jeder Beuge- und Streckbewegung stach sein Rücken so sehr, dass ihm die Tränen in die Augen traten. Er holte ein paar Mal tief Luft, um sich zu beruhigen, bis der Schmerz abebbte. Dann schaute er sich um und entdeckte einen Stapel Zeitungen. Er nahm sie mit zu einem kleinen Tisch. Er sehnte sich nach Kaffee und Aspirin, aber es war noch niemand da.

Er blätterte durch die Zeitungen auf der Suche nach den Stellenanzeigen, eine nach der anderen. In den Stellenanzeigen von Lancaster Farming entdeckte er sie.

FARMARBEITER GESUCHT. Tätigkeit beinhaltet Ställe ausmisten, Fütterung des Viehs, Instandhaltung des Anwesens und kleinere Reparaturen auf einer fünf Hektar großen Farm. 50$/Woche plus Kost und Logis. Mount Joy. Tel. 212-555-2391.

Sobald er die Anzeige gelesen hatte, fühlte Samuel einen starken Zug. Dies war der richtige Job. Dies war, wonach er suchte. Sicher, er wusste nichts über die Person, die die Anzeige geschaltet hatte oder die Farm selbst. Das mochte eine schlechte Idee sein. Und es war nicht viel Geld.

Er rechnete nach. Der Mindestlohn betrug 7,29$ pro Stunde. Wenn er eine ganze Woche lang in einem regulären Job arbeitete, würde er 290$ verdienen. Aber die Kosten für Lebensmittel und ein Dach über dem Kopf waren höher als die Differenz von 240$. Und er würde kein Auto brauchen, wenn er ein Zimmer auf der Farm hatte, wo er arbeitete, und keinen Führerschein. Den hatte er nämlich nicht. Außerdem war es Farmarbeit. Damit kannte er sich aus. Darin war er gut.

Zumindest würde der Job ihm ein Dach über dem Kopf garantieren, während er sich nach anderen Optionen umsah. Und wenn der Mann, für den er arbeiten würde, ein schrecklicher Tyrann war, konnte Samuel immer noch kündigen.

Er wartete ungeduldig, bis Leben in das Obdachlosenasyl kam. Schließlich hatte er Kaffee und ein kleines Frühstück. Es gab blasse, geschmacklose Eier, harten weißen Toast und Haferschleim. Es reichte, um seinen Magen zu füllen. Er wollte die Nummer aus der Anzeige nicht zu früh anrufen, aber wollte es auch hinter sich bringen. Was, wenn jemand anders den Job bekam?

Samuel trug sich ein, um mit der Beraterin zu sprechen, dann musste er warten, bis er um neun Uhr dran war. Sie war jünger, als Samuel erwartet hatte, gut gelaunt und stellte viele Fragen, die er nicht beantworten wollte. Er antwortete höflich und zeigte ihr die Anzeige. Sie ließ ihn ihr Telefon benutzen.

Niemand hob ab. Es ertönte eine Ansage, aber Samuel wollte keine Nachricht hinterlassen. Er wollte mit dem Mann selbst sprechen. Er legte auf.

„Versuchen Sie es weiter", riet ihm die Beraterin mit einem aufmunternden Lächeln. Sie schien so aufgeräumt und fremd mit ihrem roten Anzug, dem cremigen Make-up und dem kurzen neonblauen Haar, das kunstvoll um ihren Kopf drapiert war. Ihre Augen waren freundlich.

„Das werde ich", versicherte Samuel ihr, bevor er hinkend ihr Büro verließ.

„Brauchen Sie einen Arzt?", fragte sie besorgt. „Morgen früh kommt kostenlos ein Arzt her."

„Es geht mir gut", log er.

Es ging ihm nicht gut. Trotz der vielen Stunden, die er in der vorigen Nacht geschlafen hatte, fühlte er sich fiebrig und krank und sein Rücken pochte. Schließlich ging er in die Toilette, wartete, bis niemand da war und zog seine Jacke und sein Hemd aus, damit er sich im Spiegel ansehen konnte. Sein Rücken sah schlimm aus – grün und blau und blutig, wo die Haut aufgerissen war. Die meisten der offenen Stellen waren verkrustet, aber aus manchen sickerte immer noch ein wenig Blut und klare Flüssigkeit. Die Wunden sahen nicht so tief aus, um genäht werden zu müssen, aber bestimmt riss er sie mit jeder Bewegung wieder auf. Sie waren ein wenig geschwollen, aber es gab nichts, was er dagegen tun konnte. Wenn er am nächsten Morgen, wenn der Arzt kam, immer noch hier war, konnte er vielleicht Bactine oder etwas Ähnliches für seine Wunden bekommen.

Er hörte, wie jemand hereinkam, und zog hastig sein Hemd wieder an.

Um zehn Uhr war das Asyl größtenteils leer. Samuel lief eine Weile durch die Straßen, dann kehrte er zum Asyl zurück und drückte sich draußen herum. Er lieh sich am Mittag das Handy der netten Dame am Eingang und noch einmal um zwei Uhr, um die Nummer aus der Anzeige anzurufen. Beide Male antwortete niemand. Langsam wurde er unruhig. Er durchsuchte die Zeitungen erneut, aber er

21

fand nichts, das ihm annähernd gut lag. Beim dritten Anruf hinterließ er widerwillig eine Nachricht mit seinem Namen und dass er sich in einer Stunde wieder melden würde. Langsam dachte er, dass der Job bereits vergeben war, weshalb er ihn nur noch mehr wollte. Oder vielleicht hatte derjenige, der die Anzeige aufgegeben hatte, es sich anders überlegt und beschlossen, niemanden einzustellen. Oder vielleicht wollte man *ihn* nicht. Samuel wusste, dass das ein irrationaler Gedanke war, derjenige wusste schließlich nicht, wer angerufen hatte. Aber in letzter Zeit hatte er so viel Pech gehabt, dass er einfach nicht anders konnte, als sich selbst für eine solch bescheidene Stelle zu unwürdig zu fühlen.

Als er um drei Uhr zum Eingang ging, reichte die Dame ihm ihr Handy, ohne dass er darum bitten musste. Er wählte die Nummer und war überrascht, als ein Mann antwortete.

„Hallo?"

„Hallo! Mein Name ist Samuel Miller und ich rufe wegen der Anzeige in der Zeitung an. Ihrer Anzeige, meine ich. Wegen der Farmarbeit." Samuels Herz hämmerte und er klammerte sich an das Telefon. *Bitte.*

Am anderen Ende der Leitung erklang ein leises Seufzen. „Ja. Ich habe schon viele Anrufe bekommen, aber ich habe die Stelle noch nicht vergeben. Haben Sie Erfahrung mit Farmarbeit?"

„Ja, Sir. Ich bin auf einer Farm aufgewachsen. Ich habe bestimmt jede Art von Arbeit gemacht, die es auf einer Farm gibt." Samuel wusste, dass er übereifrig klang. Er holte tief Luft, um sich zu beruhigen.

„Ich suche einen Vollzeit-Angestellten, jemanden, der tagsüber arbeiten kann." Die Stimme des Mannes klang misstrauisch.

„Ja, Sir. Das ist in Ordnung."

„Sie haben keinen anderen Job?"

„Nein."

Eine weitere Pause. „Ihnen ist bewusst, dass das nicht viel Geld ist? Eigentlich nur Mahlzeiten und ein Zimmer."

„Ja, Sir. Das passt mir sehr *gut*."

Der Mann klang nett, seine Stimme jung und leicht. Aber er schien nicht interessiert. Wenn Samuel persönlich mit ihm sprechen könnte, hätte er bestimmt eine bessere Chance. „Könnte ich vielleicht vorbeikommen und mit Ihnen sprechen?"

Der Mann am Telefon zögerte erneut. „Ich schätze schon. Das wäre einfacher, als es über das Telefon zu erklären."

Was erklären?, wunderte Samuel sich. „Wenn Sie mir Ihre Adresse geben, mache ich mich auf den Weg zu Ihnen."

Der Mann nannte ihm eine Adresse in Mount Joy, die Samuel sich merkte. Er legte auf, wischte das Telefon an seinem Hemd ab und gab es der Dame zurück. „Danke vielmals."

Die Dame schaute auf und lächelte. „Viel Glück, mein Lieber. Ich hoffe, Sie bekommen den Job."

„Ja, Ma'am."

Samuel nickte und ging los. Sein Hinken auf dem ausgetretenen Linoleum klang, als läge er in Ketten.

4

MOUNT JOY lag westlich von Lancaster. Mit dem Auto wäre er in Nullkommanichts dort, aber Samuel hatte kein Auto. Er konnte nur beten, dass der Job nicht vergeben war, bis er ankam. Er lief mehrere Kilometer zur Hauptverbindung in Lancaster, der Route 30, ging die Auffahrt hinauf und ging am Straßenrand weiter. Er hielt seinen Daumen hoch, während er lief.

Für gewöhnlich war es für Amish nicht schwer, eine Mitfahrgelegenheit zu bekommen. Die Leute in der Gegend hielten Amish für „sicher" und wussten, dass sie keine Autos besaßen. Aber Amish trampten nicht oft. Oft waren die Leute neugierig, starrten einen an und stellten Fragen, als stünde er als Amish auf einer Stufe mit einem dreiäugigen Kalb. Und der Freeway war kein guter Ort zum Trampen. Die Autos fuhren so schnell, dass die Fahrer ihn nicht bemerkten, bevor sie an ihm vorbeigefahren waren.

Es war ein windiger Märztag, schneidend und kalt. Die Luft schnitt direkt durch Samuels schwarzen Wollmantel, als wäre er gar nicht da. Er musste seinen Hut mit einer Hand festhalten und an der anderen hielt er den Daumen hoch. Diese unangenehme Position zerrte heftig an den Wunden auf seinem Rücken.

Nach etwa zehn Minuten hielt ein Wagen an. Er stand auf dem Seitenstreifen, die Rücklichter wie zwei rote, zusammengekniffene Augen. Samuel eilte hin, trotz seines Fußes. Das Fenster auf der rechten Seite fuhr herunter, als er näherkam.

Der Fahrer war eine ältere Frau mit Brille und einem grünen Pullover. Ihre Augen waren misstrauisch. „Wo müssen Sie hin? Ich fahre nicht besonders weit auf dieser Straße."

„Mount Joy."

Sie nickte. „Wir kommen an der Ausfahrt vorbei. Dort kann ich Sie rauslassen, wenn Ihnen das etwas hilft."

„Danke vielmals." Samuel stieg in das Auto. Er lehnte sich vor, damit sein Rücken nicht an dem Sitz rieb.

„Schnallen Sie sich an", verlangte sie, dabei klang sie wie seine alte Lehrerin.

Das tat er und versuchte, seinen Körper vorgebeugt zu halten. Er machte keinen Versuch, mit ihr zu sprechen. Nun, da er nicht mehr laufen musste, fühlte er sich todmüde. Das war dumm, denn er hatte in der letzten Nacht genug geschlafen. Es musste für den Körper anstrengend sein, wenn man einfach weggeworfen wurde, dachte er. Erst war man jemand, dann war man plötzlich niemand mehr. Und die Schmerzen durch die Schläge waren auch ermüdend, als erforderte es all seine Energie, die Stiche und das Ziehen zu ignorieren. Oder vielleicht brannte sein

24

Körper heißer, während er versuchte zu heilen, wie ein alter Ölofen, der schwer arbeiten musste, um ein kaltes Haus zu heizen.

Er konnte spüren, dass die Frau ihn anschaute. „Wo in Mount Joy wollen Sie hin? Wenn es nicht zu weit vom Highway entfernt ist, könnte ich Sie hinbringen."

„Das ist sehr nett von Ihnen, aber ich weiß es selbst nicht genau. Ich habe nur eine Adresse. Ich komme schon zurecht."

„Okay. Wenn Sie meinen." Sie klang erleichtert, als wäre sie froh, nicht länger aufgehalten zu werden. Das konnte er ihr nicht verdenken. Sie hielt in der Nähe der Ausfahrt nach Mount Joy an, wie sie gesagt hatte. Er dankte ihr erneut, dann fuhr sie davon.

Samuel lief die Ausfahrt herunter, dann blieb er stehen und schaute sich um. Die Ausfahrt lag ein ganzes Stück außerhalb der Stadt. Er hatte keine Ahnung, wo die Farm von hier gesehen lag. Er hatte nur den Namen der Straße, deshalb brauchte er Hilfe. In der Ferne erschienen ein paar Geschäfte wie hässliche Vogelscheuchen, die den Weg zur Stadt bewachten. Knapp einen Kilometer entfernt lag eine Tankstelle. Dorthin machte er sich in zügigem Tempo auf den Weg, trotz seines Fußes und seines Rückens. Dabei hielt er seinen Hut mit einer Hand fest. Es kam ihm jetzt kälter vor, nachdem er ein paar Minuten in einem warmen Auto verbracht hatte.

Der Mann an der Tankstelle erklärte ihm, wie er zur Cloverleaf Road kam. Sie lag auf der anderen Seite der Stadt. Und als Samuel die Straße gefunden hatte, waren diese noch weitere dreißig Minuten von der Abzweigung entfernt.

Der Himmel wurde grauer und der Wind stärker. Als Samuel die Einfahrt erreichte, an deren Briefkasten die richtige Nummer stand, war es früher Abend, wahrscheinlich nach fünf Uhr, und er war etwa fünfzehn Kilometer gelaufen. Sein Fuß, seine Hüfte und sein Rücken taten weh wie immer, wenn er eine lange Strecke gelaufen war. Sein Rücken war eine pulsierende Masse Fleisch. In seinem Mantel spürte er klebrige Feuchtigkeit, wahrscheinlich eher Blut als Schweiß. Sein Magen krampfte sich vor Hunger zusammen, seine Kehle war trocken und alles, was er wollte, war, sich hinzusetzen und für eine Weile zu ruhen. Aber er wollte nicht nach Einbruch der Dunkelheit auf der Farm ankommen – das war unhöflich. Er brauchte diesen Job.

Er stand am Ende der Einfahrt, nervös wie ein Bräutigam vor der Kirche. Er nahm seinen Hut ab und fuhr sich mit den Fingern durchs Haar. Die blonden Strähnen waren lang geworden und brauchten einen Schnitt. Er wischte sich mit dem Taschentuch über das Gesicht und klopfte den Staub von seiner schwarzen Hose und dem Mantel. Er bemerkte, dass es ein langer Weg zurück zum Obdachlosenasyl werden würde und sobald die Sonne untergegangen war, würde es schnell dunkel und kälter werden. Das war ein entmutigender Gedanke, aber, um Himmels willen, es würde ihn nicht umbringen, wenn ihm kalt war oder sein Bein und sein Rücken schmerzten. Es war, wie es war, und es war sinnlos, deswegen zu jammern. Er schüttelte den Gedanken ab – *kümmere dich um ein Problem nach dem anderen* – und ging die Auffahrt hinauf.

Das Farmhaus lag idyllisch am Ende der langen Auffahrt, außer Sichtweite der Straße. Hinter dem klassischen Steinhaus war eine riesige alte Bankscheune, von der die weiße Farbe abblätterte, ein Silo und eine große Weide dahinter. Links neben der Auffahrt auf der anderen Seite des weißen Zauns lag ein flaches Feld, das mindestens einen Hektar groß war. Es war bestellt mit Alfalfa. Dies war erstklassiger Boden. Und rechts von dem Farmhaus, einen Hügel hinab, konnte er einen großen Teich sehen.

Das Grundgerüst der Farm war wundervoll, aber Samuels geschultes Auge konnte die ersten Anzeichen von Vernachlässigung erkennen. Um das Haus herum war eine große Rasenfläche, die gemäht werden musste. Abgebrochene Äste, verursacht durch Winterstürme, lagen herum und würden das Gras unter sich ersticken, wenn man sie nicht schnell entfernte. Gelbe Osterglocken, die vor langer Zeit gesteckt worden waren, ließen zum Schutz gegen die Kälte die Köpfe hängen und neben ihnen wucherte Unkraut. Samuel fragte sich, wie die Scheune und die Weide von nahem aussahen und welche Art von Vieh der Farmer hatte. Es sah nicht nach Milchvieh aus, aber das konnte man schwer sagen.

Er erreichte die Vordertür des Hauses und überlegte kurz, ob er nicht besser an der Hintertür klopfen sollte, aber dann beschloss er, es zu wagen. Er nahm den Hut ab, richtete sich trotz der Schmerzen auf und klingelte.

Es WAR fast fünf Uhr, als es an der Tür klingelte. Eddie ging hin, den Mund zu einer Grimasse verzogen. Er hatte dutzende von Anrufen bekommen, seit die Anzeige vor zwei Tagen veröffentlicht worden war, ein *wahnsinniges* Interesse. Sein Telefon hatte so oft geklingelt, dass er irgendwann einfach aufgehört hatte, die Anrufe anzunehmen, um Zeit zum Schreiben zu haben. Dies war die dritte Person, die persönlich hergekommen war.

Bisher war es eine einzige Zeitverschwendung gewesen. Teenager, die nach einem Teilzeitjob nach der Schule suchten. *Nein, das trifft auf diese Stelle nicht zu.* Er hatte einige Leute abgewimmelt, die einen gut bezahlten Zweitjob suchten statt Kost und Logis, und anscheinend gehofft hatten, ihn überzeugen zu können, auch wenn in der Anzeige etwas anderes gestanden hatte. Eine bedauernswerte ältere Dame schien verzweifelt auf der Suche nach Arbeit zu sein, aber sie hatte ein eigenes Zuhause und war körperlich keinesfalls für den Job geeignet.

Eddie war ein schrecklicher Softie und er hasste es, Leute abzuweisen. Es war irgendwie wie bei einer schlechten Dating-Agentur. Aber er wusste, wenn er bei dieser einen Sache versagte, den ersten und einzigen Angestellten der Meadow Lake Farm einzustellen, konnte er auch gleich einpacken. Er brauchte wirklich Hilfe und er musste den einen Menschen finden, der dafür geeignet und mit dem zufrieden war, was er bieten konnte. Außerdem musste es jemand sein, den er in seinem persönlichen Umfeld ertragen konnte, jemanden, der nicht heimlich plante, Eddie loszuwerden und die Farm zu übernehmen.

Er setzte ein freundliches Lächeln auf, als er für den neuesten Bewerber die Tür öffnete. Dann blinzelte er.

Auf den Stufen vor der Tür stand ein junger Mann in schwarzen Hosen, einem weißen Hemd, Hosenträgern, einem kurzen schwarzen Wollmantel und einem schwarzen Hut, den er mit seinen großen Händen umklammert hielt. *Amish.* Er war wahrscheinlich nicht älter als zwanzig und wirkte schüchtern. Seine Schultern waren ein wenig nach vorn gebeugt, als wollte er sich am liebsten verstecken. Sein dunkelblondes Haar war lang und hatte jenen Topfschnitt, den die Amish für gewöhnlich trugen. Es hing lose um sein Kinn und war hinter die Ohren gesteckt. Sein Gesicht hatte ausgeprägte, kantige Züge, die fast zu groß für seinen Körper waren, mit hervorstehendem Kinn und Wangenknochen und vollen Lippen. Seine braunen Augen standen dicht zusammen und er konnte Eddie nicht in die Augen sehen, stattdessen schaute er auf sein Kinn.

„Hi, kann ich Ihnen helfen?", fragte Eddie. Aus irgendeinem Grund schlug sein Herz wie wild.

Der junge Mann knetete den Hut in seinen Händen. „Hallo. Mein Name ist Samuel Miller. Ich habe Sie vor ein paar Stunden auf dem Telefon angerufen. Ich bin hier wegen der Stelle für einen Knecht, die Sie in der Zeitung hatten."

Eddie lächelte, bezaubert von der urigen Wortwahl und der schüchternen Stimme. „Ah. Ja. Hallo."

„Ich möchte mich für die Stelle bewerben, wenn sie noch nicht vergeben ist."

Ein Windstoß drang durch die Tür und Eddie zitterte. Er sah, dass Samuel Miller ebenfalls erschauerte. Heute war es windig, trotz des strahlenden Sonnenscheins; ein böiger Wind, der energisch über die offenen Felder wehte, anders als er es aus Manhattan gewohnt war.

„Warum kommen Sie nicht rein? Es ist kalt heute, nicht wahr?"

Eddie schaute sich um auf der Suche nach einem Auto, aber er entdeckte keine Spur eines Fahrzeugs oder wenigstens eines Fahrrads in der verwaisten Auffahrt. Er trat zurück, damit der Fremde eintreten konnte. Das tat Samuel. Er kam die einzelne Stufe herauf und trat geduckt durch die Tür. Eddie versuchte, ihn nicht anzustarren, aber sein Mut sank. Samuel hatte einen Klumpfuß. Er schien nach innen verdreht zu sein, wahrscheinlich ein Geburtsfehler. Er humpelte fürchterlich in einem übergroßen schwarzen, unglaublich hässlichen Schuh, der eine gut fünf Zentimeter dicke Sohle hatte. Seine linke Schulter sackte bei jedem Schritt, den er machte, ab.

Eddie spürte eine Welle von Mitleid, aber auch Enttäuschung. Einen Moment hatte er Hoffnung gehabt. Samuel schien ein netter, stiller junger Mann zu sein, und da er Amish war, kannte er sich bestimmt mit Farmarbeit aus. Aber mit einer Behinderung wie dieser war er wahrscheinlich nicht sehr leistungsfähig. Eddies Mund wurde trocken und er rieb sich unbewusst über das Brustbein. Er würde diesem Mann absagen müssen. Er fühlte sich schuldig, aber es half nichts. Er brauchte einen Arbeiter, der zupacken konnte und bei diesem Punkt konnte er keine Abstriche machen, egal wie leid der Kerl ihm tat. Vielleicht konnte er Samuel sagen, dass er einem anderen Mann ein Angebot gemacht hatte und auf eine Antwort wartete. Manchmal war eine Lüge besser zu verkraften als die Wahrheit.

Im vorderen Zimmer drehte Samuel sich um und lächelte Eddie an, aber seine Haltung war ernst und sein Gesichtsausdruck wurde düster. Er war sehr blass und hatte purpurfarbene Ringe unter den Augen. Er sah nicht gut aus.

„Ich bin ein guter Arbeiter. Bin auf einer Farm aufgewachsen und habe jede Arbeit gemacht, die da anfällt. Es macht mir nichts aus, hart zu arbeiten."

„Ist das so?" Eddie räusperte sich. *Oh Gott.* „Also … das ist ein sehr arbeitsintensiver Job", wich er aus. „Daran sind Sie vielleicht nicht interessiert. Er beinhaltet Ställe ausmisten, die Tiere füttern, Zäune reparieren und eine Menge Gartenarbeit. Es gibt einen Rasenmähtraktor, aber er ist alt und viele Beete, die gejätet werden müssen. Mir wurde gesagt, dass ich die Weide mähen sollte, um Heu zu bekommen. Außerdem ist in der Scheune ein alter Traktor mit viel Zubehör, aber ich weiß nicht, wie er funktioniert."

Sobald er es ausgesprochen hatte, fiel Eddie ein, dass ein Amish eventuell nicht wusste, wie man einen Traktor bediente. Ein weiterer Grund, warum er Samuel nicht anheuern sollte.

Als hätte er seine Gedanken gelesen, sagte Samuel: „Ich kenne mich ein bisschen mit Maschinen aus. Wir hatten einen Generator und einen Motor für den Milchkühler. Beide waren alt und mussten oft gewartet werden. Öl und Filter und manchmal auch die Zahnräder und so. Ich habe sie immer zum Laufen gekriegt."

„Oh. Okay. Ähm … der Job beinhaltet auch viel körperliche Arbeit." Sein Blick fiel unbewusst auf Samuels Fuß. Es war nur für eine Sekunde, aber Samuel versteifte sich augenblicklich.

Seine Knöchel wurden weiß und er runzelte die Stirn. Seine Stimme war fest. „Ich bin harte Arbeit gewohnt. Auf der Farm von meinem Da habe ich ausgemistet, gefüttert und Heu gemacht und all das. Ich kann Zäune reparieren, Gartenarbeit machen, schmirgeln und anstreichen. Alles, was Sie wollen. Mein Fuß stört normalerweise nicht. Es ist nur, dass ich sehr weit gelaufen bin, um herzukommen, deshalb ist das Hinken schlimmer. An einem gewöhnlichen Tag ist es kein Problem. Ich kann jede Aufgabe erfüllen, die Sie mir stellen. Ich bin richtig stark. Das verspreche ich Ihnen."

Eddie schämte sich. „Da bin ich mir sicher."

Er schaute Samuel erneut an und dachte, dass das wahrscheinlich stimmte. Seine Hände waren groß, die Handflächen rau, als würde er jeden Tag harte Arbeit mit ihnen verrichten. Er war auch ziemlich schlank und hatte breite Schultern. Er sah nicht gerade wie ein Faulenzer aus. Allem Anschein nach *war* er stark, obwohl er mit einer Behinderung aufgewachsen war. Oder vielleicht gerade deshalb.

Eddie traf wieder Samuels Blick. Dieses Mal hielt Samuel ihn. Er schien entschlossen und in seinen Augen blitzte etwas auf, das Verzweiflung sein mochte.

Eddie stellte fest, dass er diese Sicherheit zu schätzen wusste. *Einer* von ihnen sollte sicher sein. Er seufzte. „Warum kommen Sie nicht in die Küche und trinken eine Tasse Kaffee oder Tee, dann können wir darüber reden. Wenn Sie hergelaufen sind, muss Ihnen kalt sein."

„Ja, Sir."

„Mein Name ist Eddie. Eddie Graber." Er streckte die Hand aus.

Samuel ergriff sie sofort. Ja, verdammt, der Kerl hatte starke Hände. Er quetschte Eddies Hand nicht, aber er wäre dazu in der Lage. „In Ordnung, Mr. Graber."

„Nennen Sie mich Eddie. Niemand nennt mich ‚Mister'."

„Okay."

„Mögen Sie Kaffee?"

„Ja, Sir. Eddie. Eine Tasse Kaffee wäre gut. Da draußen war es ein wenig kühl."

Eddie musste über die Untertreibung und den Akzent lächeln. Samuels „da" klang eher wie „dar". Er ging voraus in die Küche. Samuels Fuß machte ein dumpfes Geräusch auf dem Holzfußboden, bei dem Eddies Herz wehtat.

Er deutete auf einen Hocker an der Kücheninsel und Samuel nahm Platz. Eddie machte mit der K-Cup Maschine zwei Tassen Kaffee. Er stellte sie auf die Kücheninsel, zusammen mit einer Schale Rohzucker und einem Kännchen Mandelmilch. Er stellte auch die Haferkekse hin, die er vorhin gebacken hatte. Samuel nahm sich von allem etwas, er gab Milch und Zucker in seinen Kaffee, dann aß er vorsichtig einen Keks, als machte er sich Sorgen, dass er beobachtet würde.

Wow. Der Kerl hatte eine tolle Knochenstruktur, dachte Eddie, der im Licht, das durch das Fenster hereindrang, sein Gesicht besser sehen konnte. Seine Wangenknochen waren ausgeprägt und formten mit seinem kräftigen Kinn fast ein Viereck. Er erinnerte Eddie an einen Welpen mit übergroßen Pfoten, als wäre er noch nicht in sich selbst hineingewachsen. Er war nicht unattraktiv. Ganz im Gegenteil – er war zauberhaft – auf eine frische und gesunde Weise. Er hatte wahrscheinlich germanische Vorfahren. Waren Amish nicht deutsch?

Das waren vollkommen objektive Feststellungen und hatte nichts mit persönlichem Interesse zu tun, versicherte Eddie sich. Samuel war viel zu jung, um auf diese Weise an ihn zu denken, selbst wenn er *nicht* Amish wäre, was er war. Eddie wusste nicht viel über die Amish, aber er wusste, dass sie tief religiös waren und moderne Technologie verabscheuten. Eddie hingegen war liberal bis ins Mark und er liebte seine Gerätschaften. Sie waren wie Feuer und Wasser. Selbst Samuels Art zu reden zeigte, dass er in einer vollkommen anderen Welt lebte. Natürlich mussten sie philosophisch nicht auf einer Wellenlänge sein, wenn Samuel hier arbeitete. Sie mussten nicht einmal Freunde sein. Was Eddie brauchte, waren starke

Hände, Bereitschaft zur körperlichen Arbeit und das Wissen, wie eine Farm geführt werden sollte.

Aber als Eddie verstohlen zu Samuel blickte, sah er auch, dass dessen Gesichtsfarbe teigig und grau war. Er sah müde aus. War er krank? Etwas Ernstes? Erneut verstärkten sich Eddies Zweifel.

„Ich fürchte, was in der Anzeige stand, steht fest", wich Eddie aus. „Ich lebe allein in diesem großen Haus, also hätten Sie ein eigenes Zimmer mit Bad plus Mahlzeiten. Aber der Lohn beträgt nur fünfzig pro Woche. Das ist nicht viel."

„Das ist in Ordnung", sagte Samuel ruhig und nahm seine Kaffeetasse. Seine braunen Augen trafen die von Eddie. „Ich brauche einen Ort, wo ich bleiben kann, also ist mir das viel wert."

„Ich verstehe."

Samuel trank seinen Kaffee ruhig und hielt die Tasse in seinen großen Händen. Er schaute aus dem Fenster. „Das Gras muss schnell gemäht werden."

Eddie kratzte sich am Kopf. „Ja. Das steht auf meiner Liste. Aber ich arbeite viel."

„Morgen wäre ein guter Tag dafür. Sie sollten es nicht machen, wenn das Gras nass ist und wir hatten seit Sonntag keinen Regen."

„Richtig."

„Das mache ich morgen", sagte Samuel, mehr zu sich selbst.

Eddie fühlte sich unbehaglich, als wäre er auf der falschen Seite der Straße gefahren. Samuel redete so, als würde es tatsächlich dazu kommen. Aber Eddie hatte noch keine Entscheidung getroffen. Sicher, der mysteriöse junge Mann war ihm sympathisch. Er ging Eddie ans Herz, was bei seinem großen Herzen nicht schwer war. Aber abgesehen von den Fragen über Samuels Fähigkeiten, wollte Eddie, dass ein Amish-Mann in seinem Haus lebte? Würde der Mann beten? Am Tisch die Bibel lesen? Würde er in Panik verfallen, wenn er herausfand, dass Eddie schwul war?

Eddie war ein jüdischer, agnostischer Schwuler, liberal bis ins Mark. Das klang nach einem Rezept für eine Katastrophe. Oder einer Episode von *Big Brother*.

Dennoch fühlte Eddie sich nicht in der Lage, dem jungen Mann einfach zu sagen, dass er gehen sollte. *Heilige Scheiße, der Kerl ist hierher* gelaufen.

Eddie kratzte sich am Nacken. „Also ich denke, ich sollte Ihnen mehr erzählen. Sehen Sie, ich eröffne einen Gnadenhof. Im Moment habe ich zwei Kühe und drei Schafe, aber früher oder später werden es viel mehr Tiere werden."

Samuel drehte sich zu ihm, sein Gesichtsausdruck neutral.

„Und, ähm, neben der Sache mit dem Gnadenhof bin ich Veganer. Also sind die Mahlzeiten, die ich serviere, vegan. Jede Menge Reis, Nudeln und Bohneneintöpfe. Brot. In dieser Art. Ich mag auch süße Sachen. Aber kein Fleisch."

Das brachte eine Reaktion hervor. „Kein Fleisch?" Samuel sah verwirrt aus.

„Nein, ich bin *Veganer*", wiederholte Eddie geduldig. „Also mir ist egal, was Sie essen, wenn Sie nicht hier sind. Wenn Sie ausgehen und Lust auf einen Big Mac haben, geht mich das nichts an. Aber ich bitte darum, dass in dieser Küche kein Fleisch aufbewahrt oder verzehrt wird. Schließlich ist das hier ein Zufluchtsort. Wenn Sie in Ihrem Zimmer einen Snack oder vielleicht einen Minikühlschrank haben wollen, ist das Ihre Sache."

Samuel starrte ihn immer noch zweifelnd an, sagte aber nichts.

Eddie atmete aus und nahm einen Schluck Kaffee. „Wenn das für Sie ein Absagegrund ist, verstehe ich das. Schließlich sind die Mahlzeiten ein Teil der Bezahlung."

Samuel schaute zu dem Teller mit den Keksen, nahm einen weiteren und biss nachdenklich hinein. „Ich schätze, ich kann ohne Fleisch leben, wenn es Brot und Kekse und so was gibt."

Eddie konnte bei Samuels ernstem Tonfall ein Lächeln nicht unterdrücken. „Brot und Kekse gibt es definitiv."

„In Ordnung." Samuel traf Eddies Blick und lächelte ihn vorsichtig an.

In seinem Blick lag etwas so hoffnungsvolles. Es zog Eddie den sprichwörtlichen Boden unter den Füßen weg. *Scheiße.* Er rieb sich über das Brustbein, um den plötzlichen Schmerz zu lindern. „Also …", sagte er rau und seufzte. „Wenn Sie immer noch interessiert sind, könnten wir es mit einer Probezeit versuchen. Vielleicht eine Woche? Nur um zu sehen, wie es funktioniert. Ich kann nichts versprechen."

„Vielen Dank", sagte Samuel und sein Lächeln wurde breiter. „Es wird Ihnen nicht leidtun."

Eddie hoffte sehr, dass er das nicht bereute. „Okay. Also möchten Sie Ihr Zimmer sehen?"

„Ja, bitte, Eddie."

„Hier entlang."

Eddie hatte bereits beschlossen, dem Knecht das Zimmer im hinteren Bereich des Hauses über der Küche zu geben. Zum einen war es so weit weg von seinem eigenen Zimmer wie möglich, außerdem wies das Fenster zur Scheune und der Weide, falls der Mann nach den Tieren sehen wollte. Es hatte ein eigenes kleines Badezimmer mit Dusche. Statt der Haupttreppe zeigte Eddie Samuel die Hintertreppe, eine schmale alte Treppe, die von der Küche aus zwischen zwei Wänden steil nach oben führte. Samuel polterte hinter ihm her.

Am Kopf der Treppe war ein kleiner Flur mit drei Türen. „Hier ist das Zimmer", sagte Eddie und öffnete eine Tür. Es war sehr klein mit einem schmalen Bett, das bereits bezogen war, einer Kommode, die Eddie in einem Gebrauchtwarenladen gefunden hatte, einem kleinen Sessel und einem schmalen Schrank mit leeren Kleiderbügeln. Samuel schaute sich wortlos um.

„Und hier ist das Badezimmer mit Toilette und Dusche. Das haben Sie für sich allein." Eddie öffnete eine der anderen Türen.

Auch hier schaute Samuel hinein. „Gibt es warmes Wasser?"

Eddie lächelte. „Aber *ja*. So viel Sie wollen. Der Tank ist groß und es gibt hier nur Sie und mich."

Samuel schaute ihn seltsam an. „Sie haben keine Frau und Kinder?"

Eddie dachte kurz darüber nach, Samuel zu sagen, dass er schwul war, aber der Mann hatte mit der Veganer-Sache schon genug zu verdauen. Und es ging Samuel auch wirklich nichts an. Es war ja nicht so, dass Eddie vorhatte, Männer auf die Farm mitzubringen.

Nein, nach Alex würde es in absehbarer Zukunft keine Männer für ihn geben. Und falls er sich jemals auf Grindr anmelden sollte … Na ja, dann würde er eine Lösung finden.

„Nein. Ich bin nicht verheiratet. Also das war alles. Die andere Tür führt zu den vorderen Schlafzimmern. Dort brauchen Sie nicht hin."

Samuel nickte zustimmend und Eddie ging voraus nach unten. Die Küche war an das ursprüngliche Farmhaus angebaut worden und hatte an zwei Wänden große Fenster. Draußen hatte der Tag sich in weiches Gold verwandelt, als die Sonne dem Himmel einen Gutenachtkuss gab.

Samuel schaute aus dem Fenster und biss sich auf die Lippe. Seine Hände steckten in seinen Taschen, sein Blick war verkniffen und er schwankte leicht. Er sah erschöpft aus.

Eddie beeilte sich, die Sache zu klären, damit Samuel nach Hause gehen konnte. „Also … wann möchten Sie Ihre Probewoche beginnen?"

„Sofort?", schlug Samuel vor und schaute ihn hoffnungsvoll an.

„Okay." Eddie nickte. Es gab auf jeden Fall eine Million Dinge, die erledigt werden mussten. „Also wollen Sie morgen wiederkommen? Oder Ende dieser Woche?"

Samuel schien in sich zusammenzusacken. Er stützte sich mit einer Hand an dem Holzofen ab. „Na ja … ich hoffe, das ist nicht unhöflich, aber … wäre es in Ordnung, wenn ich sofort anfange?"

Eddie blinzelte. „Müssen Sie nicht nach Hause und Ihre Sachen holen?"

Samuels Wangen röteten sich und er konnte Eddie nicht in die Augen sehen. „Nein. Ich habe im Moment alles, was ich brauche. Ich kann mir später noch was besorgen."

Ernsthaft? Was war dem Jungen bloß zugestoßen? Plötzlich fühlte Eddie sich unwohl. Der junge Mann war wie aus dem Nichts vor seiner Tür aufgetaucht, nicht einmal mit einem Koffer. Und jetzt wollte er *auf der Stelle* anfangen?

Das war ziemlich seltsam. Aber andererseits war der Junge ein Amish. Was wusste Eddie schon darüber? Hatten sie keinen persönlichen Besitz? Und er war zu Fuß hergekommen, erinnerte sich Eddie. Vielleicht wollte er einfach nicht wieder den ganzen Weg nach Hause laufen. Mit einem Klumpfuß. *Meine Güte.* Bei dem Gedanken zuckte Eddie zusammen. Gott allein wusste, wie weit er gelaufen war, um sich für die Stelle zu bewerben. Und es war fast dunkel. Die Vorstellung, dass Samuel stundenlang im Dunklen mit diesem Klumpfuß nach Hause lief, war grauenvoll.

Eddie, der gegen diese Art von Leid machtlos war, knickte auf der Stelle ein. „Sicher. Ja. Das ist in Ordnung. Sie können heute Nacht hierbleiben, wenn Sie wollen."

Samuel schaute erleichtert auf. „Das ist wirklich gut. Dann kann ich mich morgen früh gleich an die Arbeit machen. Ich würde ja sofort anfangen, aber es ist fast dunkel."

„Oh Gott, Sie müssen nicht heute Abend anfangen! Das ist nicht nötig. Ich habe die Tiere gefüttert und ihnen Wasser gegeben, kurz bevor Sie hergekommen sind, also sind sie bis morgen versorgt. Ich wollte Pasta zum Abendessen machen, wenn Sie möchten."

„Um ehrlich zu sein, bin ich einfach sehr müde" gab Samuel leise zu.

„Oh. Na ja. Wenn Sie sich ausruhen möchten, können Sie Ihr Zimmer benutzen. Es ist ja schließlich Ihres für diese Woche. Ich mache Abendessen und Sie können später herunterkommen, wenn Sie hungrig sind."

„Danke vielmals." Samuel ging zur Schiebetür, aber drehte sich um, bevor er nach oben ging. „Ich weiß, dass ich nicht nach viel aussehe, aber ich verspreche, dass Sie es nicht bereuen werden."

Bevor Eddie etwas erwidern konnte, war Samuel auf dem Weg nach oben mit einem müden *klonk klonk*.

Eddie setzte sich an die Anrichte und trank seinen kalten Kaffee. Er blinzelte die plötzliche Feuchtigkeit weg, die bei Samuels Worten in seine Augen getreten war.

Guter Gott, Eddie Graber, du bist wirklich ein Riesensoftie.

Dennoch waren in seiner Brust eine Leichtigkeit und ein Frieden, was nicht zu der rationalen Analyse seines neuen Angestellten zu passen schien, als wüsste sein Geist etwas, das seinem Gehirn entgangen war.

Er dachte, möglicherweise *mochte* er Samuel. Eddie konnte nur beten, dass er für den Job geeignet war, denn der Gedanke, den Kerl rauszuwerfen, behagte ihm gar nicht.

5

Um fünf Uhr am nächsten Morgen wachte Samuel auf. Das Bett war gemütlich – weich und mit mehreren alten Quilts bedeckt. Er hatte gut geschlafen, trotz seines Rückens und seiner Sorgen. Vielleicht lag es an der Erleichterung, dass er einen Job gefunden hatte. Und es war ein guter Job. Die Farm war schön und Eddie Graber schien ein netter Mann zu sein. Er war ein Stadtmensch und jünger, als Samuel erwartet hatte. Er wirkte ein wenig hochtrabend mit seiner hellen Haut, die anscheinend nur selten die Sonne gesehen hatte, seinem kurz geschnittenen Bart, seinem teuer aussehenden Hemd, Jeans und Wanderstiefeln. Aber seine großen braunen Augen hatten lange Wimpern und waren die sanftesten Augen, die Samuel jemals gesehen hatte. Hoffentlich spiegelten sie den Mann wider und er war nicht grausam oder unvernünftig. Und es gefiel Samuel, dass sie nur zu zweit waren. Es konnte wirklich angenehm werden, wenn er es nicht so vielen Leuten zugleich recht machen musste.

Als er aus dem Bett stieg, war sein Rücken steif und schmerzte sehr. Sein rechter Oberschenkel, seine Wirbelsäule und sein schlimmer Fuß waren lahm, weil er am Vortag so viele Kilometer gelaufen war. Er fühlte sich auch ein wenig fiebrig. Aber es half alles nichts. Dies war eine Probewoche hatte Eddie gesagt. Samuel musste zeigen, dass er hart arbeiten konnte.

Er hatte sich am vorigen Abend das Badezimmer angesehen. Er hatte eine noch verpackte Zahnbürste und eine Tube Zahnpasta gefunden. Es gab Shampoo und Seife in der Dusche. Aber es gab kein Aspirin oder antiseptische Creme. Er hatte sein Hemd, seine Unterwäsche, Socken und Hose im Waschbecken mit Duschgel gewaschen und das Fenster in der Hoffnung gekippt, dass sie über Nacht trockneten.

Jetzt zog er sie an. Seine Polyesterhose war trocken, aber die anderen Teile waren noch ein wenig feucht. Blut hatte den Rückenteil seines Hemdes so schlimm verschmutzt, dass es reif für die Mülltonne war. Aber Samuel hatte nichts anderes anzuziehen. Wenigstens verdeckte sein Mantel das schlimmste.

Er ging nach unten in die Küche, dabei versuchte er, leise zu sein. Er sehnte sich nach einer Tasse Kaffee, aber er wusste nicht, wie er sich in Eddies Küche eine machen konnte. Er fand eine Tupperschüssel voll Nudeln mit einer roten Soße im Kühlschrank. Ein Zettel, auf dem „Samuel" stand, klebte darauf. Er nahm die Schüssel heraus und aß die Mahlzeit kalt und im Stehen. Nachdem er etwas im Magen hatte, fühlte er sich besser. Er betrachtete die vielen Schubladen im Raum neugierig. Wäre es unhöflich, hineinzusehen? Er beschloss, ein paar zu öffnen, dabei war er so leise wie möglich. Er fand, wonach er suchte – eine Schublade voller Tabletten, Vitamine, Schmerzmittel und dergleichen. Es gab eine große Flasche Tylenol, die noch fast voll war. Samuel nahm an, dass es Eddie nichts ausmachen würde, denn damit würde Samuel heute Morgen besser arbeiten.

Samuel nahm drei Tabletten mit einem Glas Wasser, dann ging er nach draußen. In der Scheune fand er einen Lichtschalter. Es war immer noch dunkel und kalt. Es schien nur wenig über dem Gefrierpunkt zu sein. Die einzelne Glühbirne war hell, dennoch schien sie von der Dunkelheit eingeschüchtert zu sein, denn ihr Licht erreichte nicht die hintersten Ecken. Samuel entdeckte die Tiere, von denen Eddie gesprochen hatte – zwei Kühe in einem Stall, der sich zur Weide hin öffnen ließ, und drei Schafe in einem weiteren Stall, der groß genug war für ein Dutzend mehr. Die Kühe waren Jersey-Rinder, eine Milchkuh mit schwingendem Euter und eine große Färse, deren kleine Zitzen belegten, dass sie noch nie trächtig gewesen war. Es war seltsam, solche Kreaturen zu halten. Dem Euter nach zu urteilen, schien die Färse getrunken zu haben, dachte Samuel. Dennoch war keine Milch im Kühlschrank, deshalb schaute Samuel sich nach einem Eimer und einer Milchpumpe um oder wenigstens einem Hocker. Er fand einen Hocker, aber sonst nichts. Kopfschüttelnd ging Samuel zurück zum Haus, wusch eine große Suppenschüssel gründlich mit heißem Wasser und Seife und nahm sie mit in die Scheune.

Er fand zwei Halfter in leuchtenden Farben bei der Tür, leinte die Milchkuh an und band sie im Fütterungsgang an einen Balken. Die Färse war nicht begeistert, deshalb stellte Samuel ihnen beiden Getreide hin, dann nahm er Platz und molk, während sie fraßen. Die Kuh wehrte sich nicht, aber er bekam nur knapp zwei Liter Milch. Sie würden die Kuh von der Färse trennen müssen, wenigstens über Nacht, damit die Färse nicht die Milch stahl. Und sie würden sie ebenfalls besamen müssen, wenn sie nicht bereits trächtig war. Alt genug dafür war sie. Er würde mit dem Boss darüber reden müssen.

Samuel fragte sich, was zum Teufel Eddie Graber mit den Tieren vorhatte. Er hatte am vorigen Abend nicht viel gesagt und was er gesagt hatte, hatte kein bisschen Sinn ergeben, auch wenn Samuel das nicht ausgesprochen hatte. Es gab eindeutig nicht genug Kühe, um Milch zu produzieren und wenn die Kühe nur für die Familie waren, waren zwei von ihnen immer noch viel zu viel für zwei Männer. Vielleicht wollte Eddie die Färse verkaufen. Sie sah gesund aus und würde eine gute Milchkuh abgeben, wenn sie besamt war.

Er brachte die Milch zum Haus und fand im Schrank einen Krug mit Deckel. Er stellte die Rohmilch in den Kühlschrank.

Er fütterte die Schafe und sorgte dafür, dass alle Wassertröge voll waren. Schließlich ging die Sonne auf. Das Ende der Weide zeigte nach Westen und der Himmel wurde pink-violett. Es war ein atemberaubender Morgen von der Art, wie Samuel sie sich in Green Valley, dem Ort seiner Tagträume, vorgestellt hatte. Das Tylenol begann zu wirken und auch wenn er immer noch Schmerzen hatte, war es nicht allzu schlimm.

Samuel fühlte sich zum ersten Mal seit jener schrecklichen Szene mit seinem Vater entspannt. Zum ersten Mal hatte er keine Angst. Er hatte ein Dach über dem Kopf und regelmäßige Mahlzeiten. Er hielt einen Moment inne und betrachtete den Himmel, dabei sprach er ein Dankgebet. Eine der Kühe, die Färse, lief an ihm vorbei auf die Weide.

Es war sehr ruhig. Die Farm fühlte sich leer an, aber nicht auf eine schlechte Weise. Es war seltsam, dass in diesem großen Haus nur ein Mann lebte, aber das ging Samuel nichts an. Das brachte Samuel zu Eddie und was dieser wohl mit einer solchen Farm wollte. Er wirkte wie viele der Touristen, die in die Gegend kamen, aber anders als diese, schien er in Form zu sein. Er war durchschnittlich groß, vielleicht einen Meter achtundsiebzig und sehr schlank. Wie alt war er? In seinem kurzen dunklen Haar und seinem weichen Bart war kein Grau.

Er hatte so hübsche Augen.

Nein, nicht *hübsch*. Das war dumm. Aber er hatte eine Art, einen anzusehen, die beunruhigend war. Samuel war an seine Familie und die Leute in der Kirche gewöhnt, die ihn alle anschauten, ohne ihn wirklich wahrzunehmen. Oder vielleicht nahmen sie ihn wahr, ohne sich zu fragen, was in seinem Herzen war, wie ein Blick, der über etwas wanderte, das schon immer dagewesen war. Eddie schaute ihn an, als wäre sein Blick gefangen.

Samuel schüttelte über seine Dummheit den Kopf und machte sich wieder an die Arbeit. Er ließ die Schafe zu den Kühen auf die Weide. Die Tiere schien es nicht zu stören, also nahm er an, dass sie es gewohnt waren, gemeinsam zu grasen. Er mistete die Ställe aus und kehrte den Zementgang vor den Ställen mit einem alten Besen. Er bemerkte ein paar Wespennester und schlug sie herunter, um sie in dem Müllcontainer bei der Garage zu entsorgen. Die Nester waren leer, aber es war besser, dafür zu sorgen, dass sie nicht wieder besiedelt wurden, wenn der Frühling kam.

Heute war es windstill und der Himmel war klar. Von der Arbeit wurde ihm warm und ohne nachzudenken zog Samuel seinen Mantel aus. Er schaute sich in der Scheune um und fand den alten Traktor, von dem Eddie gesprochen hatte, in einem Raum ganz hinten auf der unteren Ebene. Er beugte sich gerade über den Motor, als jemand sprach.

„Samuel."

Samuel erschrak, denn er war vollkommen in Gedanken versunken gewesen. Er drehte sich um und entdeckte Eddie, der im offenen Tor stand. Er trug eine braune Jacke aus Stoff, Jeans und Stiefel. Samuel lächelte ihn freundlich an, bis er bemerkte, wie Eddie ihn ansah. Er sah schockiert aus.

„Hallo", sagte Samuel und sein Lächeln schwand. Er wischte sich die Handflächen an seiner schwarzen Hose ab. „Ich hab' gerade nach dem Motor geschaut. Ob er Öl braucht und so."

Etwas stimmte mit Eddies Blick nicht. „Ich … äh. Haben Sie gut geschlafen?"

„Ja", sagte Samuel strahlend. „Das Bett ist wirklich gut."

„Gut."

„Ich habe die Kühe und die Schafe schon gefüttert und gemolken."

„Gemolken?"

„Und die Ställe ausgemistet. Ich war nicht sicher, ob die Schafe und die Kühe zusammen auf die Weide dürfen, aber da es keine abgetrennten Bereiche gibt, habe ich es einfach so gemacht."

Eddie starrte ihn einfach an.

„Ich habe keine Hühner gefunden", fuhr Samuel fort und leckte sich nervös die Lippen. „Sonst hätte ich Eier geholt. Haben Sie Hühner?"

„Im Moment nicht, nein."

„Oh. Sie sollten sich welche besorgen. Es gibt nichts Besseres als frische Eier. Und sie fressen die Insekten. Die Hühner meine ich. Die machen kaum Arbeit."

Warum schaute Eddie ihn so komisch an? Samuel hatte keine Ahnung, was er falsch gemacht hatte. Er schluckte und schaute wieder zum Traktor. „Ich schätze, Ihnen ist lieber, dass ich heute den Rasen mähe. Ich wusste nicht, wo der Rasenmäher ist, sonst hätte ich schon angefangen. Aber das Gras auf der Weide wird auch zu groß, bei nur zwei Kühen und ein paar Schafen. Ich kann diese Woche Heu machen, wenn ich den Traktor zum Laufen kriege."

„Samuel", sagte Eddie mit angespannter Stimme. „Würden Sie bitte ins Haus kommen?"

Eddie schien wütend oder aufgebracht zu sein. Aber Samuel hatte keine Ahnung, was er falsch gemacht hatte. Er hatte alles geschafft, was am Morgen erledigt werden musste und er hatte nur ein paar Stunden dafür gebraucht.

Plötzlich hatte er einen Kloß im Hals und er spürte, wie sein Gesicht sich erhitzte. Er fühlte eine schneidende Angst in sich. Eddie würde ihn doch nicht schon rauswerfen? Oder … ihn auspeitschen? Aber nein, das würde Eddie nicht tun. Ein Arbeitgeber feuerte einen Angestellten, er peitschte ihn nicht aus. Aber Samuel würde sich lieber noch einmal auspeitschen lassen, als herausgeworfen zu werden. Mit Freuden.

Was hatte er falsch gemacht?

Eddie drehte sich um und marschierte wieder ins Haus. Samuel hatte keine Wahl, als ihm zu folgen.

EDDIE BETRAT die Küche durch die Hintertür und hielt sie für Samuel auf, der direkt hinter ihm war. Samuel schaute ihn nervös an, dann steckte er die Hände in die Taschen und sah zu Boden.

Eddie ging einen Moment in der Küche auf und ab, sein Inneres verkrampft vor Nervosität und Wut. Er war an diesem Morgen aufgewacht und hatte Samuel durch das Küchenfenster eine Weile bei der Arbeit zugesehen. Samuel hatte die Ställe ausgemistet und die Schubkarre benutzt, um den Mist auf den Misthaufen zu bringen. Er arbeitete zügig, ohne zu trödeln oder, wie einer der Teenager, der sich um den Job beworben hatte, alle zwei Minuten auf seinem Handy nach neuen Nachrichten zu schauen. Eddie war zufrieden. Zu wissen, dass alles in geregelten Bahnen verlief, während er an seinem Schreibtisch saß und arbeitete, nahm ihm eine Last von den Schultern.

Dann hatte Eddie die großartige Idee, zu überprüfen, ob im Badezimmer im oberen Stock noch alles vorhanden war, wobei er eine düstere Entdeckung gemacht hatte.

„Hatten Sie schon einen Kaffee?", fragte Eddie, denn er wollte die Sache langsam zur Sprache bringen.

Samuel antwortete leise: „Nein, Sir. Ich wusste nicht wie."

„Ich zeige es Ihnen. Kommen Sie her."

Eddie erklärte Samuel, wie die K-Cup-Maschine funktionierte. Er benutzte wiederverwendbare Plastikkapseln, da diese besser für die Umwelt waren, und er hatte eine große Dose mit gemahlenem Kaffee. Diese einfache Aufgabe entspannte ihn ein wenig.

„Bedienen Sie sich am Kaffee, wann immer Sie wollen", sagte er steif. „Und an allem anderen in der Küche."

„Okay." Endlich schaute Samuel auf in Eddies Gesicht. „Habe ich etwas falsch gemacht?"

Er zitterte fast, wodurch Eddie sich furchtbar fühlte. Er biss die Zähne zusammen und versuchte, sich zu beruhigen. „Sehen Sie, es ist nicht meine Art, mich in Ihre Privatangelegenheiten einzumischen, aber da gibt es etwas, das ich nicht ignorieren kann."

Samuel blinzelte ihn mit besorgten Augen an.

„Ich war in Ihrem Badezimmer, weil ich nicht sicher war, ob Sie genug Toilettenpapier und so weiter haben, und ich … ich fand das hier unter dem Waschbecken." Eddie nahm ein Handtuch von einem Hocker an der Kücheninsel und legte es auf die Anrichte. Das weiße Handtuch war blutverschmiert.

„Es tut mir leid", sagte Samuel niedergeschlagen. „Ich wollte heute zum Laden gehen und Bleiche holen, wenn Sie keine haben. Ich bekomme es wieder sauber. Man wird es gar nicht mehr sehen."

„Das Handtuch ist mir egal!" Eddie trat hinter Samuel. Seine Stimme zitterte. „Sehen Sie sich nur Ihr Hemd an! Da ist überall Blut. Samuel, was ist passiert? Wer hat Ihnen das angetan? Brauchen Sie einen Arzt?"

Eddie regte sich so sehr auf, dass ihm übel wurde. Als er das Handtuch gefunden hatte, hatte ihn das Blut auf dem Frotteestoff erschreckt, aber er dachte, dass Samuel sich vielleicht beim Rasieren geschnitten hatte. Dann hatte er Samuel in der Scheune ohne seinen Mantel gesehen. Der Rückenteil seines Hemdes war blutgetränkt. Eddie wollte auf etwas einschlagen. Die Vorstellung, dass jemand Samuel, mit seinem Klumpfuß und seiner schüchternen Sanftheit, verprügelt hatte, brachte Mordgelüste in ihm hervor.

Schikanen und Misshandlungen waren Dinge, die Eddie nicht ertragen konnte. Als Kind war er immer der Kleinste in der Klasse gewesen. Er war schmal gebaut und seine jüdischen Eltern hatten ihn erst eine, dann eine weitere Klasse überspringen lassen, woraufhin er *wirklich* der Kleinste war.

Seinen Eltern war es stets nur um Bildung gegangen, nicht um Eddies Sozialleben. „Halt dich aus allem heraus und lern. Du bist nicht in der Schule, um einen Beliebtheitswettbewerb zu gewinnen", war der Rat seiner Mutter gewesen. Sein Vater hatte „Wen interessiert, was andere denken?" hinzugefügt.

Und so wurde er schikaniert, wenn auch selten bis hin zu Gewalttätigkeiten. Größtenteils wurde er als Sonderling abgestempelt und ignoriert. Wenn andere Kinder ihren Geburtstag gefeiert hatten, war er nicht eingeladen worden. Er wurde als letzter für Gruppenarbeiten und im Sportunterricht gewählt. Eddie hatte eine spröde Fassade entwickelt, die sagte, dass es ihn nicht interessierte. Aber das hatte es doch.

Als er in die High School gekommen war, war die Wut über diese andauernde Herabwürdigung übergekocht. Er war die meiste Zeit ein Starschüler gewesen – Schachclub, Schülerzeitung, Ehrenrolle. Doch wenn er mitbekam, dass jemand schikaniert oder schlecht behandelt wurde, sah er rot. Wenn er wütend war, hatte er keine Angst. Dann hielt er sich nicht zurück. Er konnte beißen, treten, auch in den Schritt … Er hatte jede Menge Wut aufgestaut, von der er zehren konnte. Nach einem holprigen zweiten Jahr, in dem er zwei Mal wegen Prügeleien suspendiert worden war, hatte Eddie gelernt, sein Temperament zu zügeln und seine Mitschüler hatten gelernt, dass es die Narbe nicht wert war, sich mit dem „kleinen Berserker" anzulegen. Ironischerweise hatte er sich widerwilligen Respekt und ein Minimum an Popularität verdient.

Während dieser Jahre waren Tiere immer für ihn da gewesen. Zuerst seine Rennmaus Rebbi, dann sein Hund Snowball. Sie hatten ihn immer geliebt, ihn immer bedingungslos akzeptiert und immer zugehört. Eddie liebte Tiere von ganzem Herzen und er beschützte sie ebenso leidenschaftlich wie alles andere, was verletzlich war.

Weswegen er sich wegen Samuel so aufregte.

Samuel drehte sich zu Eddie und versteckte damit seinen Rücken. Sein Blick war zu Boden gewandt. „Es ist nichts. Ehrlich. Ich kann trotzdem arbeiten. Ich verspreche es."

„Es geht nicht um die Arbeit!"

Samuel sagte nichts, aber er errötete noch mehr. Eddie versuchte, sich zu beruhigen. Er machte Samuel Angst. Welches Recht hatte er auch, ihn zu verhören? Samuel war kein Kind und Eddie war nicht für ihn verantwortlich.

„Setzen Sie sich und trinken Sie Ihren Kaffee", sagte Eddie, als er sich beruhigt hatte.

„Sie feuern mich nicht?"

„Nein. Bestimmt nicht. Um Gottes willen. Nein."

Samuel setzte sich vorsichtig auf einen Hocker an die Anrichte. Eddie holte Mandelmilch und Zucker, und Samuel rührte sich etwas davon in den Kaffee. Ohne zu fragen steckte Eddie Brot in den Toaster, dann stellte er Schüsseln, Teller, Besteck und eine große Schachtel Müsli auf die Anrichte vor Samuel. Er holte auch zwei Bananen und Erdnussbutter.

Sie saßen sich gegenüber und aßen.

„Im Kühlschrank ist Rohmilch. Frisch von heute Morgen", sagte Samuel leise. Seine Wangen waren immer noch errötet.

„Äh … ja. Das habe ich gesehen."

Es war irgendwie lustig, dass Samuel Ginger gemolken hatte. Offensichtlich hatte er keine Ahnung, was vegan bedeutete. Oh Gott, Eddie hatte Samuel so viel über die Farm zu erklären und was er hier zu tun gedachte. Aber das stand im Moment nicht oben auf Eddies Prioritätenliste.

Als er merkte, dass sie sich beide beruhigt hatten, versuchte er es erneut. „Okay. Sie *müssen* es mir nicht sagen, aber ich möchte gern wissen, was mit Ihrem Rücken passiert ist."

Samuel kaute ein Stück Toast und schaute Eddie argwöhnisch an. „Das war mein Da. Mein Vater."

Eddie schluckte. Er hasste den Mann auf der Stelle. „Hat er einen Gürtel benutzt?"

„Eine Rute. Von einem jungen Baum." Samuel sah sehr schuldbewusst aus, als wäre es seine Schuld gewesen.

Eddie holte zittrig Luft, während er versuchte, sich vorzustellen, wie weh es getan haben musste. „Sie haben geblutet. Sehr sogar. Das muss sich ein Arzt ansehen. Ich kann Sie nach dem Frühstück nach Lancaster bringen."

„Nein! Ich hab' keine Versicherung. Außerdem ist es nicht so schlimm. Ich hab' es im Spiegel gesehen. Muss nicht genäht werden. In einer Woche ist es verheilt."

Eddie ballte die Faust so fest, dass seine Fingernägel sich in die Handflächen gruben. „Das können Sie nicht wissen. Das sollte sich ein Profi ansehen."

Samuel diskutierte nicht, aber sein verkniffener Mund zeigte, dass er sich mit Händen und Füßen wehren würde, wenn Eddie ihn zwang, ins Krankenhaus zu gehen. Nicht, dass er es ihm verdenken konnte, wenn Samuel nicht versichert war. Dummes amerikanisches Gesundheitssystem.

„Darf ich es mir wenigstens einmal anschauen, damit ich mit eigenen Augen sehen kann, wie schlimm es ist? Es gefällt mir nicht, es zu ignorieren", drängte Eddie. Wenn es wirklich schlimm aussah, würde er den Besuch in der Notaufnahme selbst bezahlen, auch wenn er das Geld im Moment kaum übrighatte.

Samuel nickte widerwillig. „Es ist nicht so schlimm. Wenn Sie etwas Bactine haben, wäre das gut."

„In Ordnung. Das machen wir nach dem Frühstück." Er seufzte. „Sind Sie von zu Hause weggegangen, nachdem Ihr Vater Sie geschlagen hat? Haben Sie deshalb nach Arbeit gesucht?"

Samuel erwiderte Eddies Blick, aber er antwortete nicht. Er nahm einen großen Löffel Müsli.

„Wird er nach Ihnen suchen? Ihr Vater?"

Samuel schluckte. „Nein. Er hat mir gesagt, dass ich gehen soll. Ihm ist egal, wo ich bin."

Eddie seufzte. Wegen Samuels Zurückhaltung bohrte er nicht nach dem Grund der Prügel, aber er wunderte sich schon. Hatte Samuel gelogen? Den Gottesdienst geschwänzt? Gott allein wusste, weswegen ein Amish-Vater solche Schläge für gerechtfertigt hielt. Eddie würde dem Mann liebend gern etwas von seiner eigenen Medizin zu kosten geben.

Nachdem sie gegessen und das Geschirr in die Spüle gestellt hatten, holte Eddie seinen brandneuen Erste Hilfe-Kasten – ein rotes Kästchen mit einem weißen Kreuz – und sie gingen nach oben in Samuels Badezimmer. Für Eddie war es bereits „Samuels Badezimmer", was komisch war.

Es war ein kleiner Raum, selbst mit geöffneter Tür. Samuel drehte Eddie den Rücken zu und zog sich das Hemd über den Kopf, dabei zuckte er kurz.

Eddie unterdrückte mit der Hand einen Laut. *Großer Gott.* Samuels gesamter Rücken war gelb, grün und blau von all den Blutgefäßen, die unter der Haut geplatzt waren. Sie war geschwollen, wo Striemen sich überkreuzten, und es gab ein halbes Dutzend offene Verletzungen, auch wenn anscheinend keine besonders tief war. Die Wunden waren trocken und schienen nicht mehr zu bluten oder zu nässen. Wahrscheinlich war es nicht nötig, sie zu nähen, aber sie mussten wahnsinnig wehtun.

„Oh Gott, das sieht so schmerzhaft aus, Samuel." Eddies Stimme klang in seinen eigenen Ohren hohl. „Sie sollten nicht arbeiten, sondern sich ausruhen."

„*Nein.* Mit Aspirin tut es nicht weh. Ich kann trotzdem arbeiten. Ich will", sagte Samuel entschlossen.

Eddie schüttelte den Kopf, auch wenn Samuel ihn nicht sehen konnte. Er wusch sich am Waschbecken die Hände, gab Wunddesinfektionsmittel auf einen Waschlappen und reinigte die Wunden vorsichtig. Das störte die Heilung und es begann erneut zu bluten, aber er dachte sich, dass die Schnitte desinfiziert werden mussten. Als er schließlich die antibakterielle Salbe auftrug, hatte die Blutung wieder aufgehört. Sonst schien er nicht viel tun zu können. Er schaute sich Samuels Rücken an und wünschte, er könnte dafür sorgen, dass es besser würde.

Was für ein Mensch tat dies seinem eigenen Kind an? Oder überhaupt jemandem? Und dieser Mensch sollte religiös sein? Genau. Agnostizismus: Eins. Fundamentalismus: Minus Eins, leck mich am Arsch.

„Ich brauche keinen Arzt. Oder?", fragte Samuel und schaute über seine Schulter.

„Ich schätze nicht, es sei denn, es entzündet sich. Sie sollten es im Auge behalten. Sie haben keine Schmerzen an den Rippen, oder? Oder innen drin? Also wenn Sie, ähm, zur Toilette gehen?"

„Nein, gar nicht. Ich bin okay."

Eddie atmete erleichtert aus. „Okay. Ich hole ein sauberes Unterhemd, das Sie anziehen können. Die Stelle kann man schlecht verbinden, aber es ist besser, weiche Baumwolle auf der Haut zu haben." Dann fiel ihm wieder ein, dass Samuel mit *nichts* gekommen war. Zumindest wusste Eddie nun, warum.

Der Gedanke regte ihn erneut auf. Er biss die Zähne zusammen. „Warten Sie einen Moment. Ich hole ein T-Shirt."

Eddie ging in sein eigenes Zimmer im vorderen Bereich des Hauses und holte ein weiches, weißes T-Shirt aus einer Schublade. Im Winter schlief er in solchen. *Ich muss ihm etwas zum Anziehen kaufen,* dachte Eddie. Der Gedanke machte ihm keine Sorgen. Tatsächlich fühlte er sich dadurch ein wenig besser. Er konnte etwas tun, um zu helfen.

Er ging zurück in Samuels Badezimmer. Samuel stand halb nackt da und streckte die Hand nach dem T-Shirt aus.

Eddie hatte es geschafft, Samuels breiten Rücken nicht wahrzunehmen, als er sich um dessen Verletzungen gekümmert hatte, aber Samuel hatte sich umgedreht und der Anblick seiner glatten, unbehaarten Brust, der braunen Brustwarzen und der Muskeln von Samuels Bizeps und Schultern trafen Eddie unversehens. Er fühlte eine Welle des Verlangens und drehte sich schnell um.

In meinem Haus lebt ein wunderschöner Mann. Einer, den ich nicht berühren darf. Großartig.

„Danke", sagte Samuel. „Sie müssen mich nicht verarzten. Trotzdem danke."

Eddie stählte sich erneut und drehte sich wieder um. Samuel zog sein blutiges Hemd wieder über das Unterhemd, dabei sah er unglücklich aus. Eddie wollte etwas sagen, damit er sich ein wenig besser fühlte.

„Hören Sie. Ich will, dass Sie wissen, so lange Sie auf der Farm sind, *dieser* Farm, wird niemand die Hand gegen Sie erheben. Und wenn es jemand versuchen sollte, würde ich verd... ähm. Ich würde ihm in den Hintern treten. Haben Sie das verstanden?"

Samuel schaute ihn überrascht an. Einer seiner Mundwinkel zuckte, als wäre er versucht, zu lächeln. „Sie müssen mich nicht verteidigen, Eddie. Ich bin ein erwachsener Mann. Aber ... danke. Ich kann sehen, dass Sie ein gutes Herz haben."

Eddie seufzte. Ach ja? Er wollte ein guter Mensch sein, trotz der mörderischen Impulse gegenüber Samuels Vater und der lüsternen Gedanken.

Eines war sicher. Er hatte großes Glück, dass Samuel ein guter Arbeiter zu sein schien, denn nun würde Eddie ihm auf keinen Fall kündigen.

III.
WIE DAS SCHWEIN
AUF DIE FARM KAM

Klein zu sein, bedeutet nicht, dass man nur einen kleinen Einfluss auf die Welt nehmen kann.

6

April

EDDIE SASS an seinem Schreibtisch und zwang sich, die Webseite des Gnadenhofs zu öffnen. Er hatte sie seit einer Woche nicht mehr aufgerufen, aber er konnte es nicht mehr aufschieben.

Es gab fünfzig ungelesene Nachrichten. Die meisten begannen mit: *Ich habe Sie online gefunden, als ich nach Gnadenhöfen gesucht habe.* Viele zeigten Fotos. Eddie zwang sich, die Nachrichten zu lesen und die Fotos anzuschauen, denn wenn er das nicht konnte, wenn er nicht wenigstens Aufmunterung oder einen Ratschlag geben konnte, hatte sein Gnadenhof den Namen nicht verdient.

Die erste E-Mail zeigte das Foto einer schwarz-weißen Holsteiner-Kuh, die mit vielen anderen Kühen an einem Melkstand angebunden war. Die Mail lautete: *Das ist Lulabelle. Sie war mein Kalb, als ich klein war, aber sie ist seit mehr als zehn Jahren eine Milchkuh. Sie hatte eine Mastitis, wodurch eine ihrer Zitzen eingetrocknet ist und sie sich ihren Lebensunterhalt nicht mehr verdienen kann. In ein paar Wochen wird sie zum Schlachter geschickt. Ich wollte einfach versuchen, anderswo einen Platz für sie zu finden. Melden Sie sich, wenn Sie sie nehmen können. Franklin Ramsay.*

Eddie schloss die Augen. Die Mail brach ihm das Herz, aber er konnte Lulabelle nicht nehmen. Er konnte einfach nicht. Er zwang sich, weiterzulesen. Er las von Simon, dem Esel, George, dem Pferd, Mephy, der Ziege und noch einem Dutzend mehr.

Seit er laufen konnte, war Eddie verrückt nach Tieren. Mit fünf hatte er seine erste Rennmaus bekommen. Eddie hatte bei allen Tieren seines kleinen Heimtierzoos im Haus seiner Eltern in Brooklyn fleißig die Käfige gereinigt, sie gefüttert und ihnen Wasser gegeben. Sie waren ebenso auf ihn angewiesen wie er auf sie. Wenn Eddie einsam und traurig von der Schule nach Hause kam, waren die Tiere für ihn dagewesen. Sie hatten ihn bedingungslos geliebt.

Mit dreizehn hatte er seinen ersten Hund bekommen. Das war das Einzige, was er sich zur Bar Mitzwa gewünscht hatte. Seine Eltern praktizierten ihre Religion nicht, aber sie erlaubten diese Zeremonie, denn die Tradition bedeutete seinen Großeltern sehr viel. Eddie fand den Unterricht an der Reform-Synagoge sehr interessant. Aber größtenteils nahm er teil, um einen Hund zu bekommen.

Aber er hatte nicht mit dem Herzschmerz gerechnet, als er aus dem Tierheim *nur einen* der vielen Hunde, die flehentlich bellten und mit ihren Pfoten die Käfigtüren berührten, aussuchen durfte. Die Hunde hatten mit ihren Augen gebettelt: *Bitte nimm mich mit. Ich bin ein braver Junge!* Als Eddie sich Snowball, einen Beagle-Corgi-Mischling, ausgesucht hatte, war er fürs Leben gezeichnet.

Eines Tages, hatte er sich damals und seither fast jeden Tag versprochen. *Eines Tages werde ich genug Geld und Platz haben, um euch alle zu retten.* Selbst in diesem jungen Alter hatte er gewusst, dass „alle" nicht machbar war. Niemand konnte *alle* Tiere dieser Welt retten. Aber er konnte *viele* retten.

Dann war das Leben dazwischengekommen. High School. College. Jungen. Ein aufregender Job als Lektor für HarperCollins. Fünf Jahre lang hatte er Othello, einen liebenswerten und ungestümen schwarzen Boxer, in einer Hundetagesstätte in Manhattan auf dem Weg zu seinem gut bezahlten Job abgegeben. Wie Eddie diesen Hund geliebt hatte. Othello war an Lymphdrüsenkrebs gestorben, was Eddie das Herz gebrochen hatte. Zu dieser Zeit hatte Alex ihn gedrängt, zu ihm zu ziehen, auch wenn in seinem Appartement keine Tiere erlaubt waren. Da Othello nicht mehr da war, hatte Eddie zugestimmt. Aber das war nur vorläufig, hatte er sich gesagt. Eines Tages würde Eddie nicht nur wieder einen Hund haben, sondern auch ein Tierasyl leiten. Eines Tages.

Ein Jahr später, als Eddie sechsundzwanzig war, hatte er bei einem Wettbewerb in einem veganen Restaurant ein Wochenende auf einem berühmten Gnadenhof in Watkins Glen, New York gewonnen. Er hatte Alex mitgenommen. An diesem Wochenende hatte er sich das wundervolle Anwesen angesehen, die tolle Aussicht auf den Weiden, mit Bäumen und Bergen im Hintergrund. Er hatte Kühe, Schweine, Schafe, Ziegen, Truthähne und Enten gesehen. Er hatte Filme von grauenhaften Misshandlungen in der Fleisch- und Milchindustrie gesehen, die Eddies Herz gebrochen und ihn mit ganz neuen Ansichten zurückgelassen hatten.

Mit anderen Worten, Eddie hatte endgültig seine Berufung gefunden. Es hatte ihn mit der Stärke eines spirituellen Hurrikans überkommen.

Auf der Welt gab es hunderte von Tierheimen für Hunde und Katzen, auch wenn das selbstverständlich nie genug waren. Aber es gab so wenig für Nutztiere, obwohl diese so sehr gebraucht wurden. Die Tiere in Watkins Glen mit eigenen Augen zu sehen, war unglaublich berührend gewesen. Kühe, Schweine und Hühner waren so freundlich wie Hunde und Katzen. Trotzdem wurden sie behandelt wie Objekte, statt wie verwöhnte Haustiere verhätschelt zu werden. Sie wurden gefangen gehalten, misshandelt und jung getötet, oftmals mit brutalen und erschreckenden Methoden. Eddie war Vegetarier gewesen, seit er in der High School war, aber nachdem er diese Filme im Center von Watkins Glen gesehen hatte, hatte er geschworen, Veganer zu werden und alles zu tun, um Nutztieren zu helfen.

An diesem Wochenende hätte Eddie erkennen müssen, dass Alex andere Ansichten hatte. Alex war sichtlich enttäuscht, dass ihr „Wochenende auswärts" nicht mehr Sex beinhaltet hatte. Er hatte sich für die Tiere interessiert, aber nicht im selben Maße wie Eddie. Und während Eddies wortreichen, aufgeregten, leidenschaftlichen Tagträumen auf der Fahrt nach Hause hatte Alex nicht viel beigetragen, abgesehen von praktischen Einwänden.

„Wenn man genug regelmäßige Spender hat, um die Hypothek zu bezahlen, wäre das toll", dachte Alex laut nach.

„Man eröffnet keinen Gnadenhof, um die Hypothek zu bezahlen", warf Eddie ein, der die Gespräche mit der Besitzerin von Watkins Glen noch im Ohr hatte. Es war harte Arbeit, hatte sie gesagt, aber das war es wert.

„Ich weiß", lenkte Alex ein. „Aber du brauchst zumindest genug Einnahmen, um das Futter und die Tierarzt-Rechnungen zu bezahlen. Und wenn noch genug übrig bleibt, um für das Grundstück zu bezahlen, ist das doch gut, oder? Schließlich würde eine Menge des Landes von den Tieren genutzt."

Zu diesem Zeitpunkt hatte Eddie gedacht, dass Alex' Besonnenheit etwas Gutes war. Sein Geschäftssinn wäre das perfekte Gegenstück zu Eddies Hingabe. Mit Herz und Hirn würden sie es schaffen, einen Gnadenhof zu halten.

Soviel zu dieser Vorstellung. Eddie betrauerte ihre Beziehung. Er betrauerte die Zukunft, die er sich vorgestellt hatte, in der sie beide gemeinsam alt würden. Aber Alex' Fahnenflucht hatte auch sein Vertrauen in seine Träume untergraben und er fühlte sich erstarrt wie ein Mann vor einem Erschießungskommando. Wenn es vorherbestimmt war, dass die Farm Erfolg haben würde, wieso war Alex dann einfach so gegangen? Mit der Hypothek, Unterhaltskosten, Grundsteuern, Tierarzt-Rechnungen, Futter, Lebensmitteln und Samuels moderatem Gehalt schrieb Eddie jeden Monat rote Zahlen. Er hatte nur noch wenig Geld übrig, nachdem er die Farm gekauft hatte. Das würde er in weniger als einem Jahr aufgebraucht haben. Und was dann? Sein Einkommen war gut, aber es würde sich wohl kaum plötzlich soweit erhöhen, um alle Rechnungen zu begleichen.

Er konnte nicht ertragen, Tiere aufzunehmen, und sie dann in einem Jahr umsiedeln zu müssen. Er konnte den Tieren nicht in ihre großen vertrauensvollen Augen schauen und sagen *Dies ist für immer euer Zuhause. Ich kümmere mich um euch,* und dieses Versprechen dann brechen.

Aus dem gleichen Grund hatte er die Präsenz des Gnadenhofs in den sozialen Medien nicht ausgebaut. Er hatte eine Facebook-Seite für das Meadow Lake Farm Sanctuary, wo er Fotos postete und einen Link zum Spenden hatte, aber er hatte sich noch keine große Mühe gegeben, diese Präsenz auszubauen. Was, wenn er eine große Sache um den Hof machte und dann aufgeben musste? Das wäre Versagen in der Öffentlichkeit, peinlich und schändlich.

Die Farm sollte zum Teil aus Spenden finanziert werden. Aber wie das vonstattengehen sollte, war unklar. Es fiel Eddie nicht leicht, andere um Geld zu bitten. Sein Vater, der praktisch veranlagte Joe Graber, hatte Eddie einen wichtigen väterlichen Hinweis gegeben, und dieser hatte nichts mit Kondomen zu tun. *Mach keine Schulden.* Eddies Großvater und sein Vater nach ihm wären lieber vor einem Restaurant verhungert, statt um einen Bissen zu essen zu bitten. Sie waren stolze Männer. Und Eddie fühlte noch mehr von diesem üblichen Druck, jenen

Ansprüchen von „Männlichkeit" gerecht zu werden, weil er schwul war. Er mochte ein Homo sein, aber wenigstens war er selbstständig.

Er hatte keinen Heller von seinen Eltern genommen, seit er das College abgeschlossen hatte und er hoffte, dass er das auch niemals würde tun müssen. Sie hatten Manhattan vor ein paar Jahren verlassen und waren in ein bescheidenes Heim in Florida gezogen. Sie waren finanziell gesehen auf der sicheren Seite, aber nicht „reich", außerdem war es *ihr* Geld.

Mit dieser Einstellung fiel es Eddie schwer, Freunde und Fremde um Hilfe zu bitten, um seinen Traum von einer tollen Farm in Pennsylvania zu leben. Daher der diskrete Spenden-Link. Nur ein paar wenige Erwähnungen davon waren seine einzigen Bemühungen bisher. Das war wahrscheinlich der Grund, warum der Spendendurchschnitt bei weniger als hundert Dollar im Monat lag.

Er zwang seine Finger auf die Tastatur.

Simon sieht aus, als wäre er ein lieber Esel. Ich wünschte, ich könnte ihn nehmen, aber im Moment ist unser Budget ausgeschöpft. Ich hoffe in diesem Herbst ...

Ich habe im Moment keinen Platz für George, aber ich setze ihn auf die Liste für den Fall, dass sich etwas ergibt.

Als er sich durch alle E-Mails gearbeitet hatte, war Eddie erschöpft und niedergeschlagen. Vielleicht war er nicht dafür gemacht, einen Zufluchtsort zu leiten. Sein Herz war zu groß. Was ein ziemlicher Widerspruch war.

Eddie verbrachte eine Stunde in den sozialen Netzwerken, postete neue Fotos von den Tieren, auf ein paar war auch Eddie zu sehen, und antwortete auf Kommentare. Es heiterte ihn ein wenig auf, dass die Leute sich über Fotos freuten, in denen Ginger mit ihren großen neugierigen Augen ihre Nase in die Kamera steckte oder über das von Ruby, einem der Schafe, die auf einem Baumstumpf auf der Weide stand, die Sonne im Rücken.

Konzentrier dich auf diejenigen, die du retten kannst, sagte seine innere Stimme. *Fürs Erste.*

DER SAMSTAG war einer dieser Frühlingstage, die so schön waren, dass man ab und zu eine Pause machen musste, um sie zu genießen. Samuel wusste, dass es ein wundervoller Tag werden würde, noch bevor die Sonne aufging – die Luft war so klar, dass sie süß schmeckte, die Vögel zwitscherten und trällerten, als bereiteten sie sich auf eine Party vor.

Als er die Tiere gefüttert, ihnen Wasser gegeben und die Ställe ausgemistet hatte, war die Sonne aufgegangen wie eine leuchtend orangefarbene Aprikose, der Himmel hatte ein lebhaftes Blau und der Wind war von kühlen Fingern zu einem warmen Streicheln geworden. Samuel lehnte sich vor der Scheune auf einen Besen und schaute über die Weide.

Er war seit fast einem Monat auf der Farm und er fühlte sich sehr wohl, auch wenn die Situation mit den Tieren ein wenig verrückt war. Zum Beispiel die Jersey Rinder. Fred war eine riesige, bullige Kreatur für ein Jersey. Jeder konnte sehen, dass dieses Tier die Milch seiner Mutter nicht mehr brauchte. Fred war den ganzen Tag auf der Weide und bekam außerdem zwei Mal am Tag Getreide. Ihr Bauch war so rund, dass sie genauso gut auch ein halbes Schwein hätte sein können. Wenn Samuel etwas von Gingers Milch molk, hätten sie Milch zum Trinken im Haus und Fred wäre nicht so fett. Das schien ihm eine gute Idee zu sein.

Aber Eddie hatte erklärt, dass, selbst wenn Ginger hier ein gutes Leben hatte und vielleicht gemolken wurde, ohne dass es ihr wehtat, die meisten Milchhöfe männliche Kälber zur Fleischgewinnung schlachteten und Milchkühe ihr ganzes Leben lang in kleinen Bereichen hielten, wo sie jedes Jahr ein Kalb zur Welt bringen mussten und noch andere Dinge, die Eddie für grausam hielt. Deshalb wäre es eine Art von Protest, keine Milch zu trinken. Der Gnadenhof musste für etwas stehen und Kühe nicht zu melken, war eines der Dinge, wofür er stand.

Prinzipien verstand Samuel. Die Amish hatten mehr Prinzipien, als man sich vorstellen konnte. Aber er vermisste es wirklich, rohe Milch zu trinken. Doch Eddie gegenüber beschwerte er sich nie.

Auch die drei alten Schafe, Edelweiß, Ruby und Fleece, waren auf dem Weg zum Schlachter gewesen, als Eddie sie aufgenommen hatte. Eddie hatte nicht vor, sie zu züchten und es waren nicht genug für Wolle. Sie lebten einfach auf der Farm wie Haustiere.

Nur dass die Tiere nicht einfach Haustiere waren. Irgendwann würde es auf der Farm „Tage der offenen Tür" geben, mit Besuchern, an denen die Tiere helfen würden, den Leuten etwas über Nutztiere beizubringen. Das hatte Eddie gesagt. Eddie hatte viele komische Ideen. Aber er war der Boss und Samuel war niemand Besonderes, deshalb tat er, was Eddie wollte.

Manchmal, wenn Samuel im Vorgarten oder den Blumenbeeten arbeitete, konnte er Eddie durch das Fenster im Büro sehen, wie er an seinem Computer arbeitete. Eddie arbeitete viel, und das sah langweilig aus. Es würde Samuel verrückt machen, so lange stillzusitzen und immer das Gleiche zu tun. Manchmal wollte Samuel mit Eddie reden, ihm erzählen, dass Ruby große Angst vor Fred hatte, ihr aber trotzdem auf der Weide überallhin folgte, und dass Ginger begann, die Schafe als ihre Kälber zu betrachten. Selbst über die Windstöße in den Bäumen und dass vielleicht ein Sturm aufziehen würde. Dinge, die er seinen Brüdern und Schwestern zu Hause erzählt hätte. Aber Eddie war drinnen, durfte nicht gestört werden und sonst war niemand da.

Samuel spürte oft, wie sehr er sein Zuhause vermisste. Er hatte sein halbes Leben damit verbracht, sich etwas Freiraum von seiner riesigen Familie zu wünschen. Und nun schlugen Ruhe und Einsamkeit auf ihn ein wie eine unsichtbare Faust. Es war schwer, bei guter Laune zu bleiben.

An seinem dritten Samstag auf der Farm kam Eddie aus der Scheune, als Samuel mit dem Kehren fertig war.

„Hey. Ich habe Frühstück gemacht. Kommst du rein zum Essen, bevor es kalt wird?"

Samuel folgte Eddie neugierig nach drinnen. Normalerweise gab es nur Müsli und Toast zum Frühstück. Aber heute stand zu Samuels Freude ein richtiges Frühstück auf der Kücheninsel. Es gab einen Stapel Pancakes auf einem Teller, Orangensaft, Kaffee und Würstchen.

„Ich dachte, du isst kein Fleisch", stellte Samuel fest.

„Das ist vegane Wurst."

„Was ist da drin?" Samuel stach mit der Gabel hinein und beäugte sie misstrauisch.

„Sojaprotein. Getreide. Gewürze. Sie schmecken gut. Versuch mal."

Samuel legte sie auf seinen Teller und begann zu essen, denn plötzlich hatte er großen Hunger. Es gab richtigen Ahornsirup und etwas, das aussah wie Butter, aber wahrscheinlich keine war. Alles schmeckte ziemlich gut, sogar die Wurst. Er aß drei Stück, denn ihm war bis jetzt nicht aufgefallen, wie sehr er die Würste seiner Ma vermisst hatte. Natürlich konnte die vegane Wurst der Wurst von seiner Ma nicht das Wasser reichen, aber sie war trotzdem gut.

„Was hast du heute vor?", wollte Eddie wissen, während sie aßen. „Ich muss am Nachmittag arbeiten, aber da heute Samstag ist, dachte ich, ich könnte eine Weile auf der Farm verbringen. Ich kann dir ja nicht den ganzen Spaß überlassen." Eddies Stimme klang neckend, aber sein Lächeln war müde.

„Das wäre gut. Ich hab' den Traktor so weit in Ordnung gebracht, dass ich die Weide mähen kann, aber diese Aufgabe könnte ein zweites Paar Hände vertragen."

„Toll. Machen wir das."

Eddie sah sehr gut aus, wenn er lächelte. Dadurch wurde Samuels Magen heiß und ihm flau, deshalb konzentrierte er sich aufs Essen.

7

EDDIE BRAUCHTE wirklich ein paar Stunden Freizeit auf der Farm. Es war toll, dass Samuel da war, damit Eddie sich auf die Arbeit konzentrieren konnte, aber er konnte nicht umhin, ein wenig traurig und auch neidisch zu sein, wenn er an einem warmen Frühlingstag wie diesem aus dem Fenster schaute und Samuel sah, der bei der Scheune oder in dem schönen Garten arbeitete.

Eddie musste sich als Teil der Farm fühlen. Das war wichtig.

Er versuchte immer noch, Samuel zu durchschauen. Er war so still und schüchtern. Er war im Haus fast wie ein Geist, eine Einbildung von Eddie, wenn sie zusammen an der Kücheninsel saßen und aßen. Eddie hatte überlegt, Samuel zu fragen, ob er am Abend mit ihm Karten spielen wollte, aber er war nicht sicher, ob Amish überhaupt Karten spielten. Letzten Endes hatte Eddie beschlossen, dass es besser war, Grenzen zu setzen, da sie in einem Haus lebten und er Samuels Boss war.

Unglücklicherweise fand Eddie Samuel sehr attraktiv. Zuerst hatte sein Gesicht übergroß und kantig gewirkt, aber auch schön, und er wurde immer schöner, je mehr Zeit Eddie in seiner Gegenwart verbrachte. Doch Eddie fühlte sich noch viel mehr zu Samuels Seele hingezogen. Es war diese Mischung aus Stärke, wie seine Arbeitseinstellung und dass er sich nie beschwerte bewiesen, und Schüchternheit. Er schaute Eddie kaum in die Augen und er hatte eine bescheidene, fast schon vermeidende Art an sich, als mangelte es ihm an Selbstvertrauen. Was verrückt war. Er schien keine Ahnung zu haben, wie verdammt attraktiv er war. Oder wie selten es war, einen Mann zu finden, der ehrlich, nett und arglos war oder der so hart arbeitete wie Samuel.

Aber wie auch immer, Samuel war neunzehn, vollkommen behütet aufgewachsen und zweifellos hetero. Er hatte es nicht nötig, dass Eddie ihm hinterherhechelte. Und Eddies Herz war entmutigt und vorsichtig, nach dem, was mit Alex passiert war. Die Leute ließen einen immer im Stich und hatten ihre eigenen Ziele im Sinn. Er konnte es nicht gebrauchen, dass er sich wieder an einen Menschen band, besonders da es in Samuels Fall nur einseitig sein konnte. Was auf der Farm auf dem Spiel stand, war zu wichtig, um es in seine persönliche Seifenoper zu verwandeln. Nein, davon hatte er genug. Die Tiere erforderten all seine Zeit und sie ließen einen nie im Stich.

Freundlich, aber nicht als Freunde. Das war die beste Art, mit Samuel umzugehen, beschloss Eddie. Und in den drei Wochen, in denen Samuel nun hier war, hatten sie es geschafft, freundlich miteinander umzugehen, ohne sich wirklich zu nahe zu kommen. Nach dem Abendessen ging Samuel immer in sein Zimmer.

Nach dem Frühstück an diesem Morgen gingen Eddie und Samuel in die Scheune, wo der alte Traktor stand. Er war, zusammen mit vielen anderen verrosteten Geräten, zurückgeblieben, als der vorherige Besitzer sich zur Ruhe gesetzt und die Farm verkauft hatte.

„Es ist nicht der Tollste, aber ich hab' ihn zum Laufen gekriegt", sagte Samuel und wich Eddies Blick aus. „Soll ich zum großen Tor fahren und du machst das Tor auf, damit ich reinfahren kann?"

„Müssen wir die Tiere vorher in die Scheune bringen?"

„Nein. Der Krach des Motors wird sie fernhalten."

Samuel klang sehr zuversichtlich, also ging Eddie über den Kies auf dem Hof und öffnete das große Tor zur Weide. Samuel fuhr den Traktor aus der Scheune. Dieser knurrte laut wie ein Tiger mit Verdauungsstörungen, und Samuel hüpfte auf dem Fahrersitz auf und ab. Der Traktor war so alt, dass er aus den Vierzigern zu stammen schien. Seine Karosserie schien einmal eine stolze rote Farbe gehabt zu haben und die riesigen Reifen waren abgefahren. Aber Eddie war froh, ihn zu haben. Wenigstens musste er nicht jetzt schon viel Geld in Geräte investieren.

Samuel fuhr an Eddie vorbei auf die Weide. Angehängt war eine breite, gefährlich aussehende Metallkonstruktion, die klapperte, als ob sich in ihrem Inneren jemand mit einem Degen duellierte. Eddie sicherte das Tor mit der Kette, dann ging er zu Samuel.

Eddie kletterte hinauf. Die Maschine hatte einen Sitz aus Hartplastik, der kaum groß genug war für zwei. Es gab einen großen Schaltknüppel aus Metall und ein altes Lenkrad auf einer Säule, die durch den Boden verlief. Vor ihnen dehnte sich der Traktor aus, und das war es. Es war nicht gerade luxuriös, wahrscheinlich schon damals nicht, als er noch neu war.

Eddie versuchte, Samuel nicht zu berühren, aber das war dank der kleinen und rutschigen Sitze schwierig. Samuel schaute ihn schüchtern an. Aber seine braunen Augen leuchteten und er versuchte, ein schuldig aussehendes Lächeln zu verbergen.

„Soll ich fahren?", fragte Eddie über den Klang des Motors hinweg.

„Nein." Samuel schien keine Diskussion zuzulassen. Er legte den Gang ein und ging von der Bremse. Der Traktor sprang vorwärts und sie holperten über den unebenen Boden. Einen Moment war Eddies Hintern in der Luft.

„Hey!"

Samuel versuchte, sein Lachen zu verbergen, indem er den Kopf wegdrehte. Hinter der Senke kroch der Traktor vorwärts wie ein Rutschauto für Kinder. Oder ein schlurfender Zombie. Die Weide war nicht so eben, wie sie aussah, und sie fuhren in Senken und wieder heraus, dabei hüpften sie auf dem Sitz herum wie Pingpongbälle.

Eddie suchte nach etwas, an dem er sich festhalten konnte. Es gab keine Türen und somit auch keine Türgriffe. Schließlich klammerte er sich mit einer Hand an die Motorhaube und mit der anderen an den Sitz zwischen sich und Samuel.

Hinter ihnen wackelte das angehängte Gerät, aber sie hinterließen eine Spur aus geschnittenem Gras.

„Dieses Gras ist ein bisschen zu lang!", rief Samuel über das Röhren der Maschine hinweg.

Zweifellos, dachte Eddie. Das Gras auf der Weide war stellenweise hüfthoch. Der Traktor und das Mähwerk hatten einiges zu tun. Samuel schien das amüsant zu finden.

„Denkst du, der Traktor bekommt ein Problem damit?", rief Eddie.

Samuel schaute zurück und zuckte mit den Schultern. „Nein. Scheint zu funktionieren."

Er schaltete einen Gang hoch und sie holperten weiter in Richtung der hinteren Ecke.

Samuel versuchte, ein jungenhaftes Lächeln zu unterdrücken. Es gefiel ihm, stellte Eddie fest. Er hatte bisher wahrscheinlich nicht oft Gelegenheit gehabt zu fahren oder, na ja, eine Achterbahnfahrt zu erleben. Bei diesem Gedanken fühlte Eddie sich unglaublich leicht. Er hatte Samuel schüchtern und höflich erlebt und er hatte ihn zurückgezogen und verletzt erlebt, aber dieser Samuel war wie ein kleines Kind, das seine Freude zu verbergen versuchte.

Eddie hatte ebenfalls Spaß. Es war ein wundervoller Apriltag, warm und sonnig, mit blauem Himmel und wenigen fluffigen, weißen Wolken. Der Geruch von frisch geschnittenem Gras und Motoröl beschwor Erinnerungen an eine ländliche Kirmes herauf und die Fahrt war toll. Der Anblick von Samuels großen, kompetenten Händen am Schaltknüppel und dem Lenkrad war fast so erwärmend wie der Sonnenschein.

„Holla!", sagte Samuel, als sie in eine Senke fuhren. Er zog am Lenkrad, als sie wieder heraushüpften.

Eddie lachte. „Das ist kein Pferd, weißt du?"

Samuel duckte den Kopf und lächelte. „Ich versuche, es nicht zu vergessen!"

Etwas Kleines und Dunkles sprang erschreckt durch das Gras – wahrscheinlich ein Murmeltier. Der Traktor schien einen Wimpernschlag in der Luft zu schweben, dann landete er wieder auf dem harten Boden.

„Huch!", rief Eddie.

„Holla!", rief Samuel.

Er drehte das Lenkrad nach links in Richtung der hinteren Ecke und Eddie rutschte gegen Samuel. Sein Arm in dem langärmeligen Hemd war heiß und fest, stellte Eddie fest, bevor er zurückrutschte. Samuel drehte sich zu Eddie und lächelte.

Es war ein schüchternes, fröhliches Lächeln, vollkommen im Moment, und Eddies Herz machte unversehens einen Hüpfer. Wann hatte er zum letzten Mal nur den Moment genossen und sich nicht um andere Dinge Sorgen gemacht? Er studierte Samuels glitzernde Augen und seinen breiten fröhlichen Mund und schluckte schwer.

Eddie schaute nach vorn und klammerte sich fester an den Sitz. *Zu jung*, rief er sich ins Gedächtnis. *Religiös. Nicht schwul. Zu schüchtern. Ein Angestellter.* Als bräuchte er noch mehr Gründe, die dagegensprachen. Samuel war so unerreichbar wie der Mond. Er war einfach ein lieber Junge aus einem gewalttätigen Zuhause. Eddie wollte ihn wirklich beschützen.

Auf dem Weg zur hinteren Ecke schleuderte Samuels Fahrweise Eddie mehrmals gegen Samuel oder Samuel gegen Eddie. Samuel schien großen Spaß zu haben, auch wenn er andauernd den Blick abwandte, um sein Lächeln zu verbergen. Wie Samuel vorausgesagt hatte, hielten Fred, Ginger und die Schafe sich so weit von der gruseligen lauten Maschine fern wie möglich und schwangen wie ein Pendel an das andere Ende der Weide.

Als sie die Ecke erreicht hatten, wendete Samuel den Traktor geschickt, wenn auch nicht leicht. Er musste beide Hände benutzen, um das große Lenkrad zu drehen, wie ein Pantomime, der eine riesige Sicherheitstür oder die Einstiegsluke eines U-Bootes öffnete. Der Traktor hatte einen Wendekreis wie eine neunzigjährige Großmutter in einem rostigen Rollstuhl. Das Mähwerk schien wirklich Gras zu mähen – oder zu kauen. Es wackelte wild, aber das Gras landete hinter ihnen auf dem Boden.

Sie fuhren den ganzen Weg zum hinteren Ende der Weide, wo Samuel erneut aufwendig umdrehte und wieder in die Richtung fuhr, aus der sie gekommen waren. So sehr Eddie es auch genoss, an einem sonnigen Tag auf der Weide zu sein – von Samuels Gesellschaft gar nicht erst zu reden – etwas fehlte, um den Tag wirklich episch werden zu lassen. Ihm fiel ein, dass er sein Handy in der Tasche hatte. Er holte es hervor und suchte in seiner Playlist. Er wählte „Satisfaction" von den Stones und stellte es so laut wie möglich. Die Kraft von Jaggers Lungen und Eddies iPhone konnten es kaum mit dem Krach des Motors aufnehmen, aber dennoch erleuchtete die Musik diesen Frühlingstag und machte ihn einzigartig.

Samuel hatte das Lied noch nie zuvor gehört, das war offensichtlich, aber als Eddie mit dem Kopf wippte und mitsang, vergaß Samuel, sein Lächeln zu verbergen und begann ebenfalls mit dem Kopf zu wippen. Drei Lieder später wollte Samuel „das Erste" noch einmal hören, und sie hörten noch mehrmals „Satisfaction", während sie mähten. Samuel sang nicht mit, aber er klopfte mit den Fingern auf das Lenkrad und wippte zur Musik hin und her.

Eddie stimmte zu, dass dies das perfekte Lied war, um die Fahrt in einem Traktor aus dem Jahre 1948 zu genießen. Und wenn Eddie nach einer Weile nicht mehr so nervös war, wenn er gegen Samuel rutschte und dieser ebenso, dann hatte das mit nichts anderem als Kameradschaft zu tun.

Drei Stunden später waren sie zurück am Tor. Eddie hüpfte wieder herunter und Samuel fuhr den Traktor wieder in die Scheune. Eddie schaltete die Musik aus und als der Motor endlich aus war, dröhnte die plötzliche Stille in seinen Ohren.

Samuel kam heraus und klopfte sich die Hände ab. „Wir brauchen Benzin, bevor wir ihn wieder benutzen können."

„Okay. Ich kann nachher zur Tankstelle fahren." Eddie schaute über die Weide. Das Gras lag in langen Reihen. „Wie geht es mit dem Heumachen weiter?"

„In der Scheune ist eine alte Ballenpresse. Das sollte klappen. Wir müssen das geschnittene Gras aber zuerst trocknen lassen, sonst verrottet es, wenn es zu Ballen gerollt ist."

„In Ordnung." *Gott sei Dank weiß einer von uns, was er tut*, dachte Eddie. „Ich möchte etwas Zeit mit den Tieren verbringen. Kannst du sie dazu bringen, dass sie herkommen?"

„Sicher."

SAMUEL FÜLLTE einen schwarzen Plastikeimer mit Getreide und ging auf die Weide. Fred, Ginger und die Schafe waren etwa einhundert Meter entfernt und Samuel lief durch das frisch geschnittene Gras zu ihnen, dabei pfiff er und wedelte mit dem Eimer wie ein Matador mit seinem roten Tuch. Sein Hinken war schlimmer als gewöhnlich, wahrscheinlich durch die Bewegungen des Traktors oder die Anstrengung, durch das geschnittene Gras zu laufen. Der Himmel war nun ein wenig bewölkt und eine Frühlingsbrise schüttelte die Bäume des Waldes am Rande der Weide, als ein Sonnenstrahl durch die Wolken brach. Samuel wurde in strahlendes Licht getaucht, das Sonnenlicht strahlte auf seinem blonden Haar und warf einen Strahlenkranz um seine Schultern.

Eddies Mund wurde trocken bei diesem Anblick – Samuel, die Weide, die Tiere, die wunderschöne Farm. Aber ja, besonders wegen Samuel. Etwas in Eddies Herz verschob sich und erwachte. Er hätte schwören können, dass sein Herz genug hatte, nach dem, was mit Alex passiert war, aber dieser Teil von ihm war widerstandsfähiger, als er gedacht hatte. Es war seinem Herzen egal, warum es keine gute Idee war, warum er den Anblick seines Amish-Knechtes nicht eine Weile genießen konnte.

Kartenspielen würde es definitiv nicht geben, sagte Eddie sich. Nur ein paar gemeinsame Stunden heute hatten seine Barrieren auf eine gefährliche Weise gesenkt.

Eddie ging vor den Ställen auf und ab, als Fred und Ginger hereingeeilt kamen. Sie überraschten ihn und er sprang ihnen aus dem Weg. Sie liefen erwartungsvoll zu ihren Trögen. Samuel folgte ihnen mit dem Eimer in der Hand. Er ging in den Fütterungsgang und schüttete den Inhalt des Eimers in die Tröge, dann gab er noch etwas mehr aus dem Sack dazu. Edelweiß, Ruby und Fleece waren auch herangekommen und blökten, bis Eddie die Tür zu ihrem Stall öffnete. Sie gingen in das stille, dunkle Innere, als wären sie erleichtert. Vielleicht war es Zeit für ihr Mittagsschläfchen.

Eddie wusste, es war lächerlich, dass er sich von Fred und Ginger immer noch eingeschüchtert fühlte. Er verbrachte jeden Tag ein wenig Zeit mit den Tieren, normalerweise um die Mittagszeit, aber er hatte es noch nicht geschafft, dass sie sich von ihm streicheln ließen. Wenn sie vor ihm zurückscheuten, bewegten sie sich so aggressiv, dass er befürchtete, seine Zehen würden unter ihren großen Hufen zerquetscht.

Eddie stand da und schaute zu, wie die Kühe am anderen Ende ihres Stalles fraßen, und fühlte sich dumm. Er wusste, dass Samuel bemerkt haben musste, dass er in Gegenwart der Kühe nervös war. Es war erbärmlich. Er war der Besitzer eines Gnadenhofes um Himmels willen. Das musste sich ändern.

„Kann ich ihnen Äpfel oder so was geben? Gibt es Leckerlis für Kühe? Etwas, das ich aus dem Laden mitbringen kann?", fragte er Samuel.

„Die Babykarotten, die du im Kühlschrank hast, wären gut. Aber ziemlich teuer."

„Nein, das ist perfekt."

Eddie ging ins Haus und holte die Tüte mit den Karotten. In der Zwischenzeit hatten die Kühe und Schafe ihr Getreide gefressen und knabberten nun am Heu.

„Komm her." Samuel winkte Eddie in Freds und Gingers Stall. Wie üblich eilten die beiden Tiere zum anderen Ende. Ginger leckte Freds Seite, als wollte sie entspannt wirken, aber die beiden beobachteten Eddie misstrauisch und ihre Haltung zeigte, dass sie bereit zur Flucht waren.

„Sie mögen es nicht, wenn man direkt auf sie zukommt", erklärte Samuel geduldig. „Wie Pferde. Aber sie sind neugierig. Lass sie am besten zu dir kommen. So."

Samuel ging den langgezogenen Stall entlang und blieb gut drei Meter entfernt von Fred und Ginger stehen, drehte ihnen seine Seite zu und schaute zur Wand. Er hielt ihnen seine ausgestreckte Hand hin, die Handfläche nach oben. Dann wartete er. Es schien ewig zu dauern. Ginger und Fred schauten sich um und taten so, als wäre Samuel nicht da. Dann machte Ginger einen Schritt vorwärts. Als Samuel sich nicht bewegte, machte sie einen weiteren Schritt. Es dauerte nicht lange, bis sie mit ihrer großen, feuchten Nase an seiner Hand schnüffelte und sie mit ihrer großen grauen Zunge ableckte.

„Braves Mädchen", sagte Samuel. „Brave Ginger. Braves Mädchen."

Er begann, sie unter dem Kinn zu reiben und kurze Zeit später trat er vor und kraulte sie richtig am Nacken. Sie reckte ihren Kopf nach oben und bettelte um mehr.

„Jetzt versuch du es", sagte Samuel und kam zu Eddie.

„Soll ich die Karotten benutzen?"

„Nein, erst mal nicht. Du willst doch, dass sie neugierig auf *dich* sind, nicht auf das Futter."

Eddie reichte ihm die Tüte mit den Karotten und versuchte das, was Samuel getan hatte. Er ging langsam in die Mitte des Stalls, drehte sich zur Wand und streckte die Hand aus. Zuerst ignorierte Ginger ihn, dann kam sie vorsichtig näher.

Ihre Zunge war so rau wie Sandpapier, als sie an seiner Hand leckte. Es war ein Fortschritt und Eddie fühlte einen Stich der Freude. Sie ließ zu, dass er mit den

Fingern an ihrem Kiefer entlangfuhr, während sie mit der Zunge den Stoff seines Mantels untersuchte und ihn mit Kuhspeichel tränkte. Endlich echter Farmschmutz! Eddie kratzte sie unter dem Kinn und sie hob den Kopf für mehr.

Samuel kam langsam näher und blieb ein paar Meter entfernt mit verschränkten Armen stehen. Die Tüte mit den Karotten ragte aus seiner Jackentasche. „Meistens haben sie Angst vor Menschen und gehen ihnen am liebsten aus dem Weg. Sie haben schlechte Erinnerungen an Tierärzte und Spritzen und so. Normalerweise bedeutet es nichts Gutes, wenn ein Mensch sich ihnen nähert."

„Das ist traurig." Eddie fuhr fort, Ginger am Hals zu kraulen, als Fred vorsichtig näherkam.

„Na ja, sie brauchen ihre Impfungen, ihre Klauen müssen geschnitten werden und so was. Sie wissen nicht, dass es zu ihrem eigenen Besten ist, wie bei Kindern."

Eddie glaubte, dass die Reserviertheit von Fred und Ginger mit mehr zu tun hatte als ein paar Spritzen, aber das sagte er nicht laut. Er streichelte Ginger weiter, genau wie Fred, als diese nah genug gekommen war.

„Wenn du immer nett zu ihnen bist, kommen sie bald jedes Mal angerannt. Besonders, wenn du Futter dabeihast", meinte Samuel. Er fuhr, ungewöhnlich gesprächig, fort: „Fred ist eifersüchtig. Sie mögen es nicht, wenn eine von ihnen Futter bekommt und die andere nicht."

„Na ja, das kann ich dir nicht verdenken. Das mag ich auch nicht", sagte Eddie zu Fred und kraulte sie am Kinn.

Eddie streichelte sie eine lange Zeit, schaute in ihre großen, braunen Augen und prägte sich das Gefühl ihres glatten Fells ein. Fred und Ginger hatten noch lange nicht genug, als er aufhören wollte.

Zögernd drehte er sich wieder zu Samuel um. „Wir sollten sie daran gewöhnen, gestreichelt zu werden und ans Tor zu kommen. Wenn wir Tage der offenen Tür abhalten, werden die Leute sie berühren wollen."

„Das sollte nicht schwer sein. Lass uns etwas versuchen."

Samuel bedeutete Eddie, ihm durch das Tor auf den Betongang zu folgen. Er öffnete die Tüte mit den Babykarotten und pfiff, während er eine über das Tor hielt. Es dauerte eine Weile, bis Fred und Ginger herbeigetrottet kamen, dann betrachteten sie die beiden Männer, als interessierten sie sich nicht im Geringsten für sie. Doch Samuel stand einfach da und hielt die Karotte hoch. Schließlich kam Ginger näher und schlang ihre Zunge darum. Die Karotte krachte zwischen ihren starken Kiefern und sie stupste Samuel sofort um mehr an.

Eddie und Samuel gaben Fred und Ginger die halbe Tüte.

„Ja, das wird funktionieren", sagte Eddie, so glücklich wie seit einer ganzen Weile nicht mehr. Es war so wunderschön hier draußen an der Scheune und die Tiere hoben seinen Geist. Zum ersten Mal seit Langem schien es … möglich.

Selbstverständlich ist es möglich. Du hast es schon getan.

Ja, aber für wie lange, fragte Eddie sich.

Das liegt an dir. Wie weit bist du bereit zu gehen, um es zu halten?

Er beäugte das Tor. Es war zweieinhalb Meter breit und bestand aus drei schweren, horizontalen Stangen mit etwa einem halben Meter Abstand. Erwachsene konnten über das Tor reichen und Kinder konnten die Kühe zwischen den Stangen berühren. Sowohl Mensch als auch Tier wären vor Übereifer geschützt.

„Das ist perfekt für das Meet and Greet. Ich muss anfangen, mich um einen Tag der offenen Tür zu kümmern."

„Wie machst du das?", wollte Samuel wissen. „Stellst du Schilder auf?"

Eddie stieß Samuel mit der Schulter an und lächelte. „Soziale Medien, mein Freund. Ich habe eine Webseite erstellt, aber sie ist noch nicht online. Und ich muss Accounts auf Twitter und Instagram erstellen. Ich sollte öfter Fotos machen."

Plötzlich fiel ihm ein, dass er genau in Momenten wie diesen Fotos machen sollte, und er holte sein Telefon hervor. Er machte ein paar Bilder von Fred und Ginger am Tor und Ginger schnüffelte mit ihrer großen Nase an dem Telefon in seiner Hand.

Er senkte die Kamera. „Macht es dir etwas aus, wenn ich ein paar Bilder von dir mit den Kühen mache?"

„Mit mir? Wieso?"

„Um ... der Farm ein wenig Substanz zu geben."

Samuel starrte ihn an.

Eddie merkte, dass es eine dumme Idee gewesen war. „Vergiss es. Du musst nicht, wenn du nicht willst."

Samuel schaute an sich herunter. Eddie hatte für ihn ein paar Sachen in einem Second Hand Laden besorgt. Er bevorzugte normale Hemden zum Arbeiten – das heutige war khakifarben – und seine eigenen Amish-Hosen und Hosenträger. „Ein Bild mit mir drin wird nicht helfen, etwas an den Mann zu bringen", brummte er, doch er nahm seinen Hut ab und warf ihn zur Seite, dann glättete er sein Haar und lehnte sich an das Tor, um Ginger unter dem Kinn zu kraulen. Sie hob den Kopf und er schlang den Arm um ihren Hals. Samuel schaute nicht in die Kamera, als Eddie ein paar Fotos knipste, sondern behielt den Blick auf Ginger gerichtet.

Als Eddie fertig war, sah Samuel erleichtert aus.

„Danke. Die Bilder sind toll. Ich sollte mich wahrscheinlich für heute an die Arbeit machen." Eddie ließ den Morgen nur widerwillig zum Ende kommen.

„In Ordnung. Ich arbeite Mittag am Zaun."

Eddie lächelte. Es war reizend, wie Samuel sich manchmal ausdrückte.

„Mach dir ein Sandwich, wenn du Hunger hast. Heute Abend gibt es Gemüsepfanne mit Reis."

„Okay." Samuel ging die Auffahrt hinauf, wahrscheinlich zum Geräteschuppen. Er lief zügig über den Asphalt, trotz seines Hinkens.

Eddie war es, als bedeutete das Ende des Morgens, dass er etwas Kostbares verloren hatte. Es war ein so wunderschöner Tag. Es fühlte sich an wie das Ende einer Geburtstagsparty, wie die Erkenntnis, dass der Spaß nun zu Ende war. Es war so schön gewesen, Zeit draußen zu verbringen, mit Samuel, mit den Tieren. Es hatte Eddies Seele erleichtert. Er hatte sich solche Sorgen wegen der Rechnungen gemacht, dass er nicht hatte genießen können, was direkt vor seiner Nase war. Und ihm fiel auf, dass er einsam war. Es war nett, jemanden zu haben, mit dem er reden und den er zum Lächeln bringen konnte.

Erneut erwog Eddie, Samuel nach dem Abendessen zum Kartenspielen oder einem Brettspiel einzuladen. Aber dann erinnerte er sich an das Gefühl, als er Samuel auf der Weide beobachtet hatte. Die Sehnsucht und das Verlangen. Diese Gefühle waren gefährlich.

Vor zehn Jahren, als Eddie seinen Master in Journalismus gemacht hatte, hätte er sich nicht für Samuel interessiert. Als er in Brooklyn als Sohn von zwei Professoren aufgewachsen war, war er mit Anfang zwanzig ein schrecklich intellektueller Snob gewesen. Aber dann hatte Eddie begonnen, Techno-Thriller zu schreiben und musste für eine dystopische Geschichte Überlebensstrategien recherchieren. Es hatte ihn fasziniert, wie sehr die meisten Menschen sich von den wichtigen Dingen des Lebens entfernt hatten – Essen, ein Dach über dem Kopf, Wärme und medizinische Versorgung. Niemand heutzutage wusste mehr, wie man etwas *Wirkliches* machte, oder welchen Einfluss der eigene Lebensstil auf die wirkliche Welt hatte – auf die Tiere und die Natur. Die Schlachthäuser und Mülldeponien wurden praktischerweise hinter einem magischen Vorhang versteckt.

Jetzt wusste er Samuels Fähigkeiten zu schätzen. Seine Grammatik mochte etwas rau sein, doch er redete eben wie die Leute, mit denen er sein gesamtes bisheriges Leben verbracht hatte, und für die Amish war Deutsch ihre Muttersprache und Englisch eine Fremdsprache. Was noch wichtiger war; in einer Zombieapokalypse würde Eddie Samuel als Ersten in sein Team holen. Er wusste, wie man Essen selbst anbaute, sich um Nutztiere kümmerte, kleinere Reparaturen an fast allem durchführte und er kam auch ohne Elektrizität und das Internet bestens zurecht. Diese Kompetenz war erregend, besonders nachdem er viele Jahre unter Männern gelebt hatte, die sich über Kratzer auf ihren Gucci-Schuhen beschwerten oder dass ihre Handyverbindung einen Tick zu langsam war.

Aber nein. Auch wenn er Samuel respektierte, war es das Beste, die Dinge zwischen ihnen strikt professionell zu halten. Eddie musste sich darauf konzentrieren, die Farm zum Erfolg zu führen. Davon hing alles ab.

Oh Gott, er wollte so sehr, dass es funktionierte. Nicht nur, weil er die Farm bereits jetzt so sehr liebte. Er fürchtete nicht wegen sich selbst, sie zu verlieren. Er fürchtete es wegen Fred und Ginger, wegen Edelweiß, Fleece und Ruby. Wegen Samuel. Wegen all der Tiere da draußen, die ein Zuhause brauchten und vielleicht eines Tages hier leben würden, wenn er es nur schaffte, das finanzielle Loch zu stopfen.

Während er mit Fred und Ginger an der Scheune stand, wurde ihm dies stärker denn je bewusst.

Eddie betete nicht oft. Er traute organisierten Religionen nicht, mit ihren Vorurteilen und ihrer Strenge, und weil sie jahrelang der homosexuellen Jugend viel Leid zugefügt hatte. Und da er von jüdischen Intellektuellen großgezogen worden war, die selbst nicht sonderlich gläubig waren, war er zu skeptisch, um von ganzem Herzen an eine Allmacht zu glauben, die das Universum erschaffen hatte, und sich dennoch um Eddie Graber oder das Leben von ein paar Tieren in Lancaster County, Pennsylvania sorgte.

Doch er war auch nicht vollkommen ungläubig. Manchmal fühlte er sich doch geleitet. Bildete er sich das alles nur ein? Oder stand wirklich hinter allem eine größere Macht? Für den Fall, dass jemand zuhörte, sprach er ein Gebet.

Bitte hilf mir, die Farm zum Erfolg zu führen. Um ihretwillen. Um derentwillen, denen ich helfen könnte.

Draußen auf der Weide raschelte etwas in dem geschnittenen Gras.

8

AN DIESEM Nachmittag arbeitete Eddie in seinem Büro, als es an der Vordertür klopfte.

„Hey, Sie müssen Eddie Graber sein!" Der Mann auf der Türschwelle hielt ihm die Hand hin. Er war groß, wahrscheinlich einen Meter neunzig groß und wohl um die einhundertdreißig Kilo schwer. Seine Schultern sahen in seinem weißen Hemd aus wie mächtige Haxen. Sein graues Haar war kurz geschoren, seine blauen Augen waren klein, seine Nase groß und sein freundlicher Gesichtsausdruck sagte „Verkäufer des Jahres".

Eddie schüttelte misstrauisch die ausgestreckte Hand. „Ja. Was kann ich für Sie tun?"

„Na ja, vielleicht kann ich etwas für Sie tun!" Der Mann strahlte. „Ich bin Pat Ranklin. Ich repräsentiere Lovall Incorporated. Wir produzieren Düngemittel aller Art. Wir haben direkt nördlich von Ihnen eine Kompostanlage."

Der Mann deutete in jene Richtung und plötzlich wusste Eddie, wer er war. Am Rand der Stadt gab es eine agrochemische Kompostieranlage. Als Eddie ein Angebot für die Farm abgegeben hatte, hatte seine Maklerin erwähnt, dass unmittelbar davor ein weiteres Angebot eingegangen war. Anscheinend war es von einem örtlichen Düngemittelhersteller. Doch Eddies Maklerin hatte schnell gehandelt und es geschafft, den Deal an Land zu ziehen.

Eddie konnte sich noch gut an die Anspannung in jenen vier Stunden erinnern, als er am Telefon gesessen und darauf gewartet hatte, dass Mr. McGuire, der vorherige Besitzer, den Vertrag unterzeichnete.

„Oh, hi", sagte Eddie.

Er wollte Ranklin nicht ins Haus bitten, also trat er hinaus und schloss die Tür hinter sich.

„Ich hoffe, Ihnen und der Familie geht es gut", sagte Pat mit einem breiten Grinsen. „Ich wollte mich nur einmal unterhalten. Wir würden Ihnen gerne ein Angebot für dieses Anwesen unterbreiten. Ich weiß, dass Sie es erst kürzlich erworben haben, aber wir könnten es Ihnen schmackhaft machen. Ich bin autorisiert, Ihnen neunhunderttausend Dollar anzubieten, was, wie ich weiß, deutlich über dem liegt, was Sie bezahlt haben. Das biete ich Ihnen heute. Kein schlechter Profit für nur ein paar Monate. Hab ich recht?" Pats Zwinkern sagte, dass es Eddies Glückstag war.

Eddies Herz setzte einen Schlag aus. Ihm wurde kalt, dann heiß, dann wieder kalt. Pat Ranklin konnte unmöglich von Eddies Geldsorgen wissen oder dass sein Freund ihn im Stich gelassen hatte. Aber das war es, auf dem Silbertablett serviert – ein Ausweg plus einen Bonus.

„Aha." Eddie nickte wie betäubt. „Na ja, also, ähm. Ich habe nicht vor, zu verkaufen. Ich habe das Haus gerade erst gekauft."

„Ich verstehe, ich verstehe. Und wenn Sie mir und meiner Frau nur ein bisschen ähnlich sind, hassen Sie es umzuziehen!", schwärmte Pat. „Aber für diese Summe könnten Sie die Drecksarbeit von jemand anderem machen lassen. Wenn Sie nicht zu sehr an der Farm hängen."

Eddie war in Versuchung. Und dann fühlte er sich schuldig deswegen, auch wenn die Versuchung sehr klein gewesen war. „Was würden Sie mit diesem Ort tun?"

Ranklins Lächeln verblasste. „Pardon?"

„Was würden Sie damit tun? Ich meine … dem Haus. Der Scheune. Allem." Eddie wedelte mit der Hand hinter sich.

Ranklin trat von einem Fuß auf den anderen. „Na ja, um ehrlich zu sein, wir könnten Zugang zu Ihrem Teich und dem Flüsschen, das durch Ihren Besitz verläuft, gebrauchen. Deshalb das Angebot. Und was vielleicht langfristig mit dem Anwesen geschehen würde, liegt in den Händen der Chefetage."

„Ich verstehe." Eddie rieb über den plötzlichen Schmerz in seiner Brust. Bilder von einem Bulldozer, der die prächtige Rotbuche an der Auffahrt herausriss. Diese Vorstellung gefiel Eddie kein bisschen.

Na und? Was spielt es für eine Rolle, was sie tun? Du könntest der Hypothek und den Sorgen entkommen und hättest noch einhunderttausend extra, sagte eine praktisch veranlagte Stimme in seinem Kopf.

Dafür würdest du deinen Traum verkaufen? Und die Leben von jedem, der hier ist, konterte eine andere Stimme.

Allein darüber nachzudenken, fühlte sich falsch an. Eddie schüttelte den Kopf. „Also um ehrlich zu sein, ich denke nicht, dass ich verkaufen will. Aber können Sie mir vielleicht Ihre Karte hierlassen?"

„Aber sicher! Warum denken Sie nicht in Ruhe darüber nach? Rechnen Sie alles durch." Pat holte eine Karte aus einer Hemdtasche hervor. Als er sie Eddie reichte, beugte er sich verschwörerisch zu ihm. „Hey, hören Sie, wenn Sie interessiert sind, sollten Sie nicht zu lange warten. Die Firma steht mit weiteren Grundbesitzern in Kontakt, und wenn einer von denen verkauft, ist Ihr Land viel weniger interessant."

Er zwinkerte Eddie aufmunternd zu. Dann fuhr er in seinem weißen Pickup mit dem Logo von Lovall Inc. an der Seite davon. Unter dem Logo stand: *Wir machen Lancaster County grün.*

„Es ist bereits grün, du Schmock", brummte Eddie.

Er fühlte sich unruhig, als er wieder nach drinnen ging. Er legte die Karte auf seinen Schreibtisch und starrte sie an.

Ich muss mich nicht sofort entscheiden.

61

Ihm kam der Gedanke, dass Lovall Incorporated die Antwort auf sein Gebet vom Vormittag sein mochte.

ALS EDDIE am folgenden Morgen die Vordertür öffnete, fand er einen dicken weißen Umschlag, der dagegen gelehnt hatte. Sein Name und seine Adresse standen darauf, aber keine Briefmarke. Als Absender war das Logo der Lovall Incorporated Chemiefabrik zu sehen.

An seinem Schreibtisch öffnete er den Umschlag und zog einen Stapel Papiere hervor. Es war ein Vertrag – ein Kaufvertrag für sein Land. Das Deckblatt erklärte alles kurz und bündig. In großen Buchstaben stand da *ANGEBOT GÜLTIG BIS ZUM FÜNFZEHNTEN SEPTEMBER 2017*. Das war in fünf Monaten.

Die Papiere bestätigten es – man bot ihm neunhunderttausend in bar für die Farm an, keine Inspektion oder Verhandlung nötig. Die Anwälte würden sich um die Transaktion kümmern, also fielen keine Maklergebühren an. Er hatte neunzig Tage Zeit, das Anwesen zu verlassen, sobald er unterzeichnet hatte.

Alles, was er tun musste war, diesen Vertrag zu unterzeichnen und ihn in den Rückumschlag zu stecken, dann wäre es erledigt. Seine Sorgen wären vorbei. Ein großes Risiko minimiert, einfach so.

Oh Gott.

Eddie starrte auf die Papiere, dann las er sie noch mehrmals durch, damit er alles richtig verstanden hatte. Für jemanden mit Geldsorgen war es ein Gottesgeschenk. Keine Mühen damit, das Anwesen für den Verkauf herzurichten oder es monatelang auf dem Markt zu haben. Selbst nach Abzug aller Gebühren und der Kosten für den Umzug hätte er immer noch einiges übrig, um sein Bankkonto zu polstern.

Eddie rieb sich unbewusst über das Brustbein. Vielleicht sollte er es tun. Vielleicht war es ein Zeichen. Er konnte seine ursprüngliche Anzahlung und den Überschuss aus dem Verkauf nutzen, um etwas anderes zu finden, das bescheidener war. Er konnte Fred, Ginger und die Schafe – und selbstverständlich Samuel mitnehmen. Er könnte immer noch einen Gnadenhof haben, nur einen viel kleineren.

Es ist unwahrscheinlich, dass du eine andere Farm findest, die für weniger Geld eine solche Anzahl großer Tiere halten kann. Außerdem ist das hier dein Ort, dein perfekter Ort. Das wusstest du in dem Moment, als du ihn gesehen hast.

So fühlte er tatsächlich. Er *liebte* die Farm.

Nein, er konnte es sich nicht leisten, sentimental zu werden oder sich auf „innere Stimmen" zu verlassen. Er musste praktisch denken. Er dachte einen Moment nach, dann nahm er sein Handy zur Hand. Er hatte immer noch die Nummer seiner Maklerin, Maggie Thomas.

„Was wissen Sie über Lovall? Das war der andere Interessent an der Farm, als wir geboten haben, richtig?"

„Ja, das stimmt." Maggie konnte sehr direkt sein, wenn es ums Verhandeln ging, aber das Mädchen vom Lande in ihr liebte es zu tratschen. „Tatsächlich war ich überrascht, dass Mr. McGuire deren Angebot nicht angenommen hat. Sie hatten Glück."

„Sie haben also mehr geboten als wir?"

„Um einiges mehr. Aber sie hatten vor, das Anwesen abzureißen und eine Art Kläranlage aufzubauen, aber das wollte Mr. McGuire nicht. Die Farm war seit Generationen in seiner Familie. Sein Anwalt sagte, dass er von der Idee eines Gnadenhofes sehr angetan war. Es ist wirklich ein besonderer Ort. Ich weiß, dass ich das schon einmal gesagt habe, aber man findet solch hübsche abgelegene Farmen wie diese nicht mehr. Und dieses Natursteinhaus und die riesige alte Bank-Scheune! Es wäre zu schade gewesen, wenn alles abgerissen worden wäre."

Eddie erzählte Maggie nichts von dem Angebot und er beendete das Gespräch so schnell er konnte. Er schämte sich. Pat Ranklin hatte nichts von einer Kläranlage erwähnt, doch wahrscheinlich hatte die Firma ihre Lektion gelernt, nachdem der Vorbesitzer mit ihren Plänen nicht einverstanden gewesen war. Selbstverständlich konnten sie mit dem Anwesen machen, was sie wollten, sobald sie es gekauft hatten. Ebenso wie er, der aktuelle Besitzer, das Recht hatte, an Lovall zu verkaufen, egal was der vorherige Besitzer davon hielt.

Doch dadurch fühlte sich Eddie keinen Deut besser. Er schaute aus dem Fenster zu der riesigen alten Rotbuche und dem Teich mit seinen Kanadagänsen. Die Gänse würden sicherlich nicht mehr hier haltmachen, wenn dieser Ort in eine Kläranlage verwandelt wurde.

Es muss auch Kläranlagen geben.

Diese Erkenntnis vertrieb das ungute Gefühl in seinem Bauch nicht. Es wäre beschissen, diesen Ort zu diesem Zweck zu verkaufen, und das wusste er auch. Alle Bäume würden gefällt werden und diese wunderschöne, idyllische kleine Oase wäre verschwunden. Eines Tages mochte es dazu kommen, aber er wollte nicht der Mann sein, der dafür verantwortlich war.

Er legte den Vertrag in die oberste Schublade seines Schreibtisches, um ihn fürs Erste nicht mehr sehen zu müssen. Es war erst Ende April. Er musste sich nicht sofort entscheiden. Er konnte abwarten, wie die Dinge sich entwickelten.

Er würde nicht verkaufen. Aber es konnte nie schaden, einen Ansporn zu haben, erfolgreich zu sein.

DER SONNTAG war ein schöner Apriltag: einundzwanzig Grad, blauer Himmel und eine leichte Brise. Es war die Art von Wind, bei der man den Eindruck hatte, der Himmel selbst würde einen streicheln, einem mit den Fingern durchs Haar fahren und einen kitzeln. Wie üblich fütterte Samuel als Erstes am Morgen die Tiere und gab ihnen Wasser, aber dann fühlte er sich ruhelos.

An seinem ersten Sonntag auf der Farm hatte Eddie darauf bestanden, dass er den Tag frei nahm. An jedem Sonntagmorgen gab Eddie ihm seine fünfzig Dollar in bar auf die Hand. Und heute ... heute war ein zu schöner Tag, um ihn in seinem Zimmer zu verbringen und an die Decke zu starren.

Als er noch zu Hause gelebt hatte, war der Sonntag der beste Tag der Woche gewesen. Am Sonntag ging man in die Kirche, es gab eine wundervolle Mahlzeit und man verbrachte Zeit mit den anderen. Es war der einzige Tag, an dem man faul sein durfte, mit dem Buggy ausfahren oder einen langen Spaziergang machen konnte.

Auch wenn Samuel immer schüchtern gewesen war, hatte er die Möglichkeit genossen, der Farm zu entkommen und Zeit mit den anderen Amish-Jungen, und später Männern, und seinem Bruder Matthew außerhalb ihrer täglichen Pflichten zu verbringen. Er genoss die Zusammenkünfte der Kirche, seine Cousins und Cousinen, Tanten, Onkel und Großeltern zu sehen. Es war beruhigend, vertraute Gesichter zu sehen. Die älteren Mitglieder der Gemeine waren immer nett zu ihm gewesen ... Mrs. Ornery Fisher hatte ihm immer etwas von ihrem Zitronenkuchen aufgehoben und Amps Miller lachte immer noch über ihn, weil er als Kind versucht hatte, ein lahmendes Pferd großzuziehen. So viele gute Freunde. Oder zumindest hatte er das geglaubt.

Mist, er vermisste Matthew so sehr, dass es wehtat.

Die Erkenntnis, dass er nie wieder zu einem Gottesdienst wie diesem gehen würde, dass er seinen Bruder nie wiedersehen würde, traf ihn hart. Seine Geschichte war ebenso amputiert worden, wie man einen Arm amputierte. Selbst wenn es in der Nähe eine Amish-Kirche gäbe, würde Samuel die Leute dort nicht kennen. Und er hätte zu viel Angst, dorthin zu gehen. Seine eigene Gemeinde war nicht allzu weit entfernt. Es würde sich herumsprechen, dass er gemieden worden war. Er würde es nicht riskieren, dass andere Amish ihn anstarrten oder ihn baten, zu gehen.

Eddie ging anscheinend nie zur Kirche. An Sonntagen fuhr er für gewöhnlich mit seinem Auto weg, um einzukaufen, dann arbeitete er in seinem Büro.

Da er an diesem brillanten und unwiderstehlichen Frühlingssonntag nichts zu tun hatte, beschloss Samuel, nach Mount Joy zu gehen. Er machte sich am Vormittag gemächlich auf den Weg, um seinen Rücken nicht zu verschlimmern. Die Wunden auf seinem Rücken waren größtenteils geheilt, auch wenn im Spiegel immer noch gelbe und lilafarbene Male zu sehen waren, verblasst wie der Geist eines Sonnenuntergangs. Aber auch wenn er hätte schneller gehen können, ließ er sich Zeit und trödelte. Es dauerte eine Stunde, bis die Main Street erreicht hatte. Die meisten Läden waren geschlossen, da es Sonntag war, aber er fand ein chinesisches Restaurant, in dem er Frühlingsrollen und ein scharfes Rindfleischgericht aß; dabei genoss er es, wieder Fleisch zu essen. Danach ging er in den großen Giant-Supermarkt und lief durch die Gänge. Er verbrachte viel Zeit im Gang mit den Magazinen und Büchern.

Es war so seltsam. Noch vor ein paar Wochen hätte er es nicht gewagt, eines dieser Bücher zu kaufen. Nun konnte er sich alles kaufen, was er wollte. Aber er wusste nicht, was er wollte oder ob er überhaupt etwas wollte. Die Titelbilder waren ihm fremd mit ihren schnellen Autos, unbekannten Gebäuden, nur halb bekleideten Paaren, die sich umarmten oder Bildern von Blumen und pinkfarbenen Cafés. Und die Magazine waren über Fitness oder Reisen oder andere Dinge, die ihm nichts bedeuteten. Schließlich entschied er sich für ein Taschenbuch über einen Mann und seinen Hund und ein dickes Comicbuch.

Er kaufte mehrere Tüten Beef Jerky für sein Zimmer, Cheesetrings und eine große Tüte Erdnuss-M&Ms. Er wollte nicht zu viel zurück zur Farm tragen müssen. Während er an der Kasse stand, überlegte er, ob er sich für sein Zimmer einen kleinen Kühlschrank besorgen sollte, damit er Milch und Eiscreme auf seinem Zimmer haben konnte.

Aber wie lange würde er auf Eddies Farm bleiben? Lange genug, damit sich ein Kühlschrank lohnte? Samuel glaubte, dass Eddie mit seiner Arbeit zufrieden war, und Gott allein wusste, *irgendjemand* musste ja auf der Farm arbeiten, da Eddie den ganzen Tag am Computer saß. Samuel sollte sich sicher fühlen. Aber das tat er nicht. Es war alles so ungewohnt. Er rechnete jeden morgen damit, auf der Farm seiner Familie aufzuwachen und festzustellen, dass alles nur ein verrückter Traum war.

Da er den ganzen Tag frei hatte, hatte Samuel Zeit zum Nachdenken und das war nicht hilfreich. Er grübelte, während er auf der Landstraße zurücklief. Vor einem Monat war er ein gewöhnlicher Amish-Mann gewesen. Nun war er ... was? Was lag in seiner Zukunft?

Er mochte Eddie wirklich und er mochte die Farm. Es war ein hübscher Ort, das war sicher. Man konnte sich keine schönere kleine Farm vorstellen. Darauf konnte man nur stolz sein. Außerdem setzte ihn hier niemand unter Druck oder kommandierte ihn herum, wie sein Vater es getan hatte. Eddie war leicht zufriedenzustellen. Tatsächlich schien es ihn kaum zu interessieren, was Samuel tat. Aber das war einsam. Samuel war einsam. Er war es nicht gewohnt, so viel allein zu sein. Er fühlte sich in seiner Haut nicht wohl und kannte sich selbst nicht mehr.

Du bist erst seit ein paar Wochen hier. Du gewöhnst dich daran, sagte er sich. *Du hast Glück, eine solche Stelle gefunden zu haben. Sei dankbar!*

Er war dankbar. Das war er wirklich. Aber er war auch unglaublich einsam.

Seine Situation wäre sehr schön, wenn er einen besseren Draht zu Eddie hätte. Eddie war ein netter Mann, ein gut aussehender Mann. Samuel sehnte sich nach mehr von ihm. Mehr von allem. Er wusste nicht einmal, wonach er sich sehnte. Vielleicht brauchte er nur einen Menschen, dem er in die Augen sehen konnte, jemanden, mit dem er sich über alles und nichts unterhalten konnte, jemanden, der sich freute, dass er mit ihm zusammenwohnte. Doch Eddie schuldete ihm keine

65

Freundschaft und das war eine Tatsache. Er schien nur an der Arbeit interessiert zu sein, die Samuel leisten konnte und das war in Ordnung. Dafür wurde er bezahlt.

Auf dem Rückweg zur Farm fand Samuel an einer kleinen Steinbrücke einen Platz, wo er sich hinsetzen und sein Magazin lesen konnte. Die Sonne blinzelte auf dem Wasser und glitzerte wie Diamanten, das Gras am Ufer war lebhaft grün und überall blühten kleine blaue Wildblumen. Am Ende der Brücke standen sogar ein paar leuchtend gelbe Osterglocken. Es war wirklich ein Anblick. Perfekt. Samuel versuchte, seine paar Stunden Freiheit und Schönheit zu genießen, aber alles war leer ohne jemanden, mit dem er sie teilen konnte. Wie ein Kürbis, der von außen sehr schön aussah, dessen Inneres aber ausgehöhlt worden war. Die Schwere in seinem Herzen wurde nicht erleichtert.

Als er schließlich zur Farm zurückkehrte, war es fast dunkel. Samuel brachte die Einkäufe in sein Zimmer, winkte Eddie, der in seinem Büro am Telefon war, zum Gruß zu und ging in die Scheune, um die abendliche Fütterung vorzunehmen.

Etwas war in der Nacht in den Kuhstall gekommen. Samuel hatte Exkremente gefunden, die nicht von den Kühen stammten und nun sah er einen verdächtigen Strohhaufen in einer Ecke. Er stocherte darin herum, aber was auch immer ihn gemacht hatte war im Moment nicht da.

Es war keine Katze. Er wusste, wie die Hinterlassenschaften von Katzen aussahen. Es war auch kein Murmeltier oder ein Fuchs, denn die würden sich nicht in einem Stall einnisten. Dennoch musste es ein Wildtier sein. Samuel war verwirrt.

Am Montagmorgen stand er auf wie immer und fütterte bei Tagesanbruch die Tiere. Er hatte schlechte Laune. Die Leere des Sonntags, den er allein verbracht hatte, lag ihm auf der Seele, und es wurde schlimmer statt besser. Er fühlte sich niedergeschlagen und er hatte keine Ahnung, was er dagegen tun sollte, abgesehen davon, es zu ignorieren.

Als er die Kühe und Schafe auf die Weide ließ, sah er etwas, das sich im Gras bewegte und sich dann der Scheune näherte. Es war ein kleines Tier von der Größe eines Toasters. Es war schwarz. Es war … ein Schwein. Es war ein sehr kleines Schwein.

„So was", sagte Samuel laut und beobachtete, wie das kleine Schwein herumschnüffelte und sich Fred und Ginger näherte. Die standen einfach da und schauten auf die Weide.

Das Schwein näherte sich einem von Gingers Hinterläufen und schnupperte neugierig daran. Ginger zuckte erschreckt zur Seite, dann drehte sie den Kopf und senkte ihn bedrohlich in Richtung des Schweins. Sie jagte es ein paar Meter davon, dann gingen sie und Fred in das Gras und begannen zu kauen.

Das Schwein näherte sich ihnen erneut. Er hab einen grunzenden Laut von sich, als wollte es Hallo sagen. Erneut scheuchte Ginger es davon, dieses Mal weiter weg, und sie warf ärgerlich den Kopf herum. *Bleib weg*, sagte sie.

Samuel schüttelte den Kopf. „So was", sagte er erneut.

Wo war das Schwein bloß hergekommen? Soweit Samuel wusste, gab es in der Nähe keine Schweinefarm. Vielleicht war es in der freien Natur geboren worden. Er hatte noch nie von wilden Schweinen in der Nähe seines Zuhauses in Paradise gehört, aber vielleicht gab es welche in der Gegend von Mount Joy.

Er gab es auf, sich darüber Gedanken zu machen und ging in die Scheune. Er holte die Schubkarre und die Mistgabel, mit der er die Ställe ausmistete, dann zog er dicke Handschuhe an. Er ging mit der Schubkarre in die hintere Ecke des Kuhstalls und begann, ihn zu reinigen. Eine kleine Weile später fühlte er, wie etwas seinen Stiefel berührte. Er schaute nach unten und entdeckte das kleine Schwein.

Sobald er es ansah, scheute das kleine Schwein ein paar Meter zurück und schaute ihn an, dabei schnüffelte es mit seiner schwarzen Nase in der Luft. Das Schwein war schlau, weil es ihm aus dem Weg ging. Samuel hatte die Mistgabel in der Hand und er hatte keine Scheu, sie zu benutzen.

„Los!", rief er. „Verschwinde!" Er stampfte dem Schwein entgegen.

Das Schwein quiekte kläglich und rannte zurück auf die Weide.

Finster dreinblickend machte Samuel sich wieder an die Arbeit und schaufelte das dreckige Stroh in die Schubkarre. Als sie voll war, legte er die Mistgabel ab und fuhr die Schubkarre nach draußen. Auf der anderen Seite des Hofes war in der Nähe des Gemüsegartens ein Misthaufen. Von der Scheune aus ging es bergauf über Gras und Kieselsteine. Er rollte die schwere Schubkarre mühsam dorthin, dann leerte er sie. Schwere Lasten wie diese waren für seinen schlimmen Fuß eine Herausforderung, aber er würde sich Eddie gegenüber nie beschweren. Wenigstens lag kein Schnee. Im Winter würde diese Aufgabe wirklich schwer werden.

Er hielt einen Moment inne, um zu Atem zu kommen. Er wischte sich mit dem Ärmel den Schweiß von der Stirn. Wäre er im Winter noch hier? Warum sollte er? Er hatte kein Anrecht darauf. Ebenso wenig wie … wie dieses dumme Schwein.

Er fuhr die leere Schubkarre wieder zur Scheune und machte sich im Schafstall an die Arbeit, dabei ließ er die Tür weit offen, um frische Luft hereinzulassen.

Er fühlte sich lausig, das ließ sich nicht leugnen. Körperlich war alles in Ordnung mit ihm, aber sein Herz tat weh.

Er drehte sich um, um die Schubkarre weiter in den Stall hineinzuschieben, und stellte fest, dass das Schwein wieder an seinem Stiefel schnüffelte. Plötzlich verärgert, trat Samuel nach ihm. „Verschwinde hier!"

Das Schwein war schnell, aber Samuel Stiefel traf es trotzdem. Das Schwein flog ein paar Zentimeter durch die Luft, bevor es mit einem Quieken auf dem Boden landete und zur Tür rannte.

Dort stand Eddie, mit der Sonne im Rücken. Das Schwein schlüpfte an ihm vorbei auf die Weide. Samuel konnte Eddies Gesichtsausdruck nicht sehen, da das Tageslicht hinter ihm leuchtete.

„Was war das?", fragte Eddie mit angespannter Stimme.

„Ein Schwein." Samuel zuckte mit den Schultern. Er fühlte sich schuldig. „Verrückt. Muss ein Wildes sein. Es ist schon seit ein paar Tagen hier, glaube ich."

Eddie drehte sich um und marschierte in Richtung Weide.

Samuels Herz hämmerte wild und er beschloss, Eddie zu folgen. Er lehnte die Mistgabel an die Wand, zog seine Handschuhe aus und ging zur Tür des Stalls. Eddie lehnte sich an das Tor zur Weide und seine Hand schirmte seine Augen auf der Suche nach dem Schwein ab. Aber es war nicht zu sehen.

Als Eddie sich umdrehte, sah er wütend aus. So hatte Samuel ihn noch nie gesehen und er zuckte zusammen. Eddies Gesicht war rot, sein Mund eine dünne Linie und seine Augen verengt.

Als er sprach, fühlte sich sein ruhiger Tonfall bedrohlich an. „Mach bitte fertig, womit du gerade beschäftigt bist, dann komm ins Haus, Samuel. Ich muss mit dir reden."

„Du kannst auch hier reden", sagte Samuel.

„Nein, im Haus."

Damit marschierte Eddie über den Hof.

EDDIE WAR so wütend, dass er nicht wusste, was er tun sollte. Er musste sich beruhigen. Er ging in der Küche auf und ab. Er hätte Samuel um Haaresbreite auf der Stelle gefeuert.

Das hier war ein Tierasyl, um Himmels willen. Eddie wollte verdammt sein, wenn er zuließ, dass Tiere auf *seinem* Grund und Boden misshandelt wurden. Wie konnte er Samuel die Tiere anvertrauen, wenn dieser sich nichts dabei dachte, nach ihnen zu treten? Der Gedanke machte Eddie krank.

Aber er hatte Samuel nicht auf der Stelle gefeuert. Etwas hatte ihn zurückgehalten. Zum einen der Gedanke an eine weitere Serie von Vorstellungsgesprächen. Und die Tatsache, dass Samuel hart arbeitete. Und was noch viel wichtiger war, er glaubte nicht *wirklich*, dass Samuel bösartig war. Eddie war von Samuel enttäuscht. Sehr enttäuscht. Aber er klammerte sich an ein Fünkchen Hoffnung, dass es nicht so schlimm war, wie es ausgesehen hatte. Er mochte Samuel, mehr als er wahrscheinlich sollte. Dann war da noch der Zustand, in dem Samuel hier angekommen war, mit seinem verletzten Rücken. Eddie wollte nicht überstürzt handeln.

Als Samuel fünf Minuten später hereinkam, hatte Eddie zwei Tassen Kaffee gemacht und hatte sich wieder halbwegs unter Kontrolle.

Samuel ignorierte die zweite Tasse auf der Anrichte. Er stand an der Hintertür, den Kopf gesenkt, mit dem Hut in der Hand. Eddie sagte nichts. Er wollte wissen, ob Samuel wusste, was er falsch gemacht hatte.

„Es tut mir leid", platzte Samuel in die unangenehme Stille heraus.

Eddie atmete angespannt aus. „Samuel, ich erwarte nicht, dass du nach meiner Philosophie lebst oder sogar vegan. Und ich bin mir sicher, auf der Farm deines Vaters ist vieles anders gelaufen. Aber eine Sache, die ich auf keinen Fall dulden werde, ist das Misshandeln von Tieren. Nicht auf dieser Farm. *Null* Toleranz. Ich weiß nicht einmal, was ich sagen soll." Seine Worte klangen hart und wütend.

Samuels Wangen nahmen einen hässlichen, beschämten Pinkton an. Er starrte auf den Boden. „Ich hab einfach nicht nachgedacht. Ich … ich bin manchmal gereizt. Und es war auch nicht *dein* Schwein, sondern ein wildes, das sich hier einnisten wollte. Ich wollte ihm nicht wehtun, sondern ihm nur einen ordentlichen Tritt verpassen, damit es wieder dorthin verschwindet, wo es hergekommen ist."

„Es steht dir aber nicht zu, zu entscheiden, welche Tiere auf dieser Farm willkommen sind und welche nicht!"

Samuel ließ den Kopf noch tiefer hängen. „Nein Sir, das tut es nicht. Ich hätte dir von dem Schwein erzählen sollen und dich entscheiden lassen, was mit ihm passieren soll. Es wird nicht wieder vorkommen. Ich schwöre auf einen Stapel Bibeln, selbst wenn ich die Fassung wieder verliere, werde ich es nicht an den Tieren auslassen."

Samuels Stimme war leise und ein wenig erstickt. Eddie hatte noch nie erlebt, dass jemand so reumütig aussah. Neben der Röte in Samuels Gesicht, waren seine Schultern nach vorn gebeugt und seine gesamte Haltung strahlte Elend aus. Sicherlich hatte er Angst um seinen Job. Und das aus gutem Grund! Eddie fragte sich immer noch, ob es nicht besser war, Samuel auf der Stelle zu bitten, zu gehen. Schließlich konnte er ihn nicht vierundzwanzig Stunden am Tag beaufsichtigen. Er musste ihm vertrauen können.

Doch seine ehrliche Entschuldigung tat einiges, um Eddies Ärger zu besänftigen. Sein Tonfall wurde weicher.

„Um Himmels willen, Samuel, dieses Schwein ist noch ein Baby. Es kann nicht mehr als zwei Kilo wiegen. Selbst ein leichter Tritt könnte es verletzen."

„Er ist wirklich klein, das stimmt", meinte Samuel, immer noch mit gesenktem Blick. „Knapp fünf Kilo, würde ich sagen. Aber er sieht nicht aus wie ein frisch geworfenes Ferkel. Keine Ahnung, was er für einer ist."

Eddies Neugier wurde geweckt. „Es ist ein er? Bist du sicher?"

Samuel hob den Blick gerade lange genug, um ihn ungläubig anzuschauen. „Hm."

Sie standen still da, während Eddie nachdachte. Er nahm einen Schluck Kaffee. Samuel machte keinen Versuch, näherzukommen.

„Wieso hast du überhaupt die Fassung verloren? Gibt es ein Problem?", wollte Eddie wissen.

Samuel schüttelte den Kopf, sein Gesichtsausdruck immer noch elend. „Oh, es ist nichts. Nur Heimweh, schätze ich. Ich war noch nie so lange von zu Hause weg. Und ich bin daran gewöhnt, eine große Familie um mich zu haben."

Das sagte er so widerwillig, als wäre er verärgert darüber, dass er Gefühle hatte. Aber in diesen Worten lag ein Schmerz, der auch den Rest von Eddies Ärger auflöste wie Zucker in heißem Tee. Das Mitleid, das er für Samuel empfunden hatte, als er dessen misshandelten Rücken gereinigt hatte, überspülte ihn erneut.

Samuel hatte so hart gearbeitet und schien so gefestigt. Eddie hatte vergessen, dass Samuel eigene Sorgen hatte, dass seine Familie ihn vor Kurzem hinausgeworfen hatte. Er musste sich so allein fühlen.

Und Eddie war nicht besonders freundlich gewesen. Er hatte so viel gearbeitet und die Farm Samuels Händen überlassen, abgesehen von jenem Morgen, als sie zusammen die Weide gemäht hatten.

Eddie rieb sich über das Brustbein, als sein Herz wehtat. *Verdammt.* „In Ordnung. Folgendes …" Er seufzte. „Wir lassen die Sache hinter uns. Aber du musst mir versprechen, dass du nie wieder eines der Tiere schlägst oder trittst. *Bitte.*"

„Das tue ich nicht", sagte Samuel schnell. „Ich verspreche es."

„Wenn ich dich noch mal dabei erwische, musst du gehen. Ist das klar?"

„Ja Sir." Samuel drehte den Hut unablässig in seinen Händen, herum und herum, seine Knöchel weiß. Seine Augen waren so weit nach unten gerichtet, dass sie seinen Schädel zu verlassen schienen. Und selbst mit gesenktem Kopf schien er den Tränen nah zu sein.

Eddie fühlte sich wie ein Schulhoftyrann. „Also dann", sagte er in einem wärmeren Ton. „Komm schon. Vergessen wir es und trinken den Kaffee, bevor er kalt wird. Es tut mir leid, dass ich so wütend geworden bin. Dir ist vielleicht aufgefallen, dass ich selbst ziemlich ungeduldig bin. Es ist nur … ich drehe irgendwie durch, wenn ich sehe, dass jemand einem Tier wehtut. Oder einem Menschen."

Samuel schaute auf und studierte Eddies Gesicht, als wollte er sehen, ob dieser wirklich nicht mehr wütend war. Dann ging er zur Anrichte, legte seinen Hut ab und nahm eine Tasse. Aber er hielt sie nur in beiden Händen. Er kaute auf seiner Unterlippe, setzte zum Sprechen an und zögerte dann.

„Hier ist alles anders. Auf der Farm, wo ich aufgewachsen bin, sind die Tiere da, um den Menschen zu dienen. Und es gibt eine Rangordnung. Mein Da steht an der Spitze, dann meine Ma, meine älteren Brüder, dann ich, dann die Kleinen. Die Tiere stehen unter den Menschen. Und man bekommt Haue, wenn man etwas nicht richtig gemacht hat."

Eddie brummte. „Ach ja? Und wie hast du dich in diesem System gemacht, Samuel?"

Samuel gab einen überraschten Laut von sich. Er dachte darüber nach und kaute auf seiner Lippe. „Nicht gerade gut, schätze ich."

„Ja, das dachte ich mir."

Dies war das erste Mal, dass sie über die Philosophie des Gnadenhofs sprachen und Eddie war froh darüber. Er hasste diesen autoritären Unsinn. Offensichtlich hatte Samuel mehr bekommen als ab und zu „Haue". Sein blutiger Rücken, als er angekommen war, war ein Beweis dafür. Aber wenn Samuel so aufgewachsen war, konnte man diesen Kreislauf durchbrechen?

Ja, sagte die Stimme in Eddies Kopf zuversichtlich und ohne Zögern. Und Eddie glaubte ihr. Er selbst hatte viele Fehler im Leben gemacht und er hatte daraus gelernt. Außerdem hatte Samuel es versprochen.

Eddie sagte nachdenklich: „Ich glaube, weil ich oft gepiesackt wurde, als ich aufgewachsen bin, habe ich dafür kein Verständnis. Ich denke, die Schwächeren sollten beschützt werden, nicht benutzt und misshandelt."

„Du wurdest gepiesackt?"

Eddie nickte.

„Wieso?" Samuel betrachtete Eddie von oben bis unten, als wollte er sagen, dass er nichts Falsches erkennen konnte.

Das brachte Eddie zum Lächeln. „Ich war nicht immer der unglaublich gut aussehende, organisierte Mensch, den du vor dir siehst", scherzte er.

Samuel lächelte, anscheinend hatte er den Witz verstanden.

„Ich war klein. Und ein Bücherwurm." Eddie zuckte mit den Schultern. „Ein Nerd." Fast hätte er auch „schwul" gesagt, aber das war ein anderes Thema.

„Ich wurde wegen meinem Fuß gehänselt", gab Samuel zu.

Eddie war nicht überrascht, das zu hören. „Ja? Hattest du viele Freunde, als du aufgewachsen bist?"

Samuel zuckte mit den Schultern. „Ein paar. Mein Bruder Matthew ist mein bester Freund. Er ist nur ein Jahr jünger als ich."

Erneut hatte Eddie Mitleid mit Samuel wegen des Verlustes, mit dem er zurechtkommen musste. Er wechselte das Thema, um die Stimmung zu heben. „Aber mal im Ernst, wie ist dieses Schwein auf die Farm gekommen? Findest du das nicht seltsam?"

„Es ist erstaunlich." Endlich nahm Samuel einen Schluck von seinem Kaffee. Er lehnte sich an die Kücheninsel und sie schauten beide aus dem Fenster. „In der Nähe ist keine Schweinefarm. Das würden wir riechen. Könnte ein Wildes sein."

„Wenn dem so ist, frage ich mich, wieso er nicht bei seiner Mutter ist? Du hast keine anderen Schweine gesehen, oder?"

„Nein. Und wenn ich so darüber nachdenke, glaube ich nicht, dass das kleine Schwein sich so an die anderen Tiere rangeschmissen hätte, wenn es irgendwo eine Familie hätte. Er hat versucht, sich an die Kühe zu hängen, aber die wollten nichts mit ihm zu tun haben. Es liegt in ihrer Natur, wegen Räubern auf der Weide vorsichtig zu sein. Füchse. Hunde. Deshalb mochten sie das Schwein nicht gerade."

„Also ich werde versuchen, ihn zu zähmen", sagte Eddie entschlossen. Bei der Vorstellung, dass das arme, kleine Babyschwein versucht hatte, ein Zuhause zu finden, an das es sich „ranschmeißen" konnte, legte er die Hand auf die Brust. Es traf ihn direkt ins Herz. „Das arme Ding ist wahrscheinlich am Verhungern!"

Samuel zuckte mit den Schultern, aber als er dieses Mal die Augenbrauen hob, blieben sie oben. „Schweine sind gute Sucher. Aber wenn seine Mama gestorben ist, hat er vielleicht nicht gelernt, wie das geht."

Erneut mitten ins Herz. Eddie rieb seine Brust. „Ist es nicht seltsam, dass er diese Farm gefunden hat, *diese* Farm? Ich meine, es ist eine Sache, wenn jemand mich anruft und bittet, Tiere aufzunehmen, weil er meinen Namen im Internet gefunden hat, aber dieser kleine Kerl spaziert einfach auf meine Weide? Ein Schwein findet den einzigen veganen Gnadenhof in Lancaster County. Das war schon großes Glück."

„Es ist wirklich ein Zufall."

Eddie nahm eine große Schüssel aus dem Schrank und öffnete den Kühlschrank. „Was würde er fressen, was meinst du?"

„Schweine fressen praktisch alles. Essensreste, vergammeltes Essen, Milch, die sauer geworden ist, und all so was."

„Brot?"

„Sicher."

Eddie machte eine kleine Schüssel mit Brotstückchen, Erdnussbutter und einem klein geschnittenen Apfel zurecht. Nicht zum ersten Mal war Eddie sich bewusst, dass die Zubereitung und das Anbieten von Essen eine Verpflichtung waren. Wenn man einem Tier Essen gab, sagte man damit nicht einfach: *Du siehst hungrig aus und tust mir in diesem Moment leid.* Man sagte: *Ich sehe dich. Ich erkenne an, dass du existierst, dass du für mich nicht unsichtbar bist.*

Es war nur so; wenn etwas nicht mehr unsichtbar war, hatte man eine Verantwortung dafür. Denn wenn dem Tier etwas passierte, zum Beispiel, dass es verhungerte oder erfror, würde man auch das sehen. Und man musste handeln, wenn man Mitgefühl hatte. Deshalb war es für die meisten Menschen einfacher, die Dinge unsichtbar zu lassen.

Aber dieses kleine Schwein – Eddie sah es. Zum ersten Mal seit Langem fühlte er sich ruhig und sicher, während er die Schüssel für das Schwein zubereitete.

EDDIE UND Samuel brachten die Schüssel auf die Weide. Das kleine schwarze Schwein war da und wühlte mit der Nase im Dreck. Es rannte ins hohe Gras, als die beiden näherkamen. Eddie ließ die Schüssel mit dem Essen auf dem Boden stehen, dann zogen Samuel und er sich zum Tor zurück. Das Schwein kam wieder hervor und schnüffelte an der Schüssel. Es beäugte Eddie von der Seite, als wollte es sagen: *Ich hoffe, das ist kein Scherz.* Dann begann es, hungrig zu fressen.

Samuel und Eddie lehnten sich an das Tor und schauten ihm zu.

„Anscheinend hast du jetzt ein Schwein", meinte Samuel.

Eddie bekam ein warmes, zufriedenes Gefühl im Bauch. Selbstverständlich hatte er irgendwann Schweine auf der Farm haben wollen. Er hatte schon oft gehört, dass sie schlaue Tiere waren und er fand den Gedanken interessant, eines kennenzulernen. Aber er hatte alle Anfragen abgelehnt, denn seine finanzielle Situation war zu unsicher, um irgendwelche Versprechungen zu machen. Es schien, als hätte Mutter Natur ihm ein Schnippchen geschlagen. Als er dieses kleine Schwein ansah, tat es Eddie überhaupt nicht leid.

„Er ist ziemlich süß", sagte Eddie. „Wenn wir einen Tag der offenen Tür abhalten, werden die Kinder ihn lieben."

„Er wird schnell wachsen."

„Das glaube ich auch. Aber er wird trotzdem immer noch süß sein."

Samuel grunzte, als wäre er sich da nicht so sicher. „Soll ich ihm einen Stall bauen? Wir haben mehr als genug Platz."

„Aber dann wäre er in der Nacht ganz allein und er ist doch noch ein Baby."

Samuel kratzte sich am Kinn und verengte die Augen, während er das Schwein betrachtete. „Da bin ich mir nicht so sicher. Er ist jung, aber ich glaube nicht, dass er ein Baby ist. Vielleicht sechs Monate alt. Er benimmt sich nicht wie ein Neugeborenes."

„Wirklich?" Eddie fand, das Schwein sah schrecklich klein aus.

„Jetzt, wo ich ihn mir genauer angesehen habe, sieht er nicht wie ein normales Schwein aus. Seine Ohren sind zu klein, seine Schnauze ist zu kurz und sein Körper sieht anders aus. Siehst du, dass er an Schultern, Beinen und dem Hintern ziemlich schmal ist, aber dass er einen kleinen Bauch hat, der herunterhängt?"

„Was bedeutet das?"

„Ich denke, er könnte eines dieser Hängebauchschweine sein. Was bedeutet, dass er keine knapp dreihundert Kilo schwer wird wie ein normales Schwein, aber er wird trotzdem noch viel größer."

„Wirklich? Ich frage mich, was ein Hängebauchschwein hier verloren hat."

Samuel zuckte mit den Schultern. „Vielleicht war er das Haustier von jemandem, der dann seine Meinung geändert und ihn dann ausgesetzt hat. Das passiert mit jungen Katzen und Hunden ständig."

Die Vorstellung gefiel Eddie gar nicht, aber es war sinnlos, sich deshalb jetzt Gedanken zu machen. „Ich weiß es nicht. Er scheint nicht an Menschen gewöhnt zu sein. Wenn er ein Haustier war, sollte man doch meinen, dass er zutraulicher ist."

„Ja", stimmte Samuel zu.

Es war ein Mysterium, dachte Eddie. „Trotzdem, sechs Monate alt oder nicht, ich bezweifele, dass er allein in einem Stall schlafen will."

„Ich glaube, er hat im Kuhstall geschlafen. Ich habe gesehen, dass er sich ein Nest in einer Ecke gemacht hat. So wie Schweine das machen. Sie machen Strohhaufen und graben sich wegen der Wärme ein."

„Also, wenn er da schlafen will, lass ihn. Solange die Kühe ihm nicht wehtun."

Samuel zuckte mit den Schultern. „Sie mögen ihn nicht besonders, aber sie gehen nicht auf ihn los, außer er kommt ihnen zu nah."

Plötzlich fiel Eddie auf, dass Samuel redete wie ein Wasserfall – jedenfalls für Samuels Verhältnisse. Über die Farm zu sprechen, schien ihm mehr zu liegen als alles andere.

Hatten sie *jemals* über irgendetwas anderes gesprochen?

„Okay. Warten wir ab, wie es funktioniert. Behalte ihn im Auge."

„Sicher. Willst du ihm einen Namen geben?"

Eddie stützte die Arme auf das Tor und betrachtete das Schwein. „Babe? Honey? Frankie? Wilbur? Wir brauchen etwas Niedliches für die Kinder."

„Die sind alle gut."

„Hast du eine Idee?"

Samuel schnaubte, als wäre es ihm egal. „Jenny ist ein guter Name, aber er ist kein Weibchen. Blackie. Midnight. Coco. Petey."

Eddie dachte über diese Namen nach, dabei schaute er das Schwein an. *Benedict. Wie Benediction, der Segen. Es ist ein Segen für die Farm, dass er aufgetaucht ist.* Dieser Gedanke kam ihm, als hätte jemand ihn laut ausgesprochen. Ein Schauer durchlief Eddie, aber er verwarf die Idee. Benedict? Das war ein schwerfälliger Name. Zu formell. Nicht sehr kinderfreundlich.

„Rosco. Winston. Mason." Eddie sprach die Namen laut aus, um zu hören, ob einer davon sich richtig anfühlte. Aber sie passten alle nicht. Das Schwein ignorierte sie und schnüffelte in der Schüssel nach den letzten Krümeln.

Benedict, sagte die Stimme in seinem Kopf erneut. *Benny als Kurzform.*

Eddie schnaufte. „Na ja. Wir können ja noch eine Weile darüber nachdenken. Kein Grund zur Eile."

„Wahrscheinlich nicht."

Eddie wollte versuchen, das Schwein zu streicheln, aber das durfte man nicht überstürzen. Es würde Zeit brauchen, die scheue Kreatur zu zähmen.

Er betrachtete Samuel. Dieser lehnte sich mit beiden Armen auf das Tor und schaute in die Ferne. Sein Gesichtsausdruck war traurig. *Nur Heimweh, schätze ich.*

Eddie seufzte. *Scheiße.* „Hey, ähm, nach dem Abendessen. Möchtest du Karten spielen?"

Samuel schaute ihn überrascht an und seine Augen leuchteten interessiert auf. „Ich weiß, wie man Gin Rummy spielt. Oder wenn du ein anderes Spiel spielen willst, ich lerne schnell."

„Rummy klingt gut. Also, ich mache mich wohl besser an die Arbeit."

Eddie ging die Auffahrt hinauf und wünschte sich, es wäre anatomisch möglich, sich selbst in den Hintern zu treten. Er war so sehr mit seinen eigenen Problemen beschäftigt gewesen, dass er nicht bemerkt hatte, wie einsam Samuel war. Ein Angebot zum Kartenspielen und Samuel reagierte, als hätte Eddie ihm den Mond geschenkt.

Von jetzt an, versprach Eddie sich, würde er sich mehr anstrengen. Für sie alle.

IV.
WIE SAMUEL SICH VERLIEBT

Liebe ist die stärkste Macht der Welt, und doch die demütigste, die man sich vorstellen kann.
– Mahatma Gandhi

9

SAMUEL WAR seit etwas über zwei Monaten auf der Farm, als Eddie ihn eines Abends beim Kartenspielen nach seiner schulischen Ausbildung fragte.

„Ich war auf einer Amish-Schule, bis ich dreizehn war, danach habe ich Vollzeit auf der Farm gearbeitet. So ist das bei den Amish."

„Das ist nicht lange."

„Ich kann so gut lesen und schreiben wie jeder andere auch", verteidigte sich Samuel. „Und ich kann rechnen. Ich weiß, wie man Buchführung macht und wie man es hinkriegt, dass eine Farm Profit abwirft."

„Dann weißt du mehr als ich", murmelte Eddie. „Was ist mit Geschichte und Geografie? Hattest du diese Fächer in der Amish-Schule?"

„Sicher. Ich weiß, wo wir auf der Welt sind, und wo China und Russland und Deutschland und London und so weiter sind. Ich weiß Bescheid über Jesus und die Römer, wie die katholische Kirche angefangen hat, über die protestantische Reformation und die amerikanische Revolution und alles. Es gab viel religiöse Unterdrückung. Das war schrecklich."

Eddie nickte.

„Und ich kenne die Regierung. Die Verfassung der Vereinigten Staaten verspricht religiöse Freiheit und Trennung von Kirche und Staat. Deshalb können wir Amish leben, wie wir es tun. Auch wenn der Staat und die Regierung sich heutzutage zu viel in die Angelegenheiten der Leute einmischen."

„Das kann man so sagen", stimmte Eddie mit einem schiefen Lächeln zu. „Wolltest du jemals noch länger zur Schule gehen? Andere Dinge lernen?"

Samuel dachte darüber nach. Als er die Schule verlassen hatte, war er froh gewesen, dass sie vorbei war. Es war ihm lieber, zu Hause auf der Farm zu sein und mit seinen Händen zu arbeiten. Aber er hatte sich gewünscht, es gäbe bei ihm zu Hause noch andere Bücher. Und jetzt, wo er bei Eddie lebte, fühlte er sich manchmal ungebildet. Eddie war so schlau und weltgewandt, selbst wenn er keine Ahnung von Farmarbeit hatte.

„Ich schätze, es würde mir nichts ausmachen", sagte Samuel schließlich. „Ich lese gern."

Nachdem Samuel eine Partie Binokel gewonnen hatte, gingen sie in das vordere Zimmer, wo Eddie sein Büro hatte. Samuel war nur einmal kurz dort gewesen, als er Eddie etwas hatte fragen müssen. Da hatte er gesehen, dass es voller Bücherregale war, und war neugierig geworden, aber es schien ihm nicht richtig, dort hineinzugehen, wenn Eddie nicht dabei war.

Jetzt ging Eddie mit ihm zu den Regalen. „Ich bin ein Hamsterer, wenn es um Bücher geht. Von dem, was auf meinem Kindle ist, fange ich gar nicht erst an."

Er begann Bücher herauszuziehen und sie Samuel zu reichen. „Sehen wir mal. Lass uns ein paar anschauen und sehen, was dir gefällt. *Die Schatzinsel* – das war mein Lieblingsbuch, als ich ein Kind war. Ray Bradbury. Robert Ludlum. Agatha Christie. Ooh. *Sandman* Graphic Novels."

Samuel entdeckte ein gesamtes Fach voller Bücher von Grady O'Ryan. Er wies mit dem Kinn darauf. „Du hast eine Menge von diesem Autor."

Eddie sah verlegen aus. „Na ja … eigentlich habe ich ein paar davon geschrieben."

„Ach ja? Du bist Autor?" Samuel war beeindruckt. „Das tust du den ganzen Tag, wenn du arbeitest?"

„Größtenteils. Es ist eine lange Geschichte." Er kratzte sich am Kopf, als wäre er nervös. „Ich habe nicht alle davon geschrieben. Nur vier. Dieses ist das neueste." Eddie zog ein Buch mit dem Titel *Die Verbannung der Bienen* hervor. Es hatte ein wundervolles schwarz-goldenes Cover, auf dem der Name Grady O'Ryan ein Großteil einnahm. „Also, Grady O'Ryan ist ein international bekannter Bestseller-Autor. Das ist er seit den Sechzigern."

Samuel verstand es nicht. Eddie war auf keinen Fall so alt.

„Ich habe als Lektor bei HarperCollins angefangen. Grady O'Ryan ist ihr wichtigster Autor und irgendwann wurde er an mich abgegeben, weil kein anderer mit ihm zurechtkam. Er ist ein schlimmer Alkoholiker und die Arbeit, die er einreichte, wurde immer schlampiger und sinnbefreiter.

Aber seine Bücher verkauften sich immer noch und er brachte dem Verlag eine Menge Geld ein. Ich habe ein Buch von ihm überarbeitet und versucht, ihn von Änderungen zu überzeugen, und ihm schließlich genau gesagt, was er schreiben soll. Das nächste Buch habe ich kurzerhand selbst geschrieben. Es hat einen Ar… ähm, eine Menge Geld eingebracht. Die Kritiker meinten, er wäre endlich „wieder zu seiner gewohnten Form zurückgekehrt." Seitdem bin ich sein Ghostwriter. Vier Bücher bisher."

„Ghostwriter?"

Eddie seufzte. „Das ist ein Autor, der im Namen eines anderen Autors schreibt. Für gewöhnlich überlege ich mir eine Grundhandlung und telefoniere mit Grady, um seine Meinung zu hören. Dann schreibe ich das Buch. Er liest die Kapitel und macht Notizen dazu."

Das erinnerte Samuel an seinen Cousin Mark, der für einen „Möbel-Künstler" arbeitete. Mark und ein paar andere Amish machten die ganzen Holzarbeiten, aber der Mann verkaufte die Stücke als „Originale" unter seinem eigenen Namen.

„Ich verstehe. Du machst die Arbeit und er bekommt die Anerkennung dafür."

„So kann man sagen. Sein Name ist eine große Marke. Sie verkauft sich."
Eddie zuckte mit den Schultern. „Das ist er." Eddie drehte das Buch um und zeigte
Samuel ein kleines Bild eines rau aussehenden, alten Mannes auf der Rückseite.

„Aber ist das nicht unehrlich? Wenn die Leute denken, dass das Buch von
diesem anderen Kerl geschrieben wurde?"

„Oh Süßer", kicherte Eddie. „Das ist das geringste moralische und finanzielle
Problem beim Ghostwriting, glaub mir."

Samuel lächelte über Eddies scherzhaften Ton und – hatte Eddie ihn gerade
„Süßer" genannt? Oder war das nur eine Redewendung wie „Verdammt"? Bei der
Vorstellung, dass Eddie ihn „Süßer" nannte, wurde Samuel ganz warm.

Er räusperte sich. „Na ja. Es ist trotzdem toll, dass du Bücher schreibst,
auch wenn es nicht unter deinem eigenen Namen ist. Worum geht es in dem hier?
Bienen?"

Eddie stellte das Buch zurück. „Grady O'Ryan schreibt Techno Thriller. In
diesem geht es darum, dass die Bienen durch Pestizide sterben und darauf eine
weltweite Hungerkrise entsteht. Nicht sonderlich originell, aber die Recherche war
faszinierend."

„Oh hey, ja! Das mit den Bienen stimmt. Die Farmer in der Kirche haben
darüber gesprochen."

„Ach ja?"

„Genau. Einer der Amish-Farmer hat überall tote Bienen gefunden und in
diesem Jahr haben seine Obstbäume kaum getragen. Die Blüten sind einfach von
den Bäumen gefallen. Er glaubte, dass es was mit der großen Farm in der Nähe zu
tun hatte, auf der ein neues Pestizid versprüht wurde. Es war wirklich eine Schande.
Er wusste nicht, ob er umziehen sollte." Samuel überflog die anderen Buchtitel.

„Verdammt, ich wünschte, ich hätte dich damals schon gekannt. Das wäre
ein tolles Szenario gewesen." Eddie lächelte ihn an, als hätte Samuel tatsächlich
Ahnung von etwas, und das war noch besser, als „Süßer" genannt zu werden.

Eddie ging zu den Büchern ganz links. Er fuhr mit den Fingerspitzen über
die Buchrücken und zog ein Buch heraus. Er legte es auf den Stapel in Samuels
Händen und schaute ihn neugierig an. „Das hier, wenn du dich traust."

Das Buch hieß *Beauty* von Robin McKinley. Das Cover war dunkelblau und
zeigte zwei rote Rosen.

„Worum geht es?", fragte Samuel.

„Es ist eine Romanze. Wenn es für dich zu feurig ist, hör einfach damit auf."

„Was soll ‚feurig' bedeuten?"

Eddie sah verlegen aus. „Ähm. Hm. Ja. Vielleicht ist das doch keine so
gute Idee."

Er wollte das Buch zurücknehmen, aber Samuels Finger schlossen sich
darum und ließen es nicht los. Einen Moment lang zerrten sie beide daran. Dann
lachte Eddie und gab auf.

„Na dann! Sehen wir mal. Was noch …"

Er suchte die Regale nach mehr Büchern ab, doch er errötete und Samuels Herz hämmerte in seiner Brust, auch wenn er nicht wusste, warum.

WEIL DAS einfach seine Art war, war das erste Buch, das Samuel an diesem Abend in seinem Zimmer zur Hand nahm, *Beauty*. Er machte den Fehler, mit dem Lesen anzufangen. Er las es bis zum Morgengrauen.

Das Buch handelte von einem Mädchen, dessen Vater mit einem schrecklichen sprechenden Biest, das im Wald lebte, einen Handel geschlossen hatte. Deshalb musste das Mädchen bei dem Biest leben, das es vielleicht auffressen würde. Der Vater hatte ein schlechtes Gewissen, aber es gab nichts, was er hätte tun können. Jedenfalls wurde das Mädchen nicht von dem Biest gefressen. Es war gemein und sagte grausame Dinge, aber man merkte, dass es das Mädchen trotzdem mochte. Dann erkannte Samuel, dass das Mädchen das Biest auch mochte. Sehr sogar. Und dann …

Und dann.

Die Worte in dem Buch waren schockierend. Die *Handlungen* waren schockierend. Sie waren so schockierend, dass Samuel sie wieder und wieder las. Es war ein schreckliches Buch.

Samuels Körper, der seit den Schlägen geschlafen hatte wie eine Schnecke in ihrem Haus, erwachte mit aller Macht. Er berührte sich selbst, während er die Worte las. Mehrere Male. So viel Samen zu entladen, hätte ihn eigentlich müde machen müssen, aber das Buch hatte ihn aufgestachelt und er musste wissen, was als nächstes passierte.

Am Ende war Samuel vollkommen egal, was mit Beauty passierte. Aber für das Biest würde er sterben.

10

SAMUEL BRACHTE es nicht über sich, Eddie gegenüber zuzugeben, dass er *Beauty* gelesen hatte, denn er war sich sicher, dass Eddie wissen würde, dass er sich selbst angefasst hatte. Deshalb las er am nächsten Abend in der *Schatzinsel*, damit sie stattdessen darüber sprechen konnten.

„Hast du auch eines der anderen gelesen?", wollte Eddie wissen und beobachtete Samuel genau.

„Noch nicht", log Samuel, denn er konnte nicht über *Beauty* sprechen. Er spürte, wie sein Gesicht sich allein bei dem Gedanken daran erhitzte. Und das sollte besser aufhören, sonst würde Eddie merken, dass er es doch gelesen hatte, egal was er gesagt hatte.

„Du kannst dir jederzeit ein Buch aus meiner Bibliothek nehmen. Alles, was du willst, solange du es zurückstellst."

Samuel mochte die Bücher sehr. An den Abenden lasen Eddie und er, während die Karten auf dem Tisch ruhten. Im Wohnzimmer las Samuel ein Buch, das ihm nicht peinlich war, und Eddie las auf seinem Kindle. Es war schön, Gesellschaft zu haben, auch wenn sie nicht besonders viel redeten. Es war, als wäre ein zusätzlicher Ofen im Raum, der einen kalten und vernachlässigten Teil von Samuels Herzen auftaute. Manchmal lachte Eddie auf und las Samuel etwas vor. Manchmal machte er Popcorn.

Aber egal, wie schön es war, im selben Raum wie Eddie zu lesen, Samuel würde früh zu Bett gehen, wo er ein Buch lesen wollte, das er aus der rechten Ecke des Regals genommen hatte – wo die Romanzen standen. Er konnte unmöglich eines davon lesen, wenn er mit Eddie im selben Raum war! Wenn sein Erröten ihn nicht verraten würde, dann andere Teile seines Körpers.

Er las eine Romanze über eine Frau und einen Piraten, die sehr, sehr schmutzig war. Dort gab es verrückte Namen für Körperteile, wie „Männlichkeit" und „Höhle" und „Liebessaft".

Dann las er eines über eine Frau, die Besitzerin einer großen Sportmannschaft war. Er fand die Informationen über die Sportart in diesem Buch fast so interessant wie den Sex. Fast.

Dann fand Samuel die anderen Bücher. Sie standen in den unteren drei Regalfächern des Regals ganz rechts. Als Samuel das erste hervorholte, sah er zwei Männer auf dem Cover. Er holte noch eines und noch eines hervor. Er las die Klappentexte der Bücher. Sie alles handelten von Männern, die Männer trafen und … Auf keinen Fall. Es konnte nicht das sein, wonach es aussah.

Eddie war in der Küche und machte Abendessen, als Samuel diese Bücher fand. Mit hämmerndem Herzen und voller Angst, dass er erwischt würde, suchte Samuel schnell ein Buch aus und stellte die anderen zurück. Er ging nach oben und versteckte das Buch in seinem Zimmer. An diesem Abend ging er früh zu Bett, voller Neugier, und las es.

In dieser Geschichte spielte einer der Männer Eishockey und war berühmt. Niemand wusste, dass der Mann schwul war, denn das sollten Eishockeyspieler nicht sein und er würde seinen Job verlieren, wenn man es herausfände. Der andere Mann war ein Reporter und seine Familie und Freunde wussten, dass er andere Männer mochte und es machte ihnen nichts aus. Der Reporter traf den Sportler und sie begannen, Sex zu haben und verliebten sich. Es war eine schwierige Situation, denn sie mussten es verheimlichen und durften in der Öffentlichkeit nicht zusammen gesehen werden.

Als er dieses Buch las, berührte es Samuel. Er weinte. Er weinte so sehr, dass er sein Gesicht im Kissen verbarg, weil er Angst hatte, Eddie würde ihn am anderen Ende des Hauses hören.

Er war von den Gedanken und Bildern überwältigt. Jemand hatte darüber ein Buch geschrieben, über Männer, die andere Männer mochten. Und in diesem Buch war es nicht das Ende der Welt. Es war etwas, das manche Leute nicht akzeptierten, dennoch waren es die Charaktere wert, dass man über sie schrieb. Ihre Geschichte war es wert. Sie waren keine schrecklichen Menschen oder sündig oder pervertiert oder Abscheulichkeiten. Sie waren nett, sahen gut aus und sie versuchten, das Richtige zu tun. Es stand alles da und das war so toll. Es stand dort gedruckt, als müsste die Geschichte von zwei Männern, die einander lieben, ebenso geschrieben werden, zu einem Buch verarbeitet und auf gutes Papier gedruckt werden, wie *Beauty* und *Die Schatzinsel*.

Es bedeutete Samuel so viel, dass sein Körper mit den Gefühlen nicht umgehen konnte. Also weinte er.

In den nächsten zwei Tagen dachte Samuel an dieses Buch, während er seinen Aufgaben nachging. Er wollte im Moment nicht einmal ein anderes Buch lesen, er wollte nur über dieses Buch nachdenken und was es bedeutete. Er dachte darüber nach, was es bedeutete, dass Eddie dieses Buch in seiner Bibliothek hatte, und viele mehr in dieser Art. Er dachte darüber nach, was es vielleicht damit zu tun haben könnte, dass Eddie nicht verheiratet war und keine Kinder hatte, obwohl er gesagt hatte, dass er achtundzwanzig Jahre alt war.

Diese Gedanken machten Samuel ganz verrückt. Er mochte Eddie und respektierte ihn. Er respektierte Eddies Freundlichkeit und seine Prinzipien, wenn es um andere Lebewesen ging, das tat er wirklich. Selbst wenn Samuel Eddies Sensibilität den Tieren gegenüber ein wenig zu überzogen schien, konnte er zugeben, dass dieses Mitgefühl christlicher war als vieles, was Samuel in seiner Kindheit miterlebt hatte. Aber wenn sich herausstellen sollte, dass Eddie *so* war, schwul, dann wusste Samuel nicht, was er davon halten sollte.

Er hatte immer geglaubt, „schwul zu sein", wie es in den Romanzen hieß, war etwas wofür man sich schämen musste und er wollte seinen Respekt vor Eddie nicht verlieren. Aber die Bücher ließen ihn auch glauben, dass sein Vater und seine Kirche unrecht gehabt hatten. Es musste keine sündhafte, widernatürliche Sache sein, die man im Dunkel der Nacht tat, um sie vor Gott zu verbergen. Zwei Männer, die sich liebten, konnten ein normales Leben führen wie jedes andere Paar, wie in seiner Fantasie von Green Valley. *In der Realität.*

Und wenn Eddie schwul *war*, dann …

Dann.

Dieses *was wäre wenn* lauerte hungrig am Rande von Samuels Bewusstsein, aber es war zu verwegen, direkt daran zu denken. Samuel fühlte sich jedes Mal gleichzeitig übermütig und schuldig, wenn er daran dachte. Als könnte Eddie es ihm ansehen.

Nein. Diese Ideen waren zu groß, um darüber zu grübeln. Es tat zu sehr weh, auf diese Art zu begehren. Und er tat Eddie damit unrecht. Der Mann verdiente mehr Respekt, als eine Figur in Samuels sexy Träumen zu werden.

Aber Samuel *war* neugierig, warum Eddie diese Bücher hatte. Vielleicht hatte er sie nur, weil er alles Mögliche mochte. Schließlich war Eddie auch kein Pirat. Vielleicht hatten alle Englischen solche Bücher. Die Neugier begann, Samuel aufzufressen. Er hielt es für das Beste, einfach mit der Sprache herauszurücken und zu fragen, damit er aufhören konnte, sich darüber Gedanken zu machen.

Also ging Samuel am dritten Abend, nachdem er die Gay Romance-Bücher gefunden hatte, nach oben und holte das Buch, während Eddie das Abendessen zur Kücheninsel brachte. Als er sich hinsetzte, tat er das, was Eddie vor so vielen Wochen mit dem Handtuch getan hatte. Er legte es auf die Anrichte, sodass Eddie es sehen konnte. Dann nahm er seine Gabel.

An diesem Abend gab es Spaghetti mit Tomatensoße und Salat. Samuel konzentrierte sich auf das Essen und weigerte sich, sich von seiner Nervosität ablenken zu lassen. Er war hungrig.

Er hatte seinen Teller zur Hälfte geleert, als er aufschaute und bemerkte, dass Eddie ihn misstrauisch beobachtete.

„Willst du mich zu diesem Buch etwas fragen? Oder hast du etwas dazu zu sagen?", fragte Eddie äußert vorsichtig.

Samuel dachte darüber nach. „Hast du es gelesen?"

„Ja."

„Was hast du davon gehalten?"

Eddie sah immer noch argwöhnisch aus. „Was ich davon gehalten habe? Hm. Na ja. Es ist nicht meine Lieblings-Gay Romance, aber es hat mir gefallen. Ich fand, die Entwicklung der Beziehung war gut dargestellt." Er hielt einen Moment inne, dann schaute er Samuel mit etwas an, das ein gezwungenes Lächeln sein mochte. „Der Eishockeyspieler war heiß."

Samuel fühlte, wie Verlegenheit ihn überrollte, und er senkte den Blick auf seine Spaghetti. Er merkte, dass er errötete. Er aß ein paar Bissen, dabei kaute und schluckte er langsamer als gewöhnlich. Samuel fand auch, dass der Eishockeyspieler „heiß" war. Aber wenn Eddie das dachte, bedeutete das, dass er schwul war? Mit Sicherheit?

Plötzlich wünschte Samuel sich, er hätte das Thema nicht aufgebracht. Denn er war sich nicht sicher, dass er sich wegen der Antwort nicht zum Narren machen würde. Es fühlte sich zu wichtig an. Ihm wurde ein wenig übel, um ehrlich zu sein. Er legte die Gabel ab und rang die Hände in seinem Schoß, dabei schaute er aus dem Fenster.

„Das ist eigentlich nicht das, was du mich fragen wolltest, oder?", sagte Eddie. „Du willst wissen, warum ich Gay Romance im Haus habe. Du willst wissen, ob ich schwul bin."

Samuels Herz hämmerte wie wild in seiner Brust. „Geht mich nichts an." Auf einmal wollte er die Antwort gar nicht mehr wissen. Es war zu viel.

„Na ja, das bin ich. Ich bin ein schwuler Mann. Ich war lange Zeit in einer Beziehung, aber jetzt nicht mehr. Ist das ein Problem für dich?"

Samuel wurde schwindelig. War das Erleichterung, was er fühlte? Oder Schock? Er hatte nicht damit gerechnet, dass Eddie *tatsächlich* schwul war, geschweige denn, dass er es so offen zugab. Wie hatte er das nicht erkennen können? Samuel fühlte sich ignorant und weltfremd. Es war einer dieser Momente, in denen die Kluft zwischen seinem Wissen über die Welt und Eddies sich so groß anfühlte, dass er sich wunderte, dass sie sich überhaupt miteinander unterhalten konnten.

In Samuels Ohren klingelte es und er war tief in Gedanken versunken. Plötzlich bemerkte er, dass Eddie immer noch mit ihm sprach.

„Samuel? Kannst du mir bitte eine Antwort geben? Ist es dir jetzt unangenehm, hier zu wohnen?"

„Was?" Samuels Kopf zuckte herum, um Eddie anzuschauen. Eddies Gesichtsausdruck war zurückhaltend und Samuel fühlte sich schrecklich deswegen.

„Nein, es macht mir nichts aus. Ich meine, es ist mir nicht unangenehm." Oh Herr, es war ihm so was von unangenehm. „Was ich meine, ist …" Er zögerte.

Eddie runzelte die Stirn, und sein Blick sagte, dass er befürchtete, Samuel würde etwas Gemeines sagen.

„Ich bin's auch!", platzte Samuel heraus, dann erschauerte er. Ihm war, als müsste er sich übergeben. „Ich meine, ich habe schon immer so gefühlt. Deswegen hat mein Da mich mit der Rute geschlagen. Und mir gesagt, dass ich verschwinden soll. Also ist mir egal, wenn *du* es bist." Er schloss die Augen und ballte die Fäuste auf der Anrichte. Er fühlte sich unglaublich dumm.

Eddies Hand schloss sich lose über Samuels Faust. Seine Stimme war sanft. „Deswegen hat dein Dad dich geschlagen? Das ist unentschuldbar, Samuel. Das weißt du, oder?"

Samuel öffnete die Augen, denn die Berührung hatte ihn erschreckt. Eddie zog die Hand weg, bevor er sie überhaupt richtig registriert hatte.

Eddie blickte finster drein. Er rieb sich über die Brust. „Zuallererst, du kannst nichts dafür, dass du schwul bist. Es ist etwas, womit du geboren wurdest, wie braune Augen. Und daran ist nichts verkehrt. Auf keinen Fall etwas, wofür du bestraft werden solltest. Es tut mir leid, dass dein Vater dir das angetan hat. Oh Gott, das macht mich so wütend!"

Samuel wusste nicht, was er sagen sollte. Er nahm seine Gabel, drehte ein paar Spaghetti auf und aß sie, dabei schmeckte er kaum etwas. Eddies Worte rollten in seinem Kopf umher wie Murmeln. *Daran ist nichts verkehrt.* Eddie kam auf jeden Fall aus einer anderen Welt. Samuel mochte diese Welt. Die Sehnsucht danach war stechend, ein verzweifelter Schmerz. Er wollte ein Teil davon sein.

Dann erkannte er, dass er das vielleicht schon war.

„Du bist der erste Mensch, dem ich es erzählt habe", gab er zu.

Eddie lächelte. „Ja? Wie fühlt es sich an?"

Samuel dachte darüber nach. „Als würde ich gleich einen Herzinfarkt bekommen."

Eddie lachte. „Na ja, je öfter du es sagst, desto einfacher wird es."

Das bezweifelte Samuel, aber er nickte. Er nahm einen weiteren Bissen und dachte nach. In seiner Brust glühte eine kleine Kugel aus Licht, als wäre ein verborgener Teil in ihm befreit worden.

„Ich habe keine Ahnung, wie ich dich gefunden habe. Ich hatte wirklich Glück, Arbeit bei jemandem zu finden, der auch ... schwul ist. Jemandem, den es nicht stört, dass ich –" Samuels Stimme brach und er verstummte überrascht. Er drehte seine Gabel und versuchte, den hinterhältigen Angriff der Gefühle unter Kontrolle zu bekommen.

„Ja, das ist wirklich erstaunlich, was?", sagte Eddie. „Wie bei Benny. Vielleicht hat die Farm dich gebraucht und du die Farm, und jemand hat über uns beide gewacht. Glaubst du an das Schicksal?"

Samuel schaute überrascht auf. Er hatte sich viele Jahre lang schuldig gefühlt, überhaupt zu Gott zu beten, weil er geglaubt hatte, Gott würde ihn für seine sündigen Gedanken hassen. Aber wenn Gott Samuel geholfen hatte, die Farm zu finden, hasste er Samuel vielleicht *nicht.* Vielleicht wollte er, dass Samuel in Sicherheit war. Vielleicht hatte er gewollt, dass Samuel Eddie traf. Warum würde er das wollen, wenn nicht zu einem höheren Zweck?

„Darüber muss ich nachdenken", sagte Samuel.

„Ja, ich weiß, was du meinst. Manchmal glaube ich, dass ich aus einem bestimmten Grund hier bin. Und an anderen Tagen fühle ich mich wie ein kleiner Floh in einem riesigen Universum."

„Du bist aus einem bestimmten Grund hier", versicherte Samuel ihm. Zumindest das glaubte er mit Sicherheit.

„Danke." Eddie lächelte ihn erneut an. „Mein Freund Devin sagt, dass die Farm ein Erfolg werden muss wegen des „Karmas". Vielleicht sollte ich anfangen, ihm zu glauben."

„Warum sollte die Farm kein Erfolg werden?"

„Nur so. Es ist … einfach eine neue Unternehmung, das ist alles. Aber wie auch immer, ich bin froh, dass du mich gefunden hast, Samuel. Ich wüsste ganz ehrlich nicht, was ich ohne dich tun würde."

Bei diesen Worten fühlte Samuel sich drei Meter groß. Nie zuvor hatte ihn jemand gebraucht. Aber das war auch peinlich. Die Stille war unangenehm.

„Hey", sagte Eddie. „Willst du meine Lieblingsgeschichte lesen?"

Samuel nickte.

Eddie stand auf und ging hinaus. Er kam mit einem Taschenbuch wieder zurück. Er reichte es Samuel mit verlegenem Gesichtsausdruck. „Okay, also hier gibt es eine Menge Sex, aber das ist nicht der Grund, warum ich es mag."

Samuel legte das Buch neben seinen Teller und strich über das Cover. Darauf waren zwei Männer, die mit einem kleinen Mädchen, das auf den Schultern des einen saß, und einem Hund über einen Weg gingen. „Danke", murmelte er, unfähig Eddie in die Augen zu schauen, weil dieser Sex erwähnt hatte. Er fühlte, wie seine Wangen sich erhitzten.

„Ganz ehrlich, ich mag es wegen des Kindes und des Hundes. Ich liebe Geschichten mit Hunden."

„Was du nicht sagst." Das war witzig und beruhigte Samuels Verlegenheit. Er schaute Eddie mit hochgezogener Augenbraue an.

„Ja, ja", scherzte Eddie und nahm wieder Platz. „Klugscheißer. Hoffnungsloser Tierliebhaber, ich weiß. Jedenfalls denke ich, dass es dir gefallen wird."

„Warum hast du keinen Hund, wenn du Tiere so sehr magst?", fragte Samuel.

„Oh, wo ich vorher gelebt habe, waren Hunde nicht erlaubt und nachdem ich hierhergezogen bin, wollte ich noch warten, bis ich mich eingelebt habe. Eines Tages möchte ich wieder einen Hund haben." Eddie schien sich unwohl zu fühlen, deshalb fragte Samuel nicht weiter nach.

Sie beendeten ihr Abendessen ohne weitere Gespräche und Samuel kümmerte sich um das Geschirr, wie er es immer tat. Aber nun war Samuel sich Eddies Gegenwart bewusst wie noch nie zuvor.

Und er wusste nicht, wie er dieses Bewusstsein in seinem Kopf ausschalten sollte.

ALS SAMUEL an diesem Abend auf sein Zimmer ging, warteten die Gedanken, die am Rande seines Bewusstseins gelauert hatten, auf ihn. Jetzt wusste er es mit Sicherheit. Eddie war schwul. Und er konnte sich vor diesen Gedanken nicht mehr verstecken.

Er las das Buch, das Eddie ihm gegeben hatte, nicht. Stattdessen öffnete er das Fenster, da es eine warme Juninacht war und holte sich den kleinen Stuhl. Er lehnte sich auf das Fensterbrett, mit dem Kopf auf den Armen und schaute in die Nacht hinaus. Der große Vollmond leuchtete über der Scheune, sodass ihre weiße Farbe leuchtete wie im Himmel. Samuel konnte den Teich hinter dem Haus sehen, die leere Weide und die Bäume dahinter.

Er saß da und stellte sich den Gedanken.

Sie kamen nicht als Worte, sondern als Bilder. Er war auf seiner eingebildeten Farm in Green Valley, nur dass jene Farm nun dieser hier ähnelte. Er sah Eddie gegenüber von sich sitzen, mit schmalen Schultern, die Hände mit langen und geschickten Fingern. Er unterhielt sich mit Samuel, dabei lächelte er, die Augen voller Liebe und Zuversicht. Er sah Eddies gerundete Oberschenkel in seinen Jeans, das dunkle Haar an seinem Kragen wie Samt. Und die Freundlichkeit in ihm, und Freundlichkeit, und Freundlichkeit.

Es war die Art, wie sehr Benny Eddie mittlerweile vertraute. Das Schwein ließ sich fallen und zeigte seinen Bauch, um gekrault zu werden, sobald Eddie zur Scheune kam. Es war die Art, wie Eddie Benny streichelte und Unsinn mit ihm redete und ihn ansah, als wäre er nicht nur ein dummer Streuner, den niemand wollte, sondern etwas, das geliebt und besonders ist.

Er dachte daran, wie Eddie ihn beim Binokel neckte, dass er ihn behandelte, als wäre *Samuel* etwas Besonderes, als wäre er ein Segen für die Farm, als wäre er von Wert.

Er sah das besorgte Stirnrunzeln, das oft Eddies Brauen verzerrte. Samuel wünschte sich, er könnte etwas dagegen tun. Samuel sah sich, wie er es hinfort küsste. Sein Schoß wurde warm.

Er dachte an Eddies Lippen und dass seine Unterlippe größer war als die Oberlippe. Es war kein sonderlich großer Mund, aber er faszinierte Samuel dennoch. Er mochte ihn besonders am Abend, wenn Eddies Bart im Schein der Lampe sanft leuchtete, seine Lippen pink. Samuel mochte den Kontrast zwischen den weichen Lippen und dem Bart. Er fragte sich, wie er sich wohl an seiner Wange anfühlen würde. An seinem Hals.

An seinem Bauch.

Samuel konnte nicht anders. Er fühlte, was er sich selbst verboten hatte zu fühlen. Er *mochte* Eddie. Er wollte ihn. Vielleicht liebte er ihn sogar, aber er wollte ihn auf jeden Fall.

In seinem Bett. Er wollte Eddie berühren dürfen, ihn küssen, bei ihm liegen.

Als er sich dies eingestand, erschauerte Samuel, als wäre die Nachtluft kälter geworden oder vielleicht kam es ihm kälter vor, weil seine Haut so warm geworden war.

Samuel *wollte* es, von ganzem Herzen. Oh Herr, es wäre himmlisch, es in Wirklichkeit zu bekommen, und nicht nur in seiner Vorstellung: dies mit Eddie zu haben. Aber das war unwahrscheinlich. Eddie war zwar schwul, aber er war auch gebildet, schlau und weltgewandt. Er würde jemanden wie sich selbst wollen, wie die Männer in den Büchern. Er sollte eher mit einem Professor zusammen sein oder einem Profisportler, der gut aussah und viel Geld verdiente. Samuel hatte nichts und konnte nichts geben außer der Kraft seiner Hände.

Und seinem Verlangen. Samuel hatte viel Verlangen zu geben. Aber selbst die Tiere auf der Weide hatten Verlangen. Das war nichts Besonderes.

Und dabei hatte Samuel noch nicht einmal an seinen schlimmen Fuß gedacht. Eddie hatte Mitleid mit ihm, kein Verlangen nach ihm.

Samuel sah die Schatten von Fred und Ginger, die für einen kleinen Mitternachtssnack auf die Weide kamen. Und hinter ihnen, nur ein kleiner Punkt, war Benedict, das Schwein.

Manchmal wünschte Samuel sich, er könnte sein wie die Tiere und nichts vom Leben erwarten als Futter und Sonnenschein und einen weiteren Tag.

Sie wussten nicht, was sie niemals würden haben können.

11

Es WAR kein Date.

Das hatte Eddie versucht, Samuel klarzumachen, als er ihn für Sonntag zum Abendessen eingeladen hatte. „Also … ich dachte, es wäre nett, irgendwohin auszugehen, wo es schwulenfreundlich ist, damit du ein wenig Kultur abbekommst. Nicht dass ich diesen Ort besonders gut kenne, denn ich war auch noch nicht dort, aber wie auch immer, es ist eine Schwulenbar mit Restaurant in Lancaster. Und ich dachte, es wäre schön, mal von der Farm zu kommen. Es ist schon eine Weile her. Ein Tapetenwechsel."

„In Ordnung", hatte Samuel gesagt, aber seine Augen hatten sich geweitet und er sah nervös aus, als hätte Eddie vorgeschlagen, dass sie nackt am Rockefeller Center Schlittschuhlaufen gingen.

„Es ist nur ein Abendessen. Keine große Sache", hatte Eddie klargestellt.

Es war eine große Sache. Als Samuel an diesem Sonntag um sechs Uhr nach unten kam, sah er geschniegelt und gebügelt aus. Sein glattes, dunkelblondes Haar war ziemlich lang geworden und lockte sich an den Spitzen, die frisch gewaschen auf seine Schultern fielen. Er trug eine Jeans aus dem Second-Hand Laden. Eddie hatte bemerkt, dass Samuel sie zur Arbeit auf der Farm nicht trug. Vielleicht fand er ja den Stoff unangenehm, doch heute Abend stand sie ihm wirklich gut. Er trug sein bestes Arbeitshemd, ein khakifarbenes, das sauber und frisch gebügelt war. Er sah nervös aus, mit den Händen in den Taschen, und er wich Eddies Blick aus.

Eddie hatte sich ebenfalls schick gemacht. Er hatte seinen Bart gestutzt, sein Gesicht geschrubbt und er trug enge Jeans mit einem schwarz und silbern gestreiften Hemd, das er in Manhattan in den Clubs angehabt hatte.

Es war trotzdem kein Date.

„Hast du Hunger?", fragte Eddie Samuel und spielte nervös mit seinen Autoschlüsseln.

„Ich könnte etwas essen." Samuel lächelte, aber das Lächeln sah falsch aus, als wäre es aufgemalt.

Es ist kein Date, sagte Eddie sich, als sie zum Truck gingen.

Seit ihres großen „Schwulengesprächs" vor ein paar Tagen, waren Eddies Gefühle für Samuel wie eine Mischung aus Eiern, Tabasco, Kies und Geburtstagskuchen. Sie waren einfach überall. Einerseits war es eine Erleichterung, vor Samuel endlich „out" zu sein. Sie waren in den letzten Wochen Freunde geworden und Eddie schätzte diese Freundschaft. Sehr sogar. Der Umgang mit ihm war entspannt. Die meiste Zeit war er gut gelaunt, lernwillig und wollte gefallen. Er hatte sogar einen scharfsinnigen Sinn für Humor, wenn man ihn aus seiner schüchternen Hülle locken konnte. Eddie genoss die Abende, an denen sie Karten spielten, lasen oder gemeinsam auf der Farm arbeiteten, wenn er Zeit hatte. Es vertiefte ihre Freundschaft, dass die Sache nun offen ausgesprochen war und dass sie seine Gay Romances teilten, um Himmels willen.

Andererseits, da Eddie nun wusste, dass Samuel schwul war, fiel es ihm schwerer, seine Schwärmerei dorthin zu verbannen, wo sie hingehörte.

Eddie verstand Samuel nun viel besser, wieso er schwer verprügelt an seiner Tür aufgetaucht war, nur mit dem, was er am Leib trug. Eddie wurde schlecht bei dem Gedanken, was Samuel hätte passieren können, wenn er die Anzeige in der Zeitung nicht gefunden hätte. Es ließ sich kaum abstreiten, dass eine höhere Macht am Werk gewesen war. Zumindest aber eine Riesenportion Glück.

Als schwuler Mann glaubte Eddie, er müsste Samuel ein Mentor sein und ihm helfen, die Negativität, mit der er aufgewachsen war, in etwas Positives zu verwandeln und ihm zu zeigen, dass es eine normale Sache sein konnte, wenn man schwul war. Sie hatten zusammen *Shelter* angesehen, einen von Eddies Lieblingsfilmen. Die Sexszenen waren peinlich gewesen. Heiß, aber peinlich. Oder vielleicht peinlich, weil sie so heiß waren? Samuel und er hatten einander währenddessen nicht angesehen, auch wenn Eddie aufgefallen war, dass Samuel am Rande seines Blickfelds nervös herumrutschte. Dann dachte Eddie, es wäre eine gute Idee, Samuel mit anderen homosexuellen Menschen zusammenzubringen. Die Vorstellung, mit Samuel in einen Club zu gehen, war – genau, *vollkommen* absurd. Samuel war zu lieb und schüchtern für die Szene und Eddie würde nie im Leben riskieren, dass Samuel abwertende Blicke oder Sprüche wegen seines Fußes bekam. Abgesehen davon war er wirklich nicht daran interessiert, Samuel zu helfen, mit jemand anderem zusammenzukommen. Nein. Das ging weit über seine Pflichten als schwuler Mentor hinaus.

Aber ein einfaches Abendessen in einem schwulenfreundlichen Restaurant war in Ordnung.

Also war es *wirklich* kein Date.

Tally Ho, die einzige Schwulenbar mit Restaurant in Lancaster, war von außen unscheinbar. Aber das Innere war schön, mit viel Holz und Lichterketten gestaltet. Ein Mann in einem Kleid führte sie zu einem Tisch und ein hübscher, rothaariger Kellner nahm ihre Bestellung auf. Eddie wollte Samuel gerade fragen, ob er ein Bier wollte, dann fiel ihm wieder ein, dass Samuel erst neunzehn war, also zu jung für Alkohol.

Oh Gott. Er ist noch ein Baby.

„Ich nehme ein Glas Merlot. Sam, möchtest du Cola oder Eistee?"

„Ist mir egal." Samuel zuckte mit den Schultern, während er sich umsah.

„Eigentlich … können Sie den Barkeeper bitten, für ihn etwas Alkoholfreies und Fruchtiges zusammenzumischen?", fragte Eddie den Kellner.

Der Kellner sah Samuel anerkennend an und grinste. „Mache ich. Hatten die gut aussehenden Herren schon Gelegenheit, einen Blick auf die Karte zu werfen?"

„Ich nehme die vegane Lasagne. Sam?"

Samuel schaute Eddie fragend an. „Ist es okay, wenn ich …"

„Bestell dir, was du möchtest. Ich bezahle. Wenn du Steak oder Hühnchen möchtest, nur zu."

„Ich nehme einen Bacon-Burger, bitte. Mit Pommes."

„Alles klar." Der Kellner nahm ihre Karten, dabei haftete sein lächelnder Blick auf Samuel.

Samuel lächelte nervös zurück, dann schaute er sich weiter um. Die Anerkennung des Kellners war ihm eindeutig entgangen. Eddie überlegte, dem Kellner ein Bein zu stellen, als er sich entfernte. *Bleib ruhig. Kein Grund zur Eifersucht.*

Samuel beobachtete ein älteres schwules Paar an der Bar. Einer der Männer strich dem anderen mit der Hand über den Rücken, während sie sich unterhielten, eine Geste der jahrelangen Intimität. Samuel lächelte.

„Geht es dir gut?", fragte Eddie.

Samuel blinzelte und schaute ihn an. „Ja. Ja, es ist schön. Es ist nur …"

„Ungewohnt?"

„Nein. Ich meine …" Samuel wurde von einem jungen Paar abgelenkt, das vorbeiging und sich an der Hand hielt. Er betrachtete sie genau. Als sie vorbeigegangen waren, schaute Samuel Eddie endlich in die Augen. „Als ich aufgewachsen bin, habe ich mir einen Ort ausgedacht. Ein Ort, wo Männer heiraten können und wie jedes andere Paar in der Gemeinschaft sind. Ich dachte, das wäre ein Traum. Ich wusste nicht, dass es so was wirklich gibt. Ich meine, ich habe schon gehört, dass das Supreme Court vor ein paar Jahren erlaubt hat, dass gleichgeschlechtliche Paare heiraten dürfen. Alle Amish fanden es schrecklich. Aber für mich war es etwas, das weit entfernt passiert. Ich wusste nicht, dass es so real sein konnte."

„Es ist überall, das war es schon immer. Kennst du keine anderen homosexuellen Amish?"

Samuel kaute auf seiner Unterlippe und schüttelte den Kopf. „Nein. In der Schule war ein Junge, mit dem ich ein bisschen rumgemacht habe, aber ich glaube, ihm war es nicht ernst. Er hat letztes Jahr geheiratet. Vielleicht gibt es andere, aber sie verstecken ihre Gefühle wie ich."

„Wie viele Brüder hast du?"

„Fünf. Vier ältere und einen jüngeren."

Eddie pfiff. „Wow. Das ist eine Menge."

„Ich habe auch vier Schwestern", meinte Samuel trocken.

Eddie hob die Augenbrauen. „Zehn Kinder? Großer Gott. Du hattest ja gesagt, dass deine Familie groß ist, aber ich wusste nicht wie groß."

Samuel grinste. „Das kommt davon, wenn man keinen Fernseher hat."

Eddie lachte auf. „Denkst du, einer deiner Brüder könnte schwul sein?"

Samuel dachte nach. „Nicht meine älteren Brüder. Sie sind alle verheiratet und haben Kinder. Sie haben sich nie benommen, als wollten sie etwas anderes. Mein Bruder Matthew ... vielleicht. Wir haben nie darüber geredet." Samuels Gesichtsausdruck veränderte sich. „Er ist nur ein Jahr jünger als ich, deshalb waren wir fast wie Zwillinge. Ich vermisse ihn sehr."

Eddie verspürte Mitleid. „Das tut mir leid. Ist es möglich, Kontakt mit ihm aufzunehmen? Vielleicht könntest du dich irgendwo mit ihm treffen, um Hallo zu sagen."

Samuels Augen leuchteten auf. „Das wäre wirklich schön, Ich muss überlegen, ob ich ihn erreichen kann, ohne dass Da es herausfindet."

Der Kellner brachte ihre Drinks. Dieses Mal würdigte er keinen von ihnen eines Blickes. Samuels Drink sah aus wie eine Frozen Raspberry Margarita. Er nahm einen Schluck, dabei spitzte er die Lippen um den Strohhalm und leckte sich die Lippen.

„Gut?"

„Ja. Süß. Irgendwie wie ein Milchshake." Samuel lächelte ihn ehrlich an.

„Gut."

Das ist kein Date, erinnerte Eddie sich selbst. Oh Gott, es fühlte sich an wie ein Date.

Eddie stellte noch mehr Fragen über Samuels Familie und Samuel wollte etwas über Eddies Familie erfahren. Er schien nicht erfassen zu können, wie man als Einzelkind aufwuchs oder eine Mutter hatte, die Professorin war. Die Lasagne war gut und Samuel rollte praktisch mit den Augen vor Ekstase über seinen Burger.

Sie hatten ihre Mahlzeit etwa zur Hälfte beendet, als neben ihnen ein Paar Platz nahm. Eddie konnte unmöglich übersehen, was für ein atemberaubendes Paar sie waren. Ein Mann war ein Silberfuchs mit schwarzgrauem Haar, einem klassisch gut aussehenden Gesicht und einem starken, stämmigen Körperbau. Sein Partner war ein jüngerer Mann mit hellblondem Haar, blauen Augen, schlankem Körperbau und zarten Gesichtszügen. Wie sie einander anschauten, wie der Ältere gedankenverloren die Hand des Blonden auf dem Tisch streichelte. Eddie verspürte einen Stich der Sehnsucht. Sie waren so offensichtlich verliebt.

Hatte Alex ihn jemals so angesehen?

Der Blonde bemerkte Eddies Blick. „Wie ist die Lasagne?", fragte er mit einem freundlichen Lächeln.

Erwischt. Eddie nahm einen Schluck Wasser und nickte. „Sie ist gut. Vegan. Mit Süßkartoffeln und Spinat."

„Der Burger ist besser", sagte Samuel und schaute Eddie mit neckendem Blick an.

Der ältere Mann beobachtete Samuel. „Bist du Mennonit?", fragte er.

Samuel schüttelte den Kopf. „Amish. Das war ich jedenfalls."

„Dachte ich mir doch, dass du diesen Blick hast. Ich bin Ex-Mennonit." Er beugte sich vor und hielt Samuel die Hand hin. „David Fisher."

„Samuel Miller."

Samuel errötete, als er Davids Hand schüttelte. Er errötete! Das war eine so süße, sexuell gesehen unschuldige Sache, dass er aus der Bahn geworfen wurde, weil ein attraktiver Mann ihn berührte. Aber es verursachte auch brennende Eifersucht in Eddie. Er war froh, dass David bereits vergeben war. Nicht dass es Eddie etwas anging.

„Ich bin Christie", sagte der jüngere Mann. Er beobachtete Eddie neugierig.

Eddie lächelte. „Ich bin Eddie. Wohnt ihr in der Gegend?"

„Das haben wir." Christie schaute David warm an. „Hier haben wir uns kennengelernt. David hatte hier eine Farm, aber wir leben jetzt in Brooklyn."

„Das ist komisch. Ich stamme aus Brooklyn, aber ich habe im März eine Farm in Mount Joy gekauft", sagte Eddie.

Das war der Anfang eines interessanten Gesprächs – über New York, über Landwirtschaft, über das schwule Leben in Lancaster County. Eddie hatte den Eindruck, dass David ungeoutet gewesen war und eine Familie gehabt hatte, bevor er Christie kennengelernt und sich in ihn verliebt hatte. Sie waren in der Stadt, um Davids Kinder zu besuchen.

„Mein Sohn geht im Rahmen eines Studentenaustauschprogramms nach Schweden und meine Tochter hat einen Job als Krankenschwester in Minneapolis angenommen. Also ist das unsere einzige Gelegenheit, uns dieses Jahr alle zusammen zu treffen", erklärte David und schnitt sich ein Stück von seinem Steak ab.

„Sind deine Kinder einverstanden? Dass ihr beide zusammen seid, meine ich", fragte Samuel.

Eddie hatte gelernt, diese direkten Fragen von Samuel zu erwarten, aber er war dennoch überrascht. David schien sich nicht beleidigt zu fühlen. Er schaute Samuel mit einem sanften Ausdruck, der ein wenig traurig schien, in die Augen.

„Ganz ehrlich? Es war schwer, als ich es ihnen erzählt habe. Sehr schwer. Aber –" Er schaute Christie an und nahm seine Hand. Christie verschränkte seine Finger sofort mit Davids. „– das war es wert. Ich habe daraus gelernt, dass die vielen Kulturen auf der Welt alle ihre eigenen Regeln haben, genau wie die Amish. Genau wie die Mennoniten. Aber Regeln entspringen nur der Vorstellung einer Person. Was Sinn macht, womit man Menschen leicht kontrollieren kann oder wie eine Gemeinschaft entspannt zusammenlebt. Ob man sich an diese Regeln hält und zulässt, dass sie jemandes Leben definieren – das ist eine Wahl. Und genau das kann man nur schwer nachvollziehen, wenn man aus einer solchen Gemeinschaft stammt."

Samuels Gesicht war ernst, während er darüber nachdachte. „Aber fragst du dich manchmal, was Gott denkt? Denkst du, er ist damit einverstanden?"

David ließ Christies Hand los und schnitt sich noch ein Stück Steak ab. „Niemand weiß, was Gott denkt, Samuel, egal was manche Leute sagen. Aber ich glaube an die Liebe und daran, den Instinkten des Herzens zu folgen. Gott hat uns diese Instinkte aus gutem Grund gegeben. Er würde von einer Kuh oder einer Ziege nicht erwarten, gegen ihre Instinkte zu handeln, also macht es keinen Sinn, dass wir das tun sollen."

„Ja. Das klingt wirklich logisch", stimmte Samuel zu. Seine Gesichtszüge entspannten sich und er lächelte Eddie derart warm an, dass dieser regelrecht dahinschmolz.

Eddie war dankbar, dass Samuel die Möglichkeit hatte, mit jemandem zu sprechen, der den gleichen Glauben hatte wie er, und der nicht nur ebenfalls schwul war, sondern auch älter und weiser. Da er selbst in einem sehr liberalen Elternhaus aufgewachsen war, hatte Eddie oft keine Ahnung, was Samuel bewegte.

„Ihr seid verheiratet?", fragte Eddie, als er die identischen Goldringe an ihren Händen entdeckte.

„Seit drei Monaten", sagte Christie mit einem breiten Lächeln. Dann stand er auf und beugte sich über den Tisch, um David einen Kuss zu geben.

Eddie bemerkte, dass Samuel die beiden mit aufgerissenen Augen anstarrte.

Christie nahm wieder Platz und David sagte etwas zu ihm über ihre Pläne für den nächsten Tag und die unsichtbare Blase, die ihre beiden Tische in einem Gespräch verbunden hatte, löste sich langsam auf.

Eddie beobachtete Samuel, als dieser nachdenklich in seinen Pommes frites stocherte. „Ist alles okay?"

„Ja. Alles gut", sagte Samuel ernst. „Es ist schön, dass wir hergekommen sind. Danke, dass du mich eingeladen hast."

„Gern geschehen."

Samuel war still, während sie ihren Hauptgang beendeten. Nicht wenige der Männer im Raum schauten Samuel von oben bis unten an, bemerkte Eddie, auch wenn Samuel sich dessen nicht bewusst zu sein schien. Und vielleicht lag es an der Aufmerksamkeit, die Samuel von anderen schwulen Männern bekam oder vielleicht lag es an der liebevollen Partnerschaft von David und Christie, trotz ihres Altersunterschieds – doch in Eddie regte sich etwas.

Wenn er Samuel objektiv ansah, sah er einen interessanten Gegensatz. Sein Gesicht sah sehr jung aus, mit einem sonnengeküssten Leuchten, süß und so verdammt vollkommen. Doch seine Schultern waren breit, seine Hände groß und rau von der Arbeit. Er hatte die Ausstrahlung eines Jungen vom Land, doch sein langes Haar war ungewöhnlich, eher ein Hippie als ein Hinterwäldler. Hübsch. Oh Gott, diese hinreißenden Wangenknochen.

Wenn Eddie Sams Bild in einem Schwulenmagazin gesehen hätte, vielleicht an eine Scheune gelehnt mit der Bildüberschrift „Die heißesten Farmer in Ohio" wäre er sofort hingerissen gewesen. Er hatte einfach etwas an sich, das einen mitten ins Herz traf – das in Eddies Herz und tief in seinen Knochen wunderschöne Musik spielte. Und Samuel war so ein guter Mann – ehrlich, loyal, hart arbeitend.

Zwischen David und Christie lag ein ziemlicher Altersunterschied und David war Mennonit gewesen, als sie sich kennengelernt hatten. Dennoch hatten sie es irgendwie geschafft. War das für Samuel und ihn auch möglich? Eddie war unwohl dabei, diese Möglichkeit bloß in Betracht zu ziehen, sie wahrhaftig in Betracht zu ziehen.

Dennoch. Selbst wenn Samuels junges Alter kein Thema wäre oder ihre kulturellen Differenzen, konnte Eddie schon aus praktischer Sicht nichts in dieser Richtung unternehmen, rief er sich ins Gedächtnis. Und zwar aus demselben Grund, weshalb er zurzeit keine neuen Tiere annehmen konnte. Seine Finanzen waren immer noch im Argen und sein Bankkonto leerte sich wie eine Badewanne, aus der man den Stöpsel gezogen hatte. So schrecklich der Gedanke auch war, die Farm würde es möglicherweise nicht schaffen. Und er wollte Samuel kein Leben, keine Sicherheit versprechen, wenn er dieses Versprechen nicht halten konnte. Außerdem lebten und arbeiteten sie zusammen. Samuel war sein Angestellter. Was, wenn es mit ihnen nicht funktionieren sollte? Und *außerdem* war Eddie sich nicht sicher, ob er so kurz nach dem, was mit Alex passiert war, sein Herz bereits wieder riskieren wollte. Weitere Fehler und Versagen konnte er nicht ertragen.

Freunde. Das war das Beste für Samuel, für die Farm. Und dabei musste es bleiben.

Zum Nachtisch aß Samuel einen Eisbecher mit heißer Karamellsoße und Eddie ein Stück Apfelkuchen. Vermutlich war Butter in der Kruste, aber er beschloss, sich ausnahmsweise deshalb keine Gedanken zu machen. Als sie ihre Mahlzeit beendet hatten, waren ein paar Paare auf der Tanzfläche, ein älterer Mann mit seiner Frau, ein jüngeres männliches Paar und David und Christie. Samuel beobachtete sie mit einem schwer zu deutenden Gesichtsausdruck, dann schaute er Eddie an. Sein Blick war warm und er verweilte. Verweilte *wirklich*. Es lag eine Frage darin.

Oh Gott. Möchte Sam tanzen?

„Ich gehe zur Toilette, dann können wir gehen", sagte Eddie und stand abrupt auf.

Als er wieder zum Tisch zurückkam, sah er, dass ein Mann auf seinem Platz saß. Er beugte sich vor, die Ellenbogen auf den Tisch gestützt, und redete freundlich strahlend mit Samuel. Er war vielleicht Anfang dreißig, mit dunklem Haar und er sah gut aus. Samuel beugte sich ebenfalls vor und hörte mit ernstem Gesichtsausdruck zu. Der dunkelhaarige Mann streckte die Hand aus und berührte Samuels Hand, da sah Eddie rot.

„Können wir gehen, Sam?", fragte er mit zu scharfem Tonfall.

Der Mann zog seine Hand zurück und schaute Eddie nüchtern an.

„In Ordnung." Samuel stand auf. „Das ist Clive. Er hat mir von der Happy Hour erzählt. Das ist Eddie, mein Boss."

„Hallo", sagte Eddie so höflich er konnte.

„Hi", sagte Clive. „Hey, es war schön, dich kennenzulernen, Samuel. Ich hoffe, du kommst mal wieder her, damit ich dich zu einem Drink einladen kann."

„Ich weiß nicht, ob das geht, aber es war schön, dich kennenzulernen."

Eddie und Samuel winkten David und Christie zu, dann gingen sie zum Ausgang. Eddie drehte sich nicht um, um zu sehen, ob Clive sie beobachtete oder was er von Samuels Fuß halten mochte.

Auf dem Weg nach Hause war Eddie tief in Gedanken versunken. Er hätte die beiden nicht unterbrechen sollen. Wer war er schon, dass er bestimmte, dass Samuel keine anderen Männer kennenlernen sollte? *Mein Boss*. Samuel war zum ersten Mal in seinem Leben frei und er war neunzehn. Selbstverständlich würde er nicht im Zölibat leben wollen.

Es fiel Eddie schwer, sich an den Grund dieses Abends zu erinnern – Samuel einen schwulenfreundlichen Ort zu zeigen. Ende der Geschichte. Als er in die Auffahrt einbog und den Truck ausschaltete, hatte er größtenteils Erfolg gehabt. Aber statt sofort auszusteigen, saß Samuel im Dunklen einfach da, genau wie Eddie.

„Ich wollte nur, dass du siehst –", setzte Eddie an, gerade als Samuel sagte: „Es war sehr nett, dass du –"

Sie brachen beide ab. Eddie kicherte und Samuel grinste.

Die Dunkelheit fühlte sich geladen an, elektrische Spannung aus Erwartungen, Verlangen und *was wäre wenn* bewegte sich zwischen ihnen. Eddies Herz begann zu pochen und eine Flamme des Verlangens entfachte sich in seinem Bauch. Bildete er sich das nur ein oder beugte Samuel sich näher?

„Gute Nacht, Sam." Eddie drückte Samuels Arm, dann stieg er aus dem Truck.

Du bist ein Idiot, sagte die Stimme in seinem Kopf.

Jep, das konnte er nicht leugnen.

Er ging direkt in sein Zimmer und verschloss vor der Versuchung die Tür.

V.
UND DAS SCHWEIN SOLL SIE LEITEN

Die Liebe ist eine solch ursprüngliche Kraft in unserem Leben, dass sie nicht lange erstickt, verborgen, verleugnet, betrogen oder ignoriert werden kann. Es zu versuchen, ist genauso, als versuche man, den Mittagshimmel schwarz zu streichen.

12

Juli

AN EINEM regnerischen Morgen Anfang Juli fütterte Samuel Fred und Ginger. Statt sie ihrem Getreide zu überlassen und den Gang zu fegen, wie er es immer tat, nahm er sich einen Moment Zeit, um in ihren Stall zu gehen und die beiden zu streicheln, während sie fraßen.

Er hatte beschlossen, ein besserer Mensch zu werden. Er wollte jemand sein, den Eddie bewunderte. Er wollte nicht wie sein Vater sein – kalt und ernst, ahnungslos und unberührt von dem, was andere fühlten, der Tiere als Gebrauchsgegenstand ansah und sie schlug oder trat, wenn er frustriert war. Er schämte sich immer noch, wenn er daran dachte, dass Eddie miterlebt hatte, wie er Benny getreten hatte. So ein Mann wollte er nicht sein. Er wollte auf die gleiche Weise nett sein wie Eddie.

Ginger schaute ihn über ihre Schulter hinweg an, als wollte sie sagen: *Was ist heute nur in dich gefahren?* Aber sie schien nichts gegen die Streicheleinheiten zu haben, denn sie fraß einfach weiter.

Benny wurde eifersüchtig und stieß auf der Suche nach Aufmerksamkeit mit dem Kopf gegen Samuels Bein.

Eddie hatte Stunden damit verbracht, das Schwein zu zähmen und es dazu zu bringen, ihm aus der Hand zu fressen. Jetzt war Benny Samuels Meinung nach ein wenig *zu* zahm. Doch Eddie liebte Benny. Wenn er Zeit in der Scheune verbrachte, dann für gewöhnlich mit Benedict. Er saß auf dem Betonboden und rieb Bennys Bauch, während dieser auf der Seite in der Sonne lag. Eddies Gesicht wurde weich und seine Sorgenfalten verschwanden, bis er praktisch glühte wie von einer inneren Laterne erleuchtet.

Aber Eddie verbrachte nicht viel Zeit in der Scheune, denn er arbeitete so viel. Deshalb hatte Benny sich anscheinend in Samuel verliebt. Er folgte Samuel überall hin. Mehrmals am Tag schaute Samuel nach unten und entdeckte Benny, der ihn voller Staunen und Vertrauen anschaute. Das Schwein war vollkommen vernarrt.

Jetzt verlangte er Aufmerksamkeit, während Samuel die Kühe streichelte. Deshalb ging Samuel zu Bennys Nest aus Stroh in der Ecke und setzte sich daneben. Er ließ zu, dass Benny an seiner Jacke und seinen Händen schnüffelte, während er ihn streichelte. Bennys kleiner Ringelschwanz zitterte und er grunzte zufrieden. Samuel konnte schwören, dass das Schwein lächelte.

„Ja, ich weiß. Ausnahmsweise ignoriere ich dich nicht. Hast du vielleicht ein Glück."

Samuel erwiderte Benedicts Zuneigung nicht im Geringsten. Er war schließlich nur ein Schwein. Und nicht einmal ein *richtiges* Schwein, das einen Zweck hatte. Ein Hängebauchschwein war eine lächerliche Kreatur, weder geeignet als Nahrung noch für Milch oder Wolle. Und auch kein richtiges Haustier wie ein Hund oder eine Katze. Aber das war bloß Samuels Meinung und danach fragte niemand. Am wenigsten Benny, der vollkommen zufrieden mit sich selbst war und entschlossen zu sein schien, Samuels Zuneigung zu erlangen, ob dieser wollte oder nicht.

„Du bist nicht so schlecht, schätze ich. Du bist ziemlich schlau. Für ein Schwein."

Samuel erinnerte sich daran wie Benny Karotten, die er nicht mochte, von seinem Trog zu Ginger brachte. Und einmal hatte er einen Hocker zu einem Baum geschubst, damit Fleece sich draufstellen und die besonders köstlichen Blätter erreichen konnte.

Benny berührte Samuel mit seiner kalten, breiten Schnauze an der Handfläche, als er in Samuels Ärmel biss. Er zog daran, als wollte er, dass Samuel aufstand und mit ihm kam.

„Nein, wir müssen jetzt nicht auf die Weide. Es regnet. Entspann dich einfach, Schwein."

Benny versuchte es noch ein paar Mal, dann gab er auf und ließ sich neben Samuel fallen, den Kopf auf Samuels Knie und mit dem Bauch nach oben für Streicheleinheiten.

Man musste den kleinen Kerl bewundern, dachte Samuel. Irgendwie hatte er die Farm gefunden und gab nicht auf, bis er akzeptiert wurde, egal wie oft Ginger, Fred oder Samuel ihn wegscheuchten.

„Du hast wirklich ein gesundes Selbstvertrauen, das muss ich dir lassen", sagte Samuel zu dem Schwein. „Du lässt ein Nein nicht gelten. Du bist entschlossen, die Liebe zu bekommen, die du deiner Meinung nach verdienst."

Das hatte Samuel gesagt, ohne nachzudenken, aber als er die Worte laut aussprach, klangen sie seltsam, als hätten sie eine Bedeutung, die Samuel nicht entgehen durfte. Er schaute Benny nachdenklich an.

DIE NÄCHSTEN Tage brachten eine Hitzewelle mit Temperaturen über fünfunddreißig Grad und auch die Nächte blieben drückend warm, ohne dass ein Gewitter die Spannung entlud. In einer solch heißen Nacht konnte Samuel nicht schlafen. Er konnte seinen Pyjama, geschweige denn eine Decke, nicht ertragen, deshalb gestand er sich den Luxus zu, nackt im Bett zu liegen, die Haut entblößt, um eine eventuelle Brise aus dem geöffneten Fenster zu erhaschen. Im Haus seines Vaters hätte er das niemals tun können. Seine Nacktheit allein war eine Versuchung, die ihre Klauen in ihn schlug, seine Lenden voll und schwer machte und ihm den Schlaf versagte.

Er wollte. Er war wie ein ausgedörrtes Feld mit jungen Trieben voller Sehnsucht nach Wasser. Er braucht eine Berührung. Kontakt. Irgendwas. Herr, bitte.

Das Verlangen war größer geworden, seit sie vor drei Wochen bei Tally Ho gewesen waren. Samuel hatte gehofft, dass vielleicht … aber nein. Eddie schien sich an diesem Abend unwohl zu fühlen und seitdem sagte er immer wieder das Wort *Freunde*. Zum Beispiel *Ich bin froh, dass wir Freunde sein können, Sam.*

Samuel hatte nicht viel Erfahrung darin, zu mögen und gemocht zu werden, aber er war sich sicher, dass Eddie so oft „Freunde" sagte, damit Samuel sich keine falschen Hoffnungen machte. Er wusste nicht, warum Eddie nicht bei ihm liegen wollte oder ob das überhaupt der Fall war. Eddie hatte niemand anderen. Sicher hatte er auch Bedürfnisse. Sicher war er das Verlangen leid. Samuel dachte daran, dass er beschlossen hatte, sich an Benny ein Beispiel zu nehmen und keine Angst mehr zu haben, einfach zu … fragen. Um Zuneigung zu bitten und eine Antwort zu erwarten. Was war schon das Schlimmste, das passieren konnte?

Jemand musste den ersten Schritt machen. Oder wie der Mennonit, David, den sie im Tally Ho kennengelernt hatten, gesagt hatte, ein Mann sollte seinen natürlichen Instinkten folgen. Wieso sollte Samuel nicht auf seine hören?

Das Verlangen trieb ihn aus dem Bett. Er zog eine Pyjamahose an, aber sonst nichts. Er schlüpfte mitten in der Nacht aus seinem Zimmer und ging zum vorderen Teil des Hauses. Er stand im Flur vor Eddies Zimmer, wo ein Nachtlicht tiefe Schatten an die Wand warf. Er verschränkte die Arme und drückte nervös seinen Bizeps.

Das Verlangen war stark genug, ihn hierher zu führen, vor Eddies Schlafzimmertür zu stehen und die Zehen seines guten Fußes in den Teppich zu graben, wo seine blanke Brust in der Stille der Nacht prickelte. Seine zu große Pyjamahose hing tief auf seinen Hüftknochen und jener gnadenlosen Beule, die ihm keine Ruhe ließ.

Doch er hatte nicht den Mut, an die Tür zu klopfen und Eddie aufzuwecken. Welches Recht hatte Samuel, sich ihm auf diese Weise aufzudrängen? Selbst wenn Eddie Samuel in sein Bett nehmen wollte, *falls* er es wollte, wäre er wohl kaum in Stimmung, wenn er geweckt würde.

Dennoch sehnte Samuel sich so sehr nach einer Berührung, dass er glaubte zu sterben. Es musste nicht einmal sexuell sein, einfach nur … Er musste wissen, dass er es wert war, gehalten zu werden, dass er sichtbar und real war, jung und lebendig. Nicht hässlich. Liebenswert. Nicht vergessen.

Er stellte sich vor, wie Eddie ihn willkommen hieß.

Er stellte sich vor, wie Eddie ihn abwies.

Plötzlich öffnete sich die Schlafzimmertür und Eddie stolperte heraus. Er trug ein dünnes Unterhemd und Boxer Briefs. Im fahlen Licht sah Eddie aus, als wäre er im Halbschlaf, das Haar verwuschelt, die Augen halb geschlossen. An seinen Armen und Beinen waren dunkle Haare und dieser Anblick verstärkte

Samuels Verlangen. Eddie machte einen Schritt in Richtung Badezimmer, dann bemerkte er Samuel und blieb abrupt stehen.

„Sam?" Seine Stimme klang benommen. Er schüttelte den Kopf und rieb sich mit der Hand über das Gesicht in dem Versuch, wach zu werden. „Was ist los? Stimmt etwas mit den Tieren nicht?"

Samuel sank innerlich zusammen und er fühlte sich dumm. „Nein! Alles in Ordnung. Ich wollte nur …" Da der echte Eddie nun vor ihm stand und ihn direkt anstarrte, verließen Samuel aller Mut und seine irrationale Hoffnung. Er hatte keine Ahnung, was er sagen sollte.

„Einen Moment." Eddie verschwand ins Badezimmer und Samuel hörte die Toilettenspülung, dann den Wasserhahn. Als Eddie wieder herauskam, schien er viel wacher zu sein. „Also was ist los?"

Samuel konnte nicht sagen, was genau er wollte. Benny mochte tapfer genug sein, um sich Zuneigung zu erbetteln, aber für Samuel war es einfach zu schwer. „Tut mir leid", murmelte er. „Es ist nichts." Er drehte sich zum Gehen um.

„Sam?" Eddie packte ihn am Arm. Sein Griff lockerte sich, sobald Samuel stehenblieb, aber er ließ ihn nicht los. „Du kannst mit mir reden. Willst du …"

Eddie verstummte unbeholfen. Was hatte er sagen wollen? *Willst du mit nach unten kommen und einen Kaffee trinken? Willst du reden? Willst du in mein Bett kommen?*

Allein bei dem Gedanken durchlief ein Zittern Samuels Körper wie ein kleiner Rausch.

„Ich bin nicht krank", war alles, was ihm einfiel. *Guter Gott*, dachte er. *Wenn Tiere so dumm wären, würden sie nie Babys bekommen.* Er konzentrierte sich darauf, sein Rückgrat aufzurichten und sich umzudrehen, dann zwang er sich Eddie in die Augen zu sehen. „Ich mag dich."

Eddies Mund lächelte, aber seine Stirn runzelte sich, als wäre er verwirrt. „Äh … ich mag dich auch."

„Nein, nicht auf diese Art", sagte Samuel frustriert. „Ich will …" Er konnte es nicht aussprechen. *Er konnte nicht.* Er knurrte frustriert.

„*Sam.*" Eddies Griff um Samuels Arm verstärkte sich. Samuel hätte sich leicht aus seinem Griff befreien können, aber er ließ zu, dass Eddie ihn näher zog, bis sie sich in dem spärlich beleuchteten Flur gegenüberstanden. Eddie studierte sein Gesicht, als hoffte er, dort die Dinge zu finden, die Samuel nicht aussprechen konnte.

Eddies Blick wanderte zu Samuels blanker Brust, dann weiter nach unten, und sein Atem stockte, als wäre ihm plötzlich etwas klargeworden. Er kam einen Schritt näher und schaute in Samuels Augen. Er hielt Samuels Handgelenk mit einem leichten Griff, der heiß brannte.

Sämtliche Luft verschwand aus dem Flur.

Samuel schluckte und der Laut hallte in der Stille der Nacht. „Ich war noch nie mit jemandem zusammen", flüsterte er. „Nicht richtig. Ich habe ein wenig rumgemacht. Aber nicht ..."

Die Worte verstummten. Eddie stand so dicht, dass Samuel schwindelig wurde. Ohne nachzudenken, packte er Eddie mit der freien Hand an der Hüfte, um sich zu erden, dabei spürte er weiche Baumwolle unter seinen Fingern. Eddie hielt sein Handgelenk und Samuel hielt Eddies Hüfte, und es war, als bildeten sie einen Kreislauf, in dem die Energie floss.

„Wir können. Wenn du willst", flüsterte Samuel. „Wenn du nicht willst, ist das okay. Ich weiß, dass ich nicht ... gerade ein guter Fang bin. Mit meinem –"

„*Stopp.*" Eddies Griff wurde fester.

Samuel verstummte gern, denn er wollte es wirklich nicht laut aussprechen. Für gewöhnlich hatte er kein Problem mit seinem Fuß, aber hier, in diesem Moment, wo er so sehr *brauchte*, wollte er nicht daran denken, wieso er vielleicht abgewiesen werden würde.

Herr, er hatte es gerade laut ausgesprochen. *Wenn du willst.* Er hatte Eddie gesagt, dass er alles mit ihm machen konnte. Und selbst jetzt, wo er so nervös war, dass er sich wünschte, die Erde würde sich unter ihm auftun und ihn verschlucken, wollte es sein Körper noch immer. Er war so steif vor Lust. Sicherlich hatte Eddie das bemerkt.

Er *wollte*, dass Eddie es bemerkte, dachte er verwegen.

Warmer Atem strich über sein Gesicht. Er spürte, dass Eddie seufzte. „Du bist so schön, Sam. Du hast ja keine Ahnung, wie wunderschön du bist."

„Ich?"

„Ja, du." Eddie ließ Samuels Handgelenk los, damit er dessen Gesicht zwischen beide Hände nehmen konnte, so sacht. Seine braunen Augen waren schwarz in dem fahlen Licht, aber Samuel glaubte, dort Wärme zu sehen. „Du bist schön. Und so jung. Natürlich *will* ich, aber ... Bist du dir sicher? Ich kann dir nichts versprechen. Ich bin nicht sicher, wie die Dinge sich entwickeln werden und ich will dir nicht wehtun."

„Du musst mir gar nichts versprechen", versicherte Samuel ihm, auch wenn sein Herz bei diesen Worten sank.

Eddie schaute Samuel an, als wäre er innerlich zerrissen, als wäre er in Versuchung, aber sich nicht sicher. Eddie versuchte immer, das Richtige zu tun und meistens war das etwas Gutes, aber im Moment wollte Samuel nichts davon hören. Die Spur von Eddies Fingerspitzen an seinem Kiefer sandte Schauer durch seinen gesamten Körper, als wären es die Hände des Schicksals, seine Berührungen wie Fäden im Wandteppich von Samuels Leben. Und Samuel würde nicht zulassen, dass er sich wieder zurückzog.

Er streckte die Hand aus und packte verzweifelt Eddies Unterhemd. „Ich wollte noch nie in meinem Leben etwas so sehr. Und ich bin überhaupt nicht jung."

Samuel beugte sich vor und presste seinen Mund auf Eddies. Von einem Herzschlag zum nächsten gab Eddie auf. Er zog Samuel an sich und öffnete sich dem Kuss. *Danke, Gott.*

„Sam. Sam." Eddie flüsterte zwischen Küssen seinen Namen. Er sagte ihn, als wäre er ein Zauberwort, als wäre es wirklich *Samuel*, den er wollte. Er saugte an Samuels Mund, heiß und warm. Seine Zunge war das erregendste, das Samuel je in seinem Leben gespürt hatte.

Er war so ausgehungert nach Zuneigung, dass er unter Eddies Berührung erschauerte, als wäre jeder Zentimeter von ihm kitzelig. Während sie sich küssten, lagen Eddies Hände auf Samuels Schultern, dann fuhren sie an seinen Armen hinunter zu seinen Händen, streichelten sie zärtlich und wanderten wieder nach oben zu den Schultern.

Allein dieser Kontakt, nicht einmal an einer wichtigen Stelle, reichte aus, dass Samuel keine Kraft mehr in den Knien hatte. Er atmete so schwer, dass er durch die Nase nicht genug Luft bekam, deshalb musste er keuchend den Kuss unterbrechen.

Eddie zog Samuel in eine Umarmung und hielt Samuels Hinterkopf in einer beruhigenden Geste. „Du zitterst. Geht es dir gut?"

Seine Berührung war so zärtlich. Niemand war jemals auf diese Art zärtlich zu Samuel gewesen. Er nickte. „Es geht mir gut. Schick mich nicht wieder ins Bett. Bitte."

„Das werde ich nicht."

„Ich brauche das hier." Samuel klammerte sich an den Rückenteil von Eddies T-Shirt.

Eddie strich mit der Nase an Samuels Wangenknochen entlang. Er zitterte ebenfalls ein wenig, wodurch Samuel sich besser fühlte. „Ich will dich auch. Ich wollte dich von Anfang an. Aber ich wollte nichts kaputt machen, unsere Freundschaft. Du bist mir so wichtig geworden, Sam. Das weißt du, oder? Du bist mir so wichtig."

Er klang zögernd, aber was Samuel anging, war Eddie weiterhin so sehr zu wollen und ihn nicht haben zu können, das Einzige, das etwas zwischen ihnen kaputt machen würde. Das konnte er nicht ertragen.

Er presste sich fester an ihn, so fest es ging. Sein Kopf lag auf Eddies Schulter. Er spürte Eddies Erregung an seiner Hüfte und drückte seine eigene an dessen Bauch. Es fühlte sich so sexy und so richtig an, dieses zweifache Zeugnis ihrer Erregung, die schiere Bestätigung, dass so viel von ihm an Eddie gepresst war wie möglich. Kontakt. Wärme.

Den soliden Beweis ihres Verlangens zu teilen, fühlte sich an wie ein Versprechen. Das allein war fast genug.

Eddie strich mit den Handflächen an Samuels Rücken auf und ab. Er fand Samuels Hals mit seinem heißen Mund und leckte, woraufhin Samuel aufstöhnte und erschauerte. Dann hielt Eddie Samuels Hinterteil fest und drückte sich an ihn, und plötzlich *wollte* Samuel mehr. Viel mehr. Er musste diesen Schmerz lindern. Aber hauptsächlich wollte er das harte Organ, das sich an ihn drückte. Er wollte, *brauchte*, er musste es mit eigenen Augen sehen und diese geheime Männlichkeit berühren, sie riechen, sie in der Hand halten.

„Bitte." Er nahm Eddies Kopf zwischen beide Hände und küsste ihn so hart und tief, wie er es vermochte. Er versuchte, Eddie zu dessen Zimmer zu lenken, denn er wollte nicht mehr länger warten.

Eddie lächelte in den Kuss und trat zurück. Er nahm Samuels Hand und führte ihn in sein Schlafzimmer.

SAMUEL LAG in seinen Armen. Eddie konnte nicht glauben, wie gut es sich anfühlte, ihn zu küssen und zu berühren, als sie auf dem Bett herumfummelten. Er war überrascht, wie leidenschaftlich Samuel war. Er war so hart wie Stahl und zitterte wie ein Blatt, das während eines Sturms einsam an einem Baum hing.

Sam war zu *ihm* gekommen. Gott sei Dank. In diesen letzten Wochen war es eine Qual gewesen, seine Hände bei sich zu behalten. Nur dass Eddie sich jetzt nicht mehr daran erinnern konnte, warum das notwendig gewesen war, und um ehrlich zu sein, es war ihm egal.

Der Körper unter ihm war der eines Mannes, nicht der eines Jungen. Samuel fühlte sich kräftiger, muskulöser und stärker an, als er aussah. Vielleicht lag das an seiner bescheidenen Natur, der schüchternen Art, wie er sich durchs Leben bewegte. Aber im Dunkeln war Samuel deutlich größer als Eddie, so fest und solide wie der Erdboden.

Eddies Finger wanderten über einen flachen Bauch und gerundete Brustmuskeln. Er rieb harte Brustwarzen unter seinen Handflächen und spürte, wie sie sich noch weiter versteiften.

Samuel gab einen gequälten Laut von sich. Er stieß Eddie zurück aufs Bett und unterbrach damit den Kuss.

„Was ist los?"

Samuels Atem ging schwer. „Nichts. Ich bin bloß zu aufgeregt."

Eddie lächelte im Dunkeln. „Dann sollten wir wohl besser etwas langsamer machen."

Er erhob sich auf die Knie und drückte Samuel zurück auf das Bett. Er wollte ihn erkunden. Oh Gott, er wollte *alles* erkunden. Es war so, als wachte man auf und fand das teure Geschenk, das man sich heimlich gewünscht hatte, auf der Türschwelle abgelegt vor. Er fuhr mit den Händen sacht über Samuels blanke Arme und seine Brust. Samuel entspannte sich auf dem Kissen, aber Eddies Berührung hinterließ Gänsehaut. Das einzige Licht im Raum kam von den wenigen dunklen Quadraten, die seine Fenster darstellten und dem Glühen des Nachtlichts, das durch die offene Tür hereinkroch. Selbst in diesem schäbigen Licht sah Samuel, wie er dort auf Eddies Bett lag, unglaublich sexy aus. Er wollte das Licht einschalten, aber entschied dann, dass Samuel sich wahrscheinlich wohler fühlte, wenn es aus war. Zumindest beim ersten Mal.

Lieber Gott, bitte lass es nur das erste Mal gewesen sein.

Eddie beugte den Kopf, um von Samuels süßer Haut zu kosten – seinen plumpen Bizeps, die gerundete Schulter, seine Brust. Er saugte an einer braunen Knospe.

Samuel holte einen tiefen, zittrigen Atemzug und legte die Hand auf Eddies Oberschenkel. „Oh Gott. Kann kaum glauben, dass das wahr ist", flüsterte er.

„Es ist wahr", versicherte Eddie ihm, auch wenn er es selbst kaum glauben konnte.

Er reizte Samuels Haut eine Weile mit Händen und Mund. Er genoss die Beschaffenheit und den Geschmack dieses Mannes, von dem er sich selbst nicht gestattet hatte, ihn zu begehren. Aber schnell wurde selbst diese kleine Distanz zwischen ihnen unerträglich. Er legte sich auf Samuel und küsste ihn fest auf den Mund. Er passte dort so gut hin, denn Samuel war ein wenig kräftiger gebaut und stark genug, sein Gewicht zu tragen. Ihre Lenden passten perfekt zusammen. Es war so, als betrat man ein fremdes Haus und wusste sofort, dass man zu Hause war.

Samuel schlang die Arme um Eddie und hielt ihn so fest, dass dieser kaum atmen konnte. Ihre Erektionen rieben durch zwei Lagen Stoff aneinander und Sam schrie erstickt auf. Er stieß mit den Hüften erneut zu. Und noch einmal. Er rieb sich in kleinen Kreisen. Der dicke, süßliche Schwall der Leidenschaft war immens. Eddie presste die Augen zusammen und ließ ihn über sich hinwegspülen, während Samuel sie weiter und weiter trieb.

Samuel unterbrach den Kuss, um zu keuchen: „Kann's nicht mehr halten."

Eddie konnte spüren, wie hart Samuel war, die ungeduldige Ekstase in seinem treibenden Rhythmus, das sanfte Zittern in seinen Oberschenkeln.

„Warte." Eddie zog sich zurück. „Nicht so. Ich will dich schmecken. Ich will, dass du in meinem Mund kommst."

Sie schoben Samuels Pyjamahose herunter, dabei stöhnte Samuel „Ja", dann lag Samuels Schwanz erst in Eddies Hand, groß und heiß, dann in seinem Mund.

Es dauerte nur einen Moment, wahrscheinlich weniger als eine Minute, aber die Empfindungen schlossen Eddies Gehirn kurz. Der reife Geruch und Geschmack von Samuel, wie ein reifer Apfel auf einer Obstwiese, sein schweres Gewicht auf Eddies Zunge, wie er unkontrolliert zustieß, als hätte er vor Lust den Verstand verloren, die kehligen Laute aus seinem Mund, wie seine Oberschenkel sich anspannten und zuckten.

Als er in Eddies Mund pulsierte, kam Eddie ebenfalls. Er drückte die Spitze seines Schwanzes fest in seiner Faust und das Gefühl nahm eine Intensität an, die er selten erlebt hatte.

Sie ließen sich fallen, schwer atmend, und Eddies Kopf lag auf Samuels schweißnasser Hüfte. Als er wieder zu Atem gekommen war, stand Eddie auf, um seine Hand zu reinigen, und brachte ein Handtuch für den Fleck auf dem Bett mit.

Eddie legte sich wieder auf das Bett und schlang einen Arm locker um Samuel. Es war so heiß im Zimmer.

Samuel strich mit den Fingern über Eddies Arm. „Willst du, dass ich gehe?" Er klang zögerlich.

„Nein. Es sei denn, du willst in deinem eigenen Bett schlafen."

„Ich bin lieber bei dir", sagte Samuel frei heraus.

Diese Worte rannen durch Eddie wie warmer Honig und hinterließen eine Spur der Freude. Er erkannte, dass er sich bereits zu sehr gebunden hatte und dass sein dummes, blutendes Herz auf Hochtouren lief. Aber in diesem waren die Endorphine zu exquisit, um sich Sorgen zu machen.

Ich liebe dich, sagte eine Stimme in Eddies Kopf. Und das war in Ordnung, denn selbstverständlich liebte er Samuel als Person, als Kollegen, als Freund. Aber das sprach er nicht laut aus.

„Gute Nacht", sagte er stattdessen.

„Nacht, Eddie." Samuel küsste seine Wange.

Auch wenn es warm war, blieben sie die ganze Nacht lose ineinander verschränkt.

13

August

Es WAR der Abend vor ihrem ersten Tag der offenen Tür und Eddie war so gespannt wie ein Flitzebogen. Samuel hatte seit Tagen beobachtet, wie Eddie sich verrückt machte. Er hatte auf ihrer Facebook-Seite Nachrichten veröffentlicht, einen Twitter-Account angelegt und sogar in den örtlichen Zeitungen Anzeigen geschaltet, aber dennoch machte er sich Sorgen, dass niemand kommen würde. Samuel sagte ihm, dass alles gut werden würde. Er hoffte, dass er recht hatte.

Nach dem Essen verbrachten die beiden den Abend damit, Gemüse und Pitabrot zu schneiden, Haferflocken- und Erdnussbuttercookies zu backen und große Krüge mit Weidentee und Limonade für die Kinder zu mischen.

Während sie arbeiteten, tauschten sie Küsse aus und fütterten sich hin und wieder mit Cookie-Stückchen. Und als das letzte Blech im Ofen war, presste Samuel Eddie an die Anrichte und küsste ihn ordentlich.

„Ich sollte arbeiten", sagte Eddie, als Samuel von seinem Mund zu seinem Hals wanderte, um daran zu saugen. Doch seine Stimme klang nicht überzeugt und sein Körper reagierte auf Samuels Berührung und schmolz dahin wie die Butter, die sie für die Cookies verwendet hatten.

„Du hast für morgen alles getan, was du kannst", sagte Samuel. „Du musst dich ein bisschen entspannen. Ich kann dir helfen." Er fuhr mit den Händen an Eddies Armen hinauf und drückte seine Schultern.

Eddie schaute ihn wehleidig an. „Ich habe immer das Gefühl, dass es nicht genug ist. Dass ich nie genug arbeite."

Das hatte Samuel auch schon wahrgenommen und es machte ihm Sorgen. In Eddie steckte eine Angst, die er nicht oft zeigte, aber hin und wieder entdeckte Samuel sie und er glaubte, dass sie tief reichte.

„Wieso? Ist das Geld so knapp?"

Eddie schaute ihn einen langen Moment an, als wäre er sich nicht sicher, ob er darüber reden wollte. Er nickte. „Wenn ich nicht mehr Geld durch den Hof hereinbekomme …" Er verzog das Gesicht. „Es ist knapp."

Jetzt war Samuel wirklich besorgt, aber er versuchte, pragmatisch zu sein. „Du musst mich nicht mehr bezahlen. Ich finde es sowieso nicht richtig, da wir … na ja, das Bett teilen."

Eddie lachte traurig auf. „Leider machen zweihundert im Monat keinen Unterschied. Außerdem hast du dir das Geld verdient. Du arbeitest hart, Sam."

Samuel wollte nicht, dass Eddie ihn bezahlte. Er investierte seine Zeit in die Farm, denn er wollte ein Teil von ihr sein, wollte ein vollwertiger Partner sein. Doch es war Eddies Farm, nicht seine. Und vielleicht würde es gierig klingen, wenn er dies aussprach.

„Vielleicht kann ich mir noch einen Job suchen."

„Nein, du sollst nicht –" Eddie seufzte. Er legte die Hände um Samuels Taille. „Morgen ist unser erster Tag der offenen Tür. Warten wir einfach ab, wie es läuft."

„In Ordnung."

„Meinst du, du kannst mich noch mal so küssen wie eben? Denn das hat mir irgendwie gefallen." Eddie wackelte mit den Augenbrauen, aber trotz seiner Bemühungen, die Stimmung zu heben, spürte Samuel, dass er sich immer noch Sorgen machte.

Samuel streichelte mit dem Daumen Eddies Wange. „Du musst nichts vor mir verheimlichen, weißt du? Du kannst mir sagen, was dich bedrückt. Man teilt seine Sorgen, wenn man eine Fam... wenn man befreundet ist."

Eddie lächelte und zog Samuel enger an sich. „Das ist lieb, aber ich will dir keine Sorgen machen. Und im Moment möchte ich lieber nicht darüber nachdenken, um ehrlich zu sein. Warum lenkst du mich nicht einfach ab?"

Sie knutschten in der Küche herum, was Samuel ziemlich dekadent fand. Obwohl er es toll fand, war er zu schüchtern, um vor all den Fenstern weiterzugehen, auch wenn er wusste, dass da draußen im Dunkeln niemand war, der sie sehen würde. Er zog Eddie nach oben in sein Schlafzimmer.

In den zwei Wochen, seit sie Liebende geworden waren, war es auch Samuels Bett geworden. Er wusste nicht, warum er allein in seinem Zimmer schlafen sollte, wenn Eddie die Alternative war – eine warme, solide Präsenz in seinem Bett, viel tröstlicher als der beste und wärmste Quilt. Von den Küssen und den Berührungen gar nicht erst zu reden. Samuel wollte Eddie andauernd, mehr noch als Essen und Schlaf. Er hatte immer gewusst, dass er ein großes Verlangen nach Sex hatte und er hatte stets dessen unnachgiebige und quälende Natur verflucht. So viele Jahre lang hatte er sein Verlangen unterdrückt oder es in hohlen Tagträumen ausgelebt. Jetzt war es so, als wäre er aus einem Gefängnis befreit worden. Ein Teil von ihm glaubte immer noch, dass es falsch war, einen anderen Mann zu begehren, aber diese Stimme war leise und leicht zu ignorieren, wenn Eddie bei ihm war und sonst niemand, der sie verurteilen würde.

Sie knieten sich auf das Bett, beide mit freiem Oberkörper und ohne Schuhe, und hielten einander fest, von den Knien bis zu den Schultern zusammengepresst. Samuel liebte das Gefühl, Brust an Brust, Haut an Haut zu sein. Die rauen Haare um Eddies Brustwarzen reizten Samuels empfindliche Haut und Eddies Arme lagen so stark um ihn, als würden sie ihn niemals loslassen. Samuel war ein wenig größer, wenn sie knieten und er mochte es, den Kopf auf Eddies Schulter zu legen, Nase und Mund an Eddies Hals gepresst. Samuel fand es auch sehr sexy, wenn ihre

Erektionen sich durch schützenden Stoff berührten wie ein köstliches, verbotenes Geheimnis.

Sie küssten sich und packten einander fest – an den Schultern, am Rücken, an der Kehle. Die Bewegungen ihrer Hüften waren berauschend. Eddie ließ zuerst los. Er zog sich zurück und bewegte die Finger zu Samuels Hose. „Ich will dich in meinem Mund."

Einen Moment später ging sein Wunsch in Erfüllung, ebenso wie Samuels. Er liebte diesen Akt – Neunundsechzig nannte Eddie es – denn es war gleichzeitig unglaublich schmutzig und sehr praktisch, wie der Geruch und der Geschmack von Eddies Genitalien das Gefühl, das Eddie bei ihm verursachte, verstärkte und wie Eddies Orgasmus sich fast anfühlte, als wäre es sein eigener.

Samuel fand Eddies Geschlecht so sexy, dass es fast verrückt war. Es war, als läge etwas Primitives in Samuels Natur, das darauf gepolt war, auf sie zu reagieren, so natürlich und prompt, wie sein Magen reagierte, wenn er sein Lieblingsessen sah oder roch. Eddie kürzte sein Haar dort unten, wodurch er noch größer wirkte. Er war beschnitten und der Schaft war direkt unter dem etwas kleineren Kopf am breitesten, seine Hoden klein und fest, und Samuel liebte alles davon. Er hätte sich nie vorstellen können, dass allein der Anblick eines anderen Mannes ihn so hart und verlangend werden lassen würde.

Er hätte nie gedacht, dass er das Glück haben würde, dies zu haben. Er versuchte, sich keine Gedanken darüber zu machen, wann es zu Ende gehen würde und wie er weitermachen sollte, wenn es soweit war. Es machte keinen Sinn, darüber nachzudenken.

Er schloss die Augen und nahm Eddie tief in seinen Mund auf, während sie beide die Leidenschaft auskosteten. Hinterher zog er Eddie unter die Decken und schlang die Arme um ihn.

„Es ist noch nicht einmal zehn Uhr", murrte Eddie gutmütig. „Ich kann jetzt noch nicht schlafen. Zu viel zu tun."

„Du musst ausgeruht sein, wenn morgen all die Leute kommen."

„Oh Gott, du hast morgen erwähnt."

„Tut mir leid. Denk jetzt nicht mehr darüber nach. Das bringt nichts. Ich habe noch nie erlebt, dass etwas so sehr bis ins Kleinste geplant war. Es wundert mich, dass du auf dem Rasen keine Fußabdrücke aus Papier ausgelegt hast, damit die Besucher wissen, wo sie hintreten müssen."

Darüber musste Eddie lachen. Er entspannte sich und rieb Samuels Arm. „Danke, dass du mir heute geholfen hast, alles vorzubereiten. Die Farm sieht so toll aus. Ich kann nicht glauben, dass du die Kühe gewaschen hast."

„Sie konnten es auch nicht glauben." Samuel lächelte in Eddies Haar. „Mein Cousin hat Färsen auf einem Markt präsentiert und er hat sie genauso gewaschen."

„Sie sehen aus wie Schönheitsköniginnen."

„Benny hat gesehen, wie ich Ginger gewaschen habe, danach hat er sich stundenlang von mir ferngehalten."

Eddie kicherte. „Schweine mögen kein Wasser?"

„Die Schweine, die wir hatten, mochten Pfützen und Schlamm. Ich glaube, der Schlauch hat Benny abgeschreckt. Aber heute sah nur seine Schnauze schmutzig aus. Das kann ich morgen früh saubermachen."

„Na ja." Eddie seufzte. „Die neuen Blumen bei der Scheune sehen auch toll aus. Wir könnten nicht besser vorbereitet sein."

„Man sollte immer auf Besucher vorbereitet sein. Das hat meine Ma immer gesagt." Bei der Erinnerung an seine Mutter fühlte er ein Zucken von Sehnsucht.

Eddie zeichnete Samuels Finger nach. „Du denkst gerade an sie, oder? An deine Mutter."

„Ja."

„Erzähl mir von ihr." Eddie rutschte ein wenig zurück, damit er Samuels Gesicht sehen konnte.

„Das interessiert dich?", fragte Samuel zweifelnd. Manchmal wollte er über seine Familie reden. Bis vor ein paar Monaten war sie seine ganze Welt gewesen. Aber Eddies Leben, jede Vorstellung, die er von den Dingen hatte, war so weltlich. Es war nicht im Geringsten wie die Welt, in der Samuel aufgewachsen war. Er wusste nicht einmal, wo er anfangen sollte.

„Ja. Erzähl mir von ihr." Eddie legte seine Handfläche aufmunternd auf Samuels Brust.

„Na ja, sehen wir mal. Sie ist recht klein. Seit ich ausgewachsen bin, reicht sie mir nur bis zur Schulter. Sie war immer beschäftigt. Von Sonnenaufgang bis spät abends hatte sie im Garten oder in der Küche immer etwas zu tun."

„Ja? Ich nehme an, es ist ziemlich viel Arbeit, sich ohne Elektrizität um eine so große Familie zu kümmern."

„Genau. Zehn Kinder. Aber meine Schwestern haben auch viel gearbeitet. Ich glaube, ich habe meine Ma nie besonders gut gekannt, zum Beispiel wie sie über bestimmte Dinge gedacht hat. Sie ist eine gläubige Frau. Sie glaubt an die Kirche und all das. Aber ich habe ihr nie nahegestanden. Sie stand meinen Schwestern näher, weil sie immer zusammen ihre Aufgaben erledigt haben, wie Vorräte einkochen, die Wäsche machen, im Garten arbeiten und so weiter. Meine Brüder und ich haben immer auf den Feldern oder in der Scheune gearbeitet, Holz gemacht und all das."

Samuel dachte darüber nach und stellte sich das Gesicht seiner Mutter vor, wie ihr blondes Haar unter ihrer Haube zu einem festen Knoten gebunden war. Er erinnerte sich an ihre sanften, blauen Augen. „Sie ist eher friedliebend als streng und hat immer versucht zu schlichten oder meinen Da zu beruhigen, wenn er sich aufgeregt hat."

Würde sie Samuel vergeben, fragte er sich. Er hatte sich nicht einmal von ihr verabschiedet. Aber er war sich sicher, dass sie hinter Da gestanden hätte, was Samuels Meidung angeht. Sie hatte immer hinter Da gestanden. Und sie würde

Samuels Verlangen, einen Mann zu lieben, nie verstehen. Allein bei den Gedanken daran, dass sie es wusste, wurde ihm übel vor Scham.

Eddie packte Samuels Kinn und drehte ihn zu sich. „Denk nicht daran. Es ist nichts Falsches daran, was du fühlst. Du wurdest so geboren, schon vergessen?"

Mit einem schweren Seufzen ließ Samuel die schweren Gedanken hinter sich. „Ja. Ich weiß, dass du recht hast. Aber manchmal ist es schwer."

„Ich weiß." Eddie studierte Samuels Gesicht, den Kopf auf dem Kissen und die Augen weich. Wenn Samuel so in Eddies Augen schaute, nur Zentimeter entfernt, verschwand jeglicher Gedanke, dass es falsch sein könnte, was zwischen ihnen war.

Eddie lächelte. „Ich wette, sie ist hübsch, deine Mutter. Ich weiß, ich bin voreingenommen, aber du bist so schön, Sam. Nein, das ist nicht ganz richtig. Ich habe schon an dem Tag, als ich dich kennengelernt habe so gedacht, und da war ich noch nicht voreingenommen."

„Wohl kaum."

„Das *bist* du. Wie kannst du das denn nicht wissen? Ihr hattet doch Spiegel, als du aufgewachsen bist, oder?"

„Es gab einen kleinen im Badezimmer. Aber wir durften nicht zu oft reinsehen. Mein Da hat immer gegen Eitelkeit gewettert."

Samuel lächelte ironisch, als er an das Getuschel unter den Amish-Jugendlichen dachte, wie die Jungen und Mädchen Blicke austauschten oder untereinander flüsterten. „Aber mal ehrlich, die Amish sind genauso eitel wie jeder andere auch. Es war bekannt, dass die Millers eine gut aussehende Familie sind. Meine älteren Brüder haben auf jeden Fall die hübschesten Mädchen der Gegend geheiratet."

Eddie sah amüsiert aus. „Ich verstehe. Du weißt also schon, dass du gut aussiehst – du und deine Brüder."

Samuel zuckte mit den Schultern. „Ich sehe nicht so gut aus wie meine Brüder. Und dann ist da noch mein Fuß. Aber sicher, an mir waren auch Mädchen interessiert. Ein paar von ihnen waren sehr direkt darin, mir klarzumachen, dass sie mit mir ausgehen wollten. Das habe ich aber nie erwidert. Manchmal habe ich mir gewünscht, ich könnte es vortäuschen, aber das hatte ich nie in mir. So hatte ich wohl schneller meine Ruhe, um zu träumen."

Eddies Gesichtsausdruck wurde traurig und er rieb sich über das Brustbein. Samuel war aufgefallen, dass er das tat, wenn ihn etwas aufwühlte, als könnte er den Schmerz körperlich spüren. „Ich kann mir nicht vorstellen, wie hart das gewesen sein muss. Es war für mich nicht leicht, als Schwuler aufzuwachsen, aber wenigstens hatte ich das Internet und die Popkultur als Unterstützung. Und meine Eltern waren zwar enttäuscht, aber sie haben es mir auch nicht allzu schwergemacht."

„Ich habe jetzt ja dich. Ich hatte Glück", sagte Samuel entschieden und meinte jedes Wort. Er hatte so ein Glück, Eddie gefunden zu haben. Er hatte Samuel eine ganz neue Welt eröffnet.

Eddie strich mit dem Daumen über Samuels Augenbraue. „Also ich finde, du bist perfekt. Es ist …" Er schien nach den richtigen Worten zu suchen. „Nicht nur dein Äußeres, auch deine Bescheidenheit. Wie du dich hältst. Das Leuchten in deinen Augen, deine Güte und Ehrlichkeit und Entschlossenheit, die aus dir strahlt. Ich kann mir niemanden vorstellen, der mich mehr anziehen würde als du."

Samuel konnte Eddies Worte kaum glauben, aber sein Herz sprang auf und wärmte ihn, und weckte schmerzhafte Hoffnung. Er schluckte und drehte den Kopf auf dem Kissen, um Eddies attraktive Gesichtszüge zu betrachten.

„In meinen Gedanken war es immer ein Mann. Er hatte kein Gesicht, aber er hatte dunkle Haare und ein gutes Herz. Ich glaube, das warst du."

Eddie blinzelte und rieb sich über die Mitte seiner Brust. „Das ist … wow."

Samuel fand Eddies Hand und drückte sie. Ihm fiel etwas Lustiges ein und er lächelte. „Du solltest meinen jüngeren Bruder sehen, Matthew. Er sieht von uns allen am besten aus. Er sieht aus wie ein Engel, der auf die Erde herabgestiegen ist." Er prustete. „Aber er benimmt sich nicht so."

„Ach ja?" Eddie lächelte. „Wie ist er so?"

„Sein Haar ist lockig und heller als meines. Wie gesponnenes Gold. Große blaue Augen. Das hübscheste Gesicht, das man sich vorstellen kann. Und Grübchen hier und hier." Samuel ließ Eddies Hand los, um auf seine Wangen zu deuten. „Meine Ma und mein Da haben es kaum über sich gebracht, ihn zu bestrafen, auch wenn er es oft verdient hätte."

Eddie kicherte. „Ach ja? Wodurch zum Beispiel?"

„Seine Aufgaben nicht erledigt oder die Kirche geschwänzt, um irgendwohin zu gehen, ignoriert, was meine Eltern ihm gesagt haben. Er hat ihnen nicht direkt widersprochen, aber bei mir hat er sich oft über sie ausgelassen. Er war mit meinem Da selten einer Meinung."

„Richtig so", meinte Eddie. Samuel wusste, dass Eddie sein Da nicht gerade sympathisch war, nicht, seit er von den Schlägen erfahren hatte.

Samuel nickte. „Ich kann mir nicht vorstellen, dass das gut ausgeht. Matthew hat darüber gesprochen, die Amish eines Tages zu verlassen. Nicht dass er es tatsächlich tun wollte. Er hat sich nur gefragt, wie es wohl wäre. Würde mich nicht überraschen, wenn er es doch tut." Samuel machte sich Sorgen um Matthew. Was würde aus ihm werden und würde Samuel es erfahren?

Eddie rieb beruhigend an Samuels Seite auf und ab. „Wenn er jemals einen Unterschlupf braucht, ist er hier willkommen."

„Das ist sehr freundlich von dir", sagte Samuel überrascht.

„Selbstverständlich. Dies ist auch dein Zuhause." Eddie gähnte und Samuel fiel auf, wie schläfrig er selbst war. „Du arbeitest so schwer. Dafür bedanke ich mich nicht oft genug bei dir. Aber du bist ein gutes Ei, Samuel Miller."

Samuel lächelte und schloss die Augen, dabei gab er sich der Vorsicht hin. „Zu schade, dass du keine Eier magst."

„Ich habe den größten Respekt vor Eiern, ich esse sie bloß nicht." Eddie drehte sich in Samuels Armen um, sodass sein Rücken an Samuels Brust gedrückt war. „Aber an dir knabbere ich gerne. Das macht dich wohl zu meinem Lieblingsei."

„Du bist mein Lieblingsmensch. Das wirst du immer sein."

Eddie spannte sich an und Samuel dachte, dass er das vielleicht nicht laut hätte aussprechen sollen. Aber das war nur ein ganz leiser Gedanke, bevor er einschlief.

Als Samuel um Mitternacht aufwachte, war das Bett leer. Er stand auf und benutzte die Toilette, da hörte er Eddie unten arbeiten.

Ich wünschte, du würdest deine Sorgen mit mir teilen, dachte Samuel, während er am Kopf der Treppe stand und lauschte. Er sehnte sich danach, ein vollwertiger Partner für Eddie zu sein. Seine *Familie*. Aber Eddie war nicht mit ihm verwandt und Samuel hatte kein Geld, das er ihm anbieten konnte.

Na ja, das Getreide wuchs auch nicht an einem Tag und Pferde wussten nicht, wie man einen Pflug zieht, wenn sie geboren wurden. Diese Sache mit Eddie war so neu und im wahren Leben so viel kleiner als in Samuels Herzen. Und heute Abend hatte Eddie all diese netten Dinge gesagt, die er an Samuel mochte. Sie schienen sich näher zu sein als je zuvor. Samuel konnte nur hoffen, dass mit der Zeit das wahre Leben zu seinen Träumen aufschließen und er einen Weg finden würde, Eddie und der Farm zu helfen und seinen Wert zu beweisen.

Bitte, Gott, gönn Eddie einen erfolgreichen Tag der offenen Tür. Das braucht er.

„WILLKOMMEN IM Meadow Lake Nutztierasyl. Ich bin Eddie Graber und ich werde Sie heute herumführen."

Eddie stellte die Tiere vor und erzählte die Geschichte jedes einzelnen. Er behielt das Lächeln auf dem Gesicht und die positive Energie in seiner Stimme, auch wenn er versuchte, den Keim der Enttäuschung in seiner Brust zu unterdrücken, der drohte, sich zu einer ernsten Depression zu entwickeln.

Nur sieben Leute waren zum ersten Tag der offenen Tür der Meadow Lake Farm erschienen. Ein junges Paar mit zwei Kindern von ungefähr acht oder neun Jahren, ein älteres Paar in Shorts und Birkenstock-Schuhen und eine Frau um die sechzig mit Krücken. Das war alles.

Hatte er nicht genug Werbung gemacht? Gab es an diesem Wochenende noch eine andere große Veranstaltung? Interessierten sich tatsächlich nur sieben Leute in Lancaster County für einen Gnadenhof?

„Seid ihr bereit, die Tiere zu sehen?", fragte Eddie und konzentrierte seine Aufmerksamkeit auf die beiden Kinder.

Sie antworteten aufgeregt: „Ja!"

Samuel öffnete das Tor zur Weide und ging mit einem Eimer hinein. Das hatten er und Eddie geprobt. Sie hatten die Tiere darauf trainiert, dass sie kamen, wenn Samuel eine Glocke läutete, die an der Seite der Scheune montiert war. Er hatte immer einen Eimer mit Getreide in der Hand. Die Glocke erregte die Aufmerksamkeit der Tiere, und sobald sie den Eimer sahen, wussten sie, dass es Futter gab.

Und da kamen sie, Fred und Ginger mit Benny im Schlepptau, der so schnell hinter ihnen herkam, wie er konnte, was ziemlich schnell war. Die drei Schafe folgten mit neugierig aufgestellten Ohren, als wären sie nur mitgekommen, um zu sehen, was die ganze Aufregung sollte.

Eddie sagte den Besuchern die Namen der Tiere, als sie in den Stall kamen und Samuel schloss das äußere Tor zur Weide, damit die Tiere hierblieben. Dann lockte er Benny mit etwas Erdnussbutter vom Trog der Schafe weg zu seinem eigenen Eimer. Als Eddie die Kinder darauf hinwies, lachten sie. Sie schienen fasziniert von ihm zu sein. Anscheinend hatten sie noch nie ein so kleines Schwein gesehen, schon gar nicht im wirklichen Leben.

„Ruby, Fleece und Edelweiß kamen von einer Frau zum Gnadenhof, die in ein Seniorenheim gezogen ist und sie deshalb nicht mehr behalten konnte. Sie waren ihre Haustiere, nachdem sie sie als Lämmer von einem Farmer gerettet hat, der Frühlingslämmer aufgezogen hat. Fred und Ginger brauchten ein neues Zuhause, als ihre bisherigen Besitzer ihr Haus verkauft haben."

„Was ist mit Benny?", fragte das kleine Mädchen. Sie war süß – rothaarig mit Sommersprossen, wie ihr Bruder.

„Ah, das ist vielleicht eine Geschichte." Eddie zwinkerte ihr zu. „Benny hat uns ganz allein gefunden. Eines Tages kam er angetrottet. Er hat beschlossen, Fred und Ginger zu mögen, dann hat er uns adoptiert. Ziemlich cool, was?"

„Was ist ein Frühlingslamm?", wollte der Junge wissen.

Eddie zögerte. Er hatte überlegt, wie weit er bei dieser Veranstaltung ins Detail gehen wollte, was den Missbrauch der Tiere in der Lebensmittelindustrie anging. Er hatte beschlossen, sich fürs Erste auf das Positive zu konzentrieren. Irgendwann wollte er einen Ausstellungsraum aufbauen, wo die Leute etwas über den grausamen Alltag der industriellen Landwirtschaft erfahren konnten. Aber seine momentane Priorität war es, den Besuchern eine positive Erfahrung mit den Tieren zu verschaffen, damit sie sie als Haustiere wahrnahmen, nicht als Nahrung. Wenn man eine richtige Kuh traf oder einem Schwein in die Augen schaute, war es schwerer, ihr Elend zu ignorieren. Zumindest hoffte er das.

Er antwortete einfach und direkt: „Manche Leute essen in der Osterzeit junge Schafe – Lämmer – wie andere Leute Truthähne zu Thanksgiving." Er wechselte das Thema. „Was fressen Schafe und Kühe? Weiß das jemand?"

Das Mädchen hob eifrig die Hand. „Gras?"

„Richtig!"

„Gibt es hier Hasen?", fragte der Junge. „Hasen fressen Salat."

„Richtig, das tun sie. Aber nein, im Moment gibt es hier keine Hasen. Aber vielleicht, wenn du das nächste Mal herkommst", erwiderte Eddie mit einem Lächeln.

„Ich habe eine Frage", sagte der Vater. „Was gehört alles dazu, sich um Kühe zu kümmern?"

„Gute Frage! Na ja, sie haben diese Weide, auf der sie so oft grasen können, wie sie wollen. Kühe sind Wiederkäuer, was bedeutet, dass Gras ein wichtiger Bestandteil ihrer Ernährung ist. Aber neben Gras bekommen sie auch jeden Tag Getreide. Von Samuel. Das ist Samuel. Er kümmert sich um die Tiere."

Samuel, der in seinem khakifarbenen Hemd und der Jeans einfach bezaubernd aussah, winkte und lächelte. „Hallo." Wahrscheinlich merkte keiner der Gäste, wie nervös und schüchtern Samuel war, doch Eddie bemerkte, wie intensiv er sich um die Tiere kümmerte, damit er nicht mit den Gästen reden musste.

„Die Kühe haben außerdem die ganze Zeit Zugang zum Wasser. Das ist sehr wichtig. Und ihre Ställe müssen sauber gehalten werden, damit Fliegen und andere Insekten sie nicht quälen. Wir haben einen Tierarzt, der die Tiere regelmäßig untersucht, um sicherzugehen, dass sie gesund sind. Oh, und einmal pro Jahr müssen ihre Hufe geschnitten werden. Ihre Hufe wachsen wie eure Finger- und Zehennägel." Eddie schaute zu dem Mädchen hinab. „Hast du dir schon mal die Fingernägel geschnitten?"

„Ja!", sagte sie mit einem kleinen Hüpfer.

„Und Tieren müssen auch die Nägel geschnitten werden. Wollen wir mal sehen, ob wir Ginger überzeugen können, herzukommen, damit ihr ihre Hufe aus der Nähe sehen könnt. Möchte jemand eine Kuh streicheln?"

„Ich!" Beide Kinder hoben die Hand.

Selbst die Erwachsenen schauten die Tiere mit demselben unbewussten Lächeln an, wie die Leute, die Eddies Hund Othello gesehen hatten, wenn er in Manhattan mit ihm spazieren gegangen war. Es faszinierte Eddie immer wieder aufs Neue, wie Tiere die Menschen dazu bringen konnten, sich zu freuen. Es war eine instinktive Reaktion, die direkt durch die Masken schnitt, die die Menschen trugen. Zum ersten Mal an diesem Morgen schwanden Eddies Nervosität und Enttäuschung, und er hatte das Gefühl, das Richtige getan zu haben.

Er holte einen Beutel mit Karotten hervor und hielt Ginger eine hin. Da Eddie und Samuel lange mit ihr gearbeitet hatten, kam sie sofort herbei. Samuel lenkte Fred ab, indem er ihr eine weitere Handvoll Getreide in einem Eimer gab.

Eddie schaute Samuel über Gingers Kopf hinweg an. Samuels Blick war warm und aufmunternd. Eddie räusperte sich und wandte sich wieder zu den Gästen. Ginger stand nun direkt am Tor. Anscheinend machten ihr die Fremden nichts aus. Der Junge streichelte sie durch das Tor hinweg, während Ginger die Karotten in Eddies Hand beäugte.

„Also dann. Kommt näher und nehmt eine Karotte. Oh, Benny, du magst nicht einmal Karotten!"

Das schwarze Schwein versuchte, sich in den Vordergrund zu spielen und schnüffelte an Gingers Seite.

„Kann ich das Schwein auch streicheln?", fragte das kleine Mädchen.

„Sicher. Benny liebt es, gestreichelt zu werden, nicht wahr, Kumpel?"

Eddie hätte schwören können, dass Benny lächelte, und als das Mädchen die Hand durch das Tor steckte, schnüffelte er vorsichtig daran.

Das Mädchen quietschte. „Seine Nase fühlt sich komisch an!"

„Jep. Schweine haben eine große, breite Nase, damit sie im Boden nach Nüssen, Käfern und anderem wühlen können, was sie fressen können. Hier, ich gebe dir ein Leckerli, das gut für Schweine ist …"

UM ELF Uhr fuhren die Autos wieder davon und der Tag der offenen Tür war vorbei. Samuel brachte die Tiere wieder auf die Weide und Eddie ging auf die Veranda, um sich um das größtenteils unberührte Essen zu kümmern. Samuel ging mit großen Schritten zum Haus, dabei steckte er die Hände in die Taschen.

Eddie war gerade herausgekommen, um die letzten Sachen zu holen – zwei Opferkerzen. Aber er stellte sie wieder ab, als Samuel die Veranda betrat, und schlang stattdessen die Arme um Samuels Taille. Ohne zu zögern, legte Samuel die Hände an Eddies Hals und Rücken und legte das Kinn auf Eddies Haar.

„Das lief gut. Nicht wahr?", sagte Samuel hoffnungsvoll.

Eddie hatte es Spaß gemacht, sich um die Besucher zu kümmern und mitzuerleben, wie sie auf die Tiere reagierten. Dabei hatte er es geschafft, seine Enttäuschung zu verdrängen, aber nun kam sie wieder zurück.

„Ich hatte auf mindestens zwanzig Leute gehofft. Und die Spenden betragen nur fünfzig Dollar. Das deckt nicht einmal die Kosten für das Essen und die Blumen, die du gepflanzt hast."

Samuel spannte sich an. „Na ja, nächstes Mal müssen wir keine Pflanzen kaufen. Und das Essen wird nicht schlecht werden. Wir können es diese Woche essen."

„Ja, ich weiß." Eddie hatte ein schlechtes Gewissen, weil er Samuel die Stimmung verdorben hatte, nachdem dieser offensichtlich gute Laune gehabt hatte.

Er hatte Samuel nicht erzählt, wie schlimm seine finanziellen Sorgen tatsächlich waren. Sie waren erst seit ein paar Monaten Freunde und ein Paar erst seit einigen Wochen. Samuel war außerdem immer noch Eddies Angestellter. Es gefiel Eddie, dass Samuel ihn mit Respekt und Staunen ansah wegen dem, was er erreicht hatte. Es sah auch keinen Sinn darin, Samuel etwas aufzulasten, was dieser nicht ändern konnte. Und er wollte nicht, dass Samuel sich Sorgen machte, seinen Job zu verlieren oder sein Heim. *Das was zwischen ihnen war.*

Außerdem hatte Eddie Samuel zwar erzählt, dass er mit einem Mann namens Alex in einer ernsthaften Beziehung gewesen war, aber er hatte ihm nicht erzählt, wie Alex ihn unmittelbar vor dem Umzug sitzengelassen hatte und wie schlimm sich das auf Eddies Finanzen ausgewirkt hatte. Er wollte nicht einer dieser Typen sein, die sich andauernd über ihren Ex beschwerten. Und dann war da noch etwas – die Scham. Alex hatte nicht an den Gnadenhof geglaubt, an Eddies Traum. Und das hatte dazu geführt, dass Eddie selbst daran zweifelte, an sich zweifelte.

Aber bald, wahrscheinlich schon sehr bald, würde Eddie Samuel sagen müssen, wie schlimm die Dinge standen, denn der Tag der offenen Tür hatte nicht einmal annähernd genug eingebracht, um sie zu retten.

Er fühlte, wie die Verzweiflung ihn überrollte, und klammerte sich fester an Samuel.

„Es dauert seine Zeit, bis sich so was herumspricht", meinte Samuel aufmunternd. „Mund-zu-Mund-Propaganda. Beim nächsten Mal werden mehr Leute kommen. Und vielleicht sollten wir uns noch andere Tiere zulegen. Das Mädchen hat von Hasen gesprochen."

„Das hier ist kein Zoo", sagte Eddie ein wenig zu scharf.

Samuel antwortete nicht, sondern streichelte einfach weiter Eddies Rücken.

„Es tut mir leid. Ich wollte dich nicht anfahren", sagte Eddie bedauernd. Er war böse geworden, weil er eigentlich nichts mehr wollte, als weitere Tiere aufzunehmen. Es tat ihm weh, dass er das nicht tun konnte.

„Ist schon in Ordnung. Ich weiß nicht, was du hier alles vorhast, deshalb sollte ich meinen Mund halten."

„Nein, selbstverständlich sollst du etwas sagen! Ich möchte deine Vorschläge hören. Und du hast recht. Ein paar Hasen würden nicht schaden. Ich habe eine E-Mail wegen eines Paares bekommen. Heute Abend suche ich sie heraus und frage nach, ob die beiden immer noch ein Zuhause suchen."

Es war eine schlechte Idee, mehr Tiere aufzunehmen, ohne für sie sorgen zu können. Doch Eddie war es leid, die Sache immer wieder in seinem Kopf zu wälzen. Er steckte in einer mentalen Schleife fest, in der sich nichts änderte und nichts entschieden wurde. Ein paar Hasen würden die Farm nicht in den Ruin treiben und die Kinder würden sie lieben. Und wenn er ein neues Zuhause für sie finden musste, weil er die Farm verlor, dann würde es ihnen auch nicht schlechter ergehen als im Moment.

„Die Tiere haben sich heute gut geschlagen", meinte Samuel.

„Genau. Gut. Sehr gut." Eddie lächelte. „Fred und Ginger sind so zutraulich geworden. Sie hätten sich den ganzen Tag streicheln lassen. Und Benny! Was für ein Kerlchen." Eddie lachte. „Ich schwöre, er hat für die Fotos posiert. Er hat direkt in die Kamera gesehen."

„Er hat wirklich Persönlichkeit."

Eddie trat zurück und sein Blick wanderte über den Rasen, die wunderschöne weiße Scheune, den Teich dahinter, die atemberaubenden Bäume und die rot-weiß karierten Tischdecken auf den Tischen der Veranda. Es sah aus wie das Cover eines Magazins von Martha Steward. Doch das konnte sie nicht haben, denn es war sein. Diese wunderschöne Farm. *Meine Farm.*

116

Sein Blick wanderte zu Samuel. Und dieser wunderschöne Mann. *Mein Mann*.

„Weißt du, was wir heute Abend brauchen?", platzte Eddie heraus.

„Was?", fragte Samuel lächelnd.

„Ein großes Glas Rotwein, einen Netflix-Marathon und du und ich auf der Couch. Was hältst du davon? Schließlich müssen wir unseren ersten Tag der offenen Tür feiern."

Samuels Lächeln wurde breiter und seine Augen leuchteten. „Das stimmt."

„Denn es war einfach spektakulär. Ich meine, schau dich doch nur um."

„Richtig."

„Und ich war toll", witzelte Eddie.

„Das warst du." In Samuels Augen lag ein Glitzern. „Du warst mit den Kindern wirklich toll."

„Und du erst! Wow, du warst wie Mr. Wrangler. Und das Mädchen hat sich total in dich verknallt. Hast du gemerkt, wie sie dich angestarrt hat?"

„Sie war wirklich süß."

„Und die ältere Dame, Loretta, sagte, dass sie in Rente ist und gern hin und wieder aushelfen würde. Damit haben wir unseren ersten freiwilligen Helfer."

„Na ja, das sind wirklich genug Gründe zum Feiern." Samuel küsste Eddies Stirn.

Eddie schloss die Augen und verbannte den Rest aus seinen Gedanken. Sie hatten für heute so hart gearbeitet, und auch wenn das Ergebnis mau war, es war ein Anfang. Es gab auf jeden Fall Gründe zu feiern. Er packte Samuels Hand und zog ihn hinter sich her in die Küche.

„Ein *großes* Glas Wein", murmelte er.

14

ALS DER August zu Ende ging, beschloss Samuel zu versuchen, mit Matthew Kontakt aufzunehmen. Er wusste, dass sein Bruder manchmal zu dem kleinen Amish-Markt in der Nähe von Bird-in-Hand ging, wahrscheinlich an einem Freitagabend kurz vor Sonnenuntergang. Eddie fuhr ihn gern dorthin. Die Luft war schwer vor feuchter Hitze und das Gras am Rande der Straße war trocken und braun. Sie brauchten Regen.

In dem kleinen Laden war es nur wenig kühler als draußen, trotz der großen Ventilatoren, die von einem Generator angetrieben wurden. Samuel ignorierte den vernichtenden Blick von Aaron Engels, der an der Kasse stand, als er hereinkam. Aarons Gesichtsausdruck nach zu schließen, wusste er wohl von Samuels Meidung. Aber das war Samuel egal. Er war zu aufgeregt, ob Matthew da sein würde. Er schaute in jeden Gang. Im letzten waren Gläser voller Süßigkeiten und er entdeckte eine vertraute große, schlanke Gestalt mit blonden Locken. *Oh, dem Herrn sei Dank.*

„Matthew?"

Matthew drehte sich um und sein Gesicht leuchtete auf. „Samuel?" Matthew kam einen Schritt näher, dann blieb er stehen und drehte sich um. „Treffen wir uns draußen?", flüsterte er.

„Bei Dunners Quelle? Ich fahre gleich hin."

„An der Quelle."

Samuel ignorierte Aaron, als er hinausging. Er war so aufgeregt, dass er sich keine Gedanken darüber machen konnte, was ein einzelner alter Mann dachte.

Samuel leitete Eddie auf der Fahrt zur Quelle. Dunners Quelle war ein Schacht aus Zement, der etwa einen Meter hoch war, und an dem ein Rohr mit einem Knopf herausragte, mit dem man das Wasser aufdrehen konnte, um einen Eimer zu füllen oder etwas zu trinken. Sie war nicht weit entfernt vom Ufer eines Flusses. Es war ein Ort, den man von der Farm von Da zu Fuß erreichen konnte und hatte den Vorteil, außer Sichtweite zu sein, denn er war von einem halb verfallenen Stall abgeschirmt und von ungeschnittenem Gras umgeben. Es war ein abgeschiedener Ort, an den Samuel und Matthew sich oft geflüchtet hatten, wenn sie von Da und dem Rest eine Pause brauchten.

Eddie parkte am Straßenrand und sie liefen zur Quelle. Etwa zehn Minuten später kam Matthew zu Fuß heran.

Er sah so gut und gesund aus. Seine schwarze Hose, seine Hosenträger und sein blaues Hemd waren Samuel so vertraut wie seine eigenen Hände, dennoch wirkte es wie ein Traum, nach allem, was geschehen war, seit Samuel selbst ein

Amish gewesen war. Wie üblich konnten Matthews blitzende blauen Augen und sein engelsgleiches Gesicht die Vögel zum Singen bringen. Aber sein freudiger Gesichtsausdruck aus dem Laden war verschwunden. Matthew sah ernst und besorgt aus.

Er kam auf sie zu, dann blieb er stehen, die Hände in die Hüften gestemmt, und schaute von Samuel zu Eddie.

„Matthew, das ist Eddie. Ihm gehört die Farm, auf der ich jetzt arbeite. Und er ist … ein guter Freund." Samuel stolperte über die Worte. Er hatte bereits beschlossen, Matthew nicht sofort damit zu konfrontieren, dass Eddie sein Liebhaber war. Aber es fühlte sich unehrlich an, „Freund" zu sagen.

Doch Eddie zuckte nicht zusammen. Er lächelte und streckte die Hand aus. „Hi Matthew. Ich habe so viel von dir gehört. Es ist schön, dich endlich persönlich kennenzulernen."

„Hallo." Matthew schüttelte Eddies Hand, aber sein Blick zuckte fragend zu Samuel.

„Also ich wette, ihr beide wollt euch unterhalten. Lass dir Zeit, Sam." Eddie ging davon, um sich die Scheune anzusehen, weit genug weg, dass er außer Hörweite war. Matthew sah ihm nach, sein Gesichtsausdruck nicht zu deuten.

„Es ist wirklich schön, dich zu sehen." Samuel packte Matthew am Oberarm und drückte ihn.

Matthew traf Samuels Blick und er lächelte ein wenig. „Dich auch. Ich hab mir solche Sorgen um dich gemacht – wo du hingegangen bist und ob es dir gut geht. Ich hasse Da dafür, dass er nicht erlaubt hat, dass ich mich verabschiede. Herr, war das ein schrecklicher Tag."

Samuel erinnerte sich auch an das Schreckliche, auch wenn er nicht darüber nachgedacht hatte, wie schrecklich es für Matthew und seine Ma gewesen sein musste. „Es geht mir gut. Ich habe am nächsten Tag einen Job gefunden. Ich arbeite auf einer schönen kleinen Farm. Ich habe dort ein Zimmer und bekomme Mahlzeiten und so. Und Eddie lässt mich die Farm führen, wie ich es will. Ich hatte großes Glück."

Matthew studierte Eddies Gestalt in der Entfernung, der sich an die Scheune lehnte und auf sein Telefon schaute. Er gab einen missmutigen Laut von sich. „Glück. Bist du *auf diese Art* mit ihm zusammen?" Matthew klang verbittert.

Samuel erschauerte innerlich und das alte vertraute Gefühl der Scham stieg in ihm auf und sandte giftige Hitze bis in seine Zehen. „W-wieso sagst du das?"

Matthew schaute wieder zu Samuel und runzelte die Stirn. „Da sagte, dass du ein Sünder mit widernatürlichen Begierden bist, und dass er das im Haus nicht dulden würde. *Das* hat er gemeint, nicht wahr?" Matthew wies mit dem Kinn in Eddies Richtung. „Du bevorzugst Männer gegenüber Frauen. Nutzt dieser Mann dich aus?"

Samuel hatte gehofft, das Thema zu vermeiden. Er hatte Matthew nur sehen wollen, um eine Möglichkeit zu finden, hin und wieder mit ihm in Kontakt zu treten. Würde Matthew ihn dafür hassen, dass er schwul war? Aber offensichtlich gab sein forscher Bruder sich nicht damit zufrieden, nicht darüber zu reden. Und Samuel konnte es nicht abstreiten, ohne zu lügen.

Er seufzte. „Wir sind zusammen. Aber nicht, weil er mich dazu gezwungen hat. Ich wollte es. Ich meine, ich mag ihn sehr."

Samuel betete, dass Matthew das verstehen konnte.

„Wie ist das denn?" Matthew funkelte Eddie erneut an. Dem Klang seiner Stimme nach zu urteilen, hätte er auch fragen können: „Wie ist es denn, die Hand in den Mähdrescher zu stecken?"

„Es ist gut, Matthew. Besser als gut. Er ist ein wirklich netter Mann. Ganz ehrlich, ich könnte mir nichts Besseres vorstellen. Ich weiß, dass du das wahrscheinlich nicht verstehen kannst, aber es ist wahr."

Matthews Stirnrunzeln vertiefte sich. „Er ist alt."

Samuel lachte auf. „Nein, nicht so alt. Er ist achtundzwanzig."

„Das ist alt." Matthew kratzte mit dem Stiefel auf dem Boden. Er sah verstört aus. „Trotzdem. Er sieht nicht allzu schlimm aus. Ich bin schon froh, dass du ein Dach über dem Kopf gefunden hast." Er schaute zu Samuel auf und musste wegen der Sonne die Augen zusammenkneifen. „Geht es dir wirklich gut?"

Samuel nickte. „Wirklich."

„Und du magst diesen Kerl wirklich?"

Ich liebe ihn, dachte Samuel. Aber er nickte bloß erneut. „Ich bin glücklich mit ihm. Vielleicht zum ersten Mal – bin ich glücklich." Samuel schluckte den Kloß in seinem Hals herunter.

Matthew schüttelte den Kopf. Seinem Gesichtsausdruck nach zu urteilen, hielt er Samuel zwar für verrückt, aber er war bereit, das Thema ruhen zu lassen. „Ach verdammt, Samuel. Du weißt doch, dass du nie wieder zurückkommen kannst, wenn du so weitermachst."

„Ich weiß. Aber das ist nicht so schlimm, nur dass ich wünschte, ich könnte dich und Ma und die anderen ab und zu sehen."

„Na ja, mich kannst du sehen. Aber Ma wird sich nicht gegen Da stellen, Joseph und Will werden es nie akzeptieren und die Kleinen haben keine Wahl."

„Ich weiß." Samuel fühlte einen schmerzhaften Stich, auch wenn er all das bereits gewusst hatte. „Ich bin bloß froh, dass *du* immer noch mit mir redest. Hoffentlich kriegst du deswegen keinen Ärger."

Matthew seufzte und schaute Samuel einen langen Moment an. Er sah immer noch besorgt aus. „Da muss es ja nicht erfahren. Aber verdammt, er ist wirklich hinter mir her, seit du weg bist. Ma und Da drängen mich beide, Eliza Kuntz oder Sarah Hofstetter oder irgendeiner anderen den Hof zu machen. Als würde ich mich in den schlimmsten Sünder verwandeln, wenn ich nicht bald heirate und mir würden Hörner und ein Schwanz wachsen."

Wie mir, dachte Samuel. „Und? Willst du niemandem den Hof machen? Eliza ist nett."

Matthew trat in den Staub, er klang frustriert. „Du weißt, wie widerspenstig ich bin. Ich will nie das tun, was man von mir erwartet. Ich will nicht gedrängt werden, mich der Kirche anzuschließen, bevor ich bereit bin oder eine Amish zu heiraten, um mich zu binden. Und je mehr sie drängen, desto mehr weigere ich mich. Aber ich weiß auch nicht mit Sicherheit, dass ich gehen will. Ich meine, das wäre *für immer*, Samuel. Vermisst du es nicht?"

„Sicher tue ich das."

Zum ersten Mal seit Wochen gestattete Samuel sich, wirklich darüber nachzudenken. Matthew wiederzusehen, wühlte alles wieder auf. Die entspannten Sonntage, mit dem Buggy zur Kirche zu fahren und alle zu sehen, drei Mal am Tag eine Mahlzeit auf dem Tisch – Teller mit Brathühnchen und Bacon, statt Bohnen und Reis, das starke Gefühl von Familie zu jeder Zeit um sich herum, Ma, die in der Küche Pie backte, selbst die Art, wie die alte Fliegengittertür in der Küche einen quietschend willkommen hieß, sodass man tief in seinem Inneren fühlte, dass man zu Hause war.

„Ich vermisse es schon, aber … es war so schwer vorzugeben, dass ich nicht das wollte, was ich wollte. Wo ich jetzt bin, sagt mir niemand von morgens bis abends, was ich zu tun habe oder bringt mich dazu, mich dumm zu fühlen, wie Da es manchmal getan hat. Es gibt nicht einen ganzen Berg Regeln, die man befolgen muss, einfach weil ein anderer es gesagt hat. Ich kann alles lesen, was ich will – und das liebe ich. Ich liebe es, über die Welt zu lesen. Ich kann Fragen stellen. Ich kann über Dinge nachdenken, die nicht in der Bibel stehen. Einen Traktor fahren. Musik hören …" Samuel lächelte und sein Blick wanderte zu Eddie. „… ich kann lieben, wen ich will. Ja, manchmal vermisse ich es, aber es tut mir nicht leid. Kein bisschen."

Samuels Stimme war voller Überzeugung und er wusste, dass es der Wahrheit entsprach. Er fühlte es von ganzem Herzen, aus tiefster Seele. Es war ein befreiender Gedanke, der die schlechten Gefühle über die Vergangenheit linderte, auch wenn er nicht gewusst hatte, dass das nötig war.

„Das freut mich, Samuel. Aber … für dich ist es einfach. Du hattest keine Wahl. Da hat dich einfach rausgeworfen. Du wärest von allein nie gegangen, oder?"

„Nein", gab Samuel zu. „Ich schätze nicht. Aber ich wusste nicht, wie es ist, draußen zu sein. Es ist wie alles andere auch, schätze ich. Es gibt Gutes und Schlechtes. Aber das Gute ist *richtig* gut, Matthew. Du kannst du selbst sein. Du kannst sein, wer auch immer du willst."

Matthew schüttelte verloren den Kopf. „Ich weiß nicht einmal, was ich will. Ich weiß es nicht. Es ist so ein Durcheinander. Manchmal fühlte ich mich wie Hiob, als er mit dem Engel ringt. Ich habe in meinem *Rumspringa* noch überhaupt nichts Aufregendes getan. Wann soll ich denn Zeit haben, weltlich zu sein? Da lässt mich andauernd arbeiten."

Samuel legte die Hand auf Matthews Arm. „Es ist schon eine große Entscheidung, die dir niemand abnehmen kann. Aber du kannst mit mir reden.

Wenn du mich besuchen oder eine Weile bleiben willst, kannst du das, hat Eddie gesagt. Es ist wirklich schön dort und es gibt genug Schlafzimmer."

Vielleicht war das ein zu großes Angebot, denn es war nicht Samuels Farm, aber Eddie hatte gesagt, dass Matthew willkommen war, und es schien richtig gewesen zu sein, das zu sagen.

Matthew starrte Samuel einen Moment an, dann zog er ihn abrupt an sich. Für gewöhnlich waren Umarmungen nicht ihre Art, auch wenn Matthew dafür bekannt war, dass er manchmal den Arm um Samuels Schultern legte. Aber dies war etwas anderes – es war ernst. Samuel hoffte, dass es kein Lebewohl war.

„Danke, Samuel", sagte Matthew leise in sein Ohr. „Du warst meinem Herzen immer der Nächste, Bruder."

„Du auch." *Du auch.* Samuel holte ein Stück Papier hervor. Eddie hatte seine Handynummer und die Festnetznummer aufgeschrieben. Samuel steckte es in Matthews Hosentasche. „Wenn du mich brauchst, ruf mich jederzeit an. Ich meine es ernst. Ich möchte helfen."

„Gut. Ich sollte besser gehen, bevor Da mich vermisst. Ich werde darüber nachdenken, was du gesagt hast." Matthew zog sich zurück und in seine Augen trat ein verwegener Ausdruck. „Hey, ich habe gehört, dass es bei den Englischen legal ist, dass zwei Männer heiraten. Lass ihn nicht ran, bevor er einen ehrlichen Mann aus dir macht, Samuel. Du kennst doch das alte Sprichwort, dass man die Kuh nicht kauft, wenn man die Milch umsonst bekommt."

Matthew lachte, anscheinend fand er den Gedanken lustig. Er ging los in Richtung Zuhause.

„Woher willst du wissen, dass nicht er die Kuh ist?", erwiderte Samuel neckend. Sein Herz war schmerzhaft leicht, dass Matthew darüber scherzen konnte.

Mit einem Augenrollen winkte Matthew, dann drehte er sich um und joggte los.

Eddie kam näher und stellte sich dicht neben Samuel. Seine Gegenwart wirkte beruhigend. „Ist alles okay?"

„Ja." Samuel presste die Lippen fest zusammen und nickte. Das war es. Er hatte so viel von seinem alten Leben verloren. Aber hoffentlich hatte er nicht alles verloren.

VI.
WAS BENEDICT WEISS

Es ist nicht unser alltäglicher Pfad, sondern der Pfad ins Neue und Unbekannte, der uns zu uns selbst führt.

15

DER SEPTEMBER kam Eddies Meinung nach zu schnell, wie ein Schmetterball mitten ins Gesicht. In diesem Fall war es ein Schmetterball, der aus Rechnungen bestand, die um einen harten Kern aus Realität gewickelt waren.

Die Tage der offenen Tür waren ein Desaster. Statt mehr waren mit jedem Mal weniger Leute gekommen, trotz Juniper und Willow, den beiden weiblichen Angorakaninchen, die Eddie gerettet hatte. Beim letzten Mal waren nur drei Leute gekommen. Eddie hatte beschlossen, sie fürs Erste ausfallen zu lassen. Es war einfach peinlich und zu schwierig, gute Miene zum bösen Spiel zu machen. Er wusste nicht, wie er mehr Gäste anziehen sollte, ohne Geld für Werbung auszugeben, denn das konnte er sich nicht leisten.

Es war nicht nur ein Teufelskreis, sondern ein hoffnungsloser noch dazu.

Er hatte den Juli und August damit verbracht, sich auf den neuesten Techno Thriller von Grady O'Ryan zu konzentrieren und hatte den ersten Entwurf gerade zu dem Mann geschickt. Gott sei Dank waren die Bücher von Grady so formelhaft, dass Eddie sie praktisch im Schlaf schreiben konnte, denn er war von den Sorgen um die Farm zu abgelenkt, um sich auf das Schreiben zu konzentrieren.

Aber nun, wo er das Manuskript abgeschickt hatte, das Angebot von Lovall in einer Woche auslief und Pat Ranklin ihn jeden Tag anrief, weil er eine Antwort haben wollte, musste Eddie eine Entscheidung treffen. Er zwang sich dazu, sich einen Tag lang durch die Finanzen zu wühlen, um herauszufinden, wo er tatsächlich stand.

Bei dem, was er sah, wollte er am liebsten in Tränen ausbrechen. In nur sechs Monaten, in denen er die Farm besessen hatte, hatten sich seine Rücklagen auf der Bank halbiert. Nach Abzug der Hypothek, Unterhaltskosten, Kosten für Heizöl, das bis zum Frühling reichen musste, dem Geld, was er für die Grundsteuer zurückgelegt hatte, Kosten für Tierfutter, Tierarztrechnungen, Lebensmittel und einigen Werkzeugen machte er jeden Monat etwa eintausend Dollar Verlust. Für die Grady O'Ryan-Bücher bekam er keine Tantiemen, sondern ein festes Honorar. Dadurch hatte er ein regelmäßiges Einkommen, was eine tolle Sache war, aber er konnte auch nicht auf einen großen Geldregen hoffen.

Der Gnadenhof brachte allerdings nur etwa zweihundert Dollar pro Monat an Spenden ein. Das reichte nicht einmal, um das Futter zu bezahlen.

Er begann zu rechnen. Wenn es so weiterging, waren seine Ersparnisse im Januar komplett aufgebraucht. Und dann würde er Bankrott anmelden müssen, weil er seine Rechnungen nicht mehr bezahlen konnte.

Oder er konnte die Farm jetzt verkaufen, solange er ein gutes Angebot auf dem Tisch hatte und den passenden Vertrag dazu in der Schublade, den er nur zu unterschreiben brauchte.

Er saß da, starrte auf die Zahlen, schwarz auf weiß, und verzweifelte. Es war vorbei.

„Wieso hast du mich hergebracht und mir all das gegeben, nur um es mir wieder wegzunehmen?", flüsterte er an niemand bestimmten gerichtet.

Er war nicht im Geringsten überrascht, als er keine Antwort bekam.

EDDIE WUSCH gerade sein tränenverquollenes Gesicht, als er das elektronische *Blubb* seines Handys hörte. Er trocknete sich hastig ab und eilte nach unten.

„Hallo?", sagte er. Die Nummer erkannte er nicht.

„Hi. Eddie Graber?"

„Ja."

„Hier ist Vanessa Sebastian. Ich leite ein Tierasyl in Upstate New York."

„Oh meine Güte. Vanessa. Hi!"

Eddie war schockiert. Er hatte in den Foren von ihrem Asyl gelesen und sogar einen Artikel in der *Huffington Post*. Sie hatte viel Presse bekommen, denn Vanessas Ehemann Carter Sebastian war ein bekannter Comedy-Darsteller. Das Paar hatte im Bundesstaat New York dreihundert Hektar Land gekauft und einen Gnadenhof gegründet.

Als Eddie davon gelesen hatte, hatte er sich gefreut, dass mehr Tierasyle eröffnet wurden. Er hatte auch gedacht, wie schön es sein musste, solche finanziellen Rücklagen zu haben und sich um Geld *keine* Sorgen machen zu müssen.

„Es freut mich, von dir zu hören, Vanessa. Was kann ich für dich tun?"

„Na ja, ich habe deinen Eintrag im Forum gelesen, dass du viele Tiere abweisen musst, deshalb dachte ich, ich rufe einmal an, um mich vorzustellen. Du darfst diese Fälle gern an mich verweisen, zumindest fürs Erste. Wir haben hier oben viel Platz."

Oh Gott sei Dank. Eddie schloss die Augen und fühlte eine Welle der Erleichterung. „Das wäre toll. Einfach … fantastisch. Vielen Dank. Ich hasse es, Leute abweisen zu müssen, aber … wir sind im Moment einfach nicht in der Lage, uns zu vergrößern."

„Das verstehe ich. Selbstverständlich helfe ich. Wir Kuckucks müssen doch zusammenhalten", erwiderte Vanessa lachend. „Ich sage dir, die Ortsansässigen hier halten mich für verrückt mit meinem toupierten Haar, meinen falschen Wimpern und meinen pink geblümten Gummistiefeln. Aber wen interessiert das? Ich habe meinen Spaß und es sind die Tiere, die zählen."

125

„Auf jeden Fall." Eddie rieb sich die Brust, um das plötzliche Brennen zu vertreiben. Er suchte schnell den *Huffington Post*-Artikel heraus. Jep, Vanessa hatte sich gut beschrieben. Sie war eine hinreißende afroamerikanische Frau, die aussah wie Laverne Cox, wenn diese sich als Old McDonald verkleiden würde. Und das Holsteiner Kalb, das sie umarmte, war ebenfalls zu niedlich.

Die Frau hat echt Glück.

Er versuchte, sie nicht allzu sehr zu beneiden.

„Erzähl mir von deiner Farm!" Eddie setzte einen fröhlichen Tonfall auf. Wenigstens konnte er auf diese Art erleben, wie eine andere Farm Erfolg hatte.

„Im Ernst? Denn ich könnte den ganzen Tag darüber reden", zwitscherte Vanessa. „Und ich sehne mich nach jemandem, mit dem ich mich unterhalten kann. Auch Farmerinnen brauchen menschlichen Kontakt."

Eddie lachte. „Ich weiß ganz genau, was du meinst. Ich bin in Manhattan aufgewachsen und an manchen Tagen würde ich dafür sterben, ein paar tausend Leute um mich zu haben. Und ich vermisse diese kleine vegane Bäckerei in Little Italy wirklich sehr."

„Ja, nicht wahr? Oh mein Gott, ich vermisse L.A.! Aber ich finde es toll hier. Weißt du, manchmal, wenn ich mit den Tieren auf der Weide bin, könnte ich schwören, dass ich im Himmel bin. Aber es kann auch einsam werden. Carter ist wegen Dreharbeiten oft unterwegs."

Eddie wusste *ganz genau*, was sie meinte. Er hatte ebenfalls Cafés gegen Maisfelder eingetauscht. Also hatte er sich in seinem Stuhl zurückgelehnt, es sich gemütlich gemacht und seine eigenen Probleme eine Weile verdrängt. Das Mindeste, was er tun konnte war, Vanessa zu unterstützen.

Sie erzählte von ihrer lebenslangen Liebe zu Tieren und wie sie ihren berühmten Ehemann bei einem Veganer-Marsch in Los Angeles kennengelernt hatte. Sie war ihm aufgefallen, weil sie eine Melkmaschine aus Plastik an ihren nackten Brüsten gehabt hatte. Es war eine urkomische Geschichte. Sie entlockte Eddie auch seine Geschichte. Er erzählte ihr, dass Tiere immer für ihn dagewesen waren, als er aufgewachsen war. Er erzählte von Alex und wie dieser ihn im letzten Moment im Stich gelassen hatte. Aber Eddie wollte sich nicht bemitleiden lassen, deshalb verschwieg er seine Geldsorgen und das Verkaufsangebot.

Er erwähnte ebenfalls nicht, dass er heute beschlossen hatte, es anzunehmen und wie ihm dies das Herz brach.

„Ich bin jedenfalls sehr froh, dass du in Lancaster County bist", meinte Vanessa ehrlich, wodurch sich Eddie nur noch schlechter fühlte. „Wir brauchen mehr von solchen kleinen Enklaven der Liebe."

„Ja", stimmte Eddie wehmütig zu.

„Wenn es etwas gibt, das ich für dich tun kann, lass es mich wissen. Und wie ich bereits sagte, du kannst mir gerne die E-Mails mit Anfragen weiterleiten, die du nicht annehmen kannst. Ich kann sie nicht alle nehmen, aber vielleicht ein paar von ihnen."

„Das nimmt mir eine große Last von der Seele", sagte Eddie seufzend. „Du hast ja keine Ahnung."

„Wir müssen einander helfen, nicht wahr? Aber wie auch immer, ich muss mich wieder an die Arbeit machen. Scheiße wartet nicht."

„Einen Moment", sagte Eddie impulsiv.

Es entstand eine längere Pause, während Vanessa am anderen Ende der Leitung wartete und Eddie durch das Fenster auf das lebhafte Grün der Farm starrte. Es regnete und Eddie hätte schwören können, dass es seine eigenen Tränen waren, die vom Himmel fielen. Er befand sich an einem Scheideweg und er spürte, dass Gefahr in jeder Richtung lag, in die er sich wenden konnte. Herzschmerz. Verlust. Und dennoch konnte er nicht so weitermachen. Er hatte den Kopf lange genug in den Sand gesteckt.

Vanessa hatte ihn heute aus dem Blauen heraus angerufen, gerade heute, während er hier saß und die Ruinen seiner Finanzen betrachtete. Er starrte auf seine Kalkulationen und wusste, was er zu tun hatte.

Er schloss die Augen und sagte: „Wie würdest du es finden, zwei Kühe, drei Schafe, ein Hängebauchschwein und zwei Angorakaninchen zu nehmen?"

16

SAMUEL MÄHTE gerade den Rasen, als Eddie nach draußen ging. Er kümmerte sich so gut um die Farm. Die Blumenbeete waren ordentlich gejätet und auch wenn die Sommerblumen verblüht waren, waren nun goldene und rostfarbene Herbstblumen zu sehen. Das Gras war grün und dicht. Der Zaun um die Koppel an der Scheune leuchtete weiß, weil Samuel ihn abgeschliffen und neu gestrichen hatte. Der Beton war sauber und seine Risse gefüllt. Es war wirklich eine Schande, dass Eddie es nicht fertigbrachte, mehr Leute für diesen Ort zu interessieren. Wie immer nahm die Schönheit der Farm ihm kurzzeitig den Atem.

Genau wie Samuel. Er benutzte einen Rasenmäher, den Eddie gebraucht gekauft hatte. Er war viel zu klein für ein so großes Anwesen, aber Samuel beschwerte sich nie. Er trug seine schwarze Amish-Hose, die er immer noch am liebsten hatte und ein rotes Sweatshirt, das er in einem Second-Hand-Laden gefunden hatte. Samuel schaltete den Rasenmäher aus und kam lächelnd auf Eddie zu.

„Hey."

„Selber hey." Eddie streckte sich, um Samuel einen Kuss zu geben. „Können wir uns kurz unterhalten?"

„Sicher."

„Gehen wir zur Scheune."

Eddie verbrachte nach dem Mittagessen immer eine halbe Stunde in der Scheune, was er als seine „Fellzeit" bezeichnete. Und selbstverständlich war das auch Zeit, die er mit Samuel verbrachte. Es war ihre tägliche Zeit mit der Familie. Aber heute riss er die Familie auseinander. Sein Herz brach, als er vorausging, sein Mund war trocken und sein Magen tat weh.

Alle Tiere wussten, dass die Mittagszeit Leckerlis bedeutete, deshalb grasten sie für gewöhnlich in der Nähe der Scheune, Eddie immer im Blick. Samuel und er gingen hinüber und öffneten das Tor, das zu den Ställen und der Weide führte. Eddie hatte eine Tüte mit Babykarotten dabei und Fred, Ginger, Ruby, Fleece und Edelweiß, und natürlich Benny, kamen herbei.

Eddie verteilte Erdnussbutter-Leckerlis für Benny. Die Hasen waren in einem großen Hasenstall unter dem Dachvorsprung und bekamen Karotten.

Nachdem alle Leckerlis verputzt waren und jeder seine Streicheleinheiten bekommen hatte, kehrten die Kühe und Schafe wieder auf die Weide zurück. Benny allerdings blieb bei Eddie und Samuel. Er grub die Zähne in Eddies Jeans und versuchte, ihn auf die Weide zu ziehen. Das schwarze Schwein war mittlerweile viermal so groß wie bei seiner Ankunft auf der Farm. Er musste um die dreißig

Kilo wiegen und war lang und fett wie ein Hydrant mit einem Bierbauch. Und als er begann zu zerren, riss er Eddie fast von den Füßen.

„Benny, nein!", sagte Eddie und versuchte, Bennys Biss zu lösen. „Was will er denn?"

„Oh, er versucht immer, mich zum anderen Ende der Weide zu schieben oder zu ziehen", meinte Samuel. „Er will, dass ich zum Zaun gehe. Er will irgendwas in den Wäldern, aber ich weiß nicht, was."

„Schafft er es immer noch hinaus?", fragte Eddie besorgt. „Ich dachte, das hättest du repariert." Benny hatte sich eine Zeit lang hinausgestohlen und hatte die Nachbarn belästigt.

Samuel zuckte mit den Schultern. „Na ja, der Elektrozaun ist mittlerweile aufgebaut, deshalb glaube ich nicht, dass er so hinaus kommt. Wenigstens hoffe ich das."

Eddie setzte sich an den Rand des Betonplatzes, den Hintern auf dem Zement und die Füße auf der Weide. Samuel setzte sich neben ihn.

„Benny", schimpfte Eddie. „Du kannst dich nicht einfach hinausschleichen! Was, wenn du von einem Auto angefahren wirst?" Das klang dumm, besonders angesichts dessen, was Eddie vorhatte. Plötzlich hatte er einen großen Kloß im Hals.

Benny interessierte es nicht, dass er ausgeschimpft wurde. Er legte sich neben Eddies Bein, weil er gekrault werden wollte. Samuel setzte sich an seine andere Seite, der lange Körper des Schweins zwischen ihnen. Er kraulte Benny ebenfalls.

„Worüber wolltest du reden?", fragte Samuel. Dabei klang er ein wenig nervös.

Eddie schluckte die brennenden Emotionen in seiner Kehle hinunter. Oh Gott, wie er dieses Gespräch gefürchtet hatte. Er hatte von ganzem Herzen gehofft, dass es nie nötig sein würde. „Es sieht so aus, als müsste ich die Farm verkaufen."

Samuel sagte nichts. Er blinzelte bloß ein paar Mal und begann das Gras auszurupfen, als bräuchten seine Hände etwas Destruktives zu tun.

Eddie fuhr fort: „Ich habe dir doch schon von Alex erzählt."

„Der Mann, mit dem du zusammengelebt hast, bevor du hierher gezogen bist." Samuel klang vorsichtig. „Bist du wieder mit ihm zusammen?"

„Was? Nein! Nein, das ich nicht das was – Nein. Ich habe dir bloß noch nie erzählt, was mit ihm vorgefallen ist. Wir haben die Farm gemeinsam gekauft, er und ich. Mein Name steht auf der Hypothek, aber er hat ebenfalls unterschrieben. Als ich das Budget geplant habe, hatte ich das Einkommen von Alex mit eingeplant. Und dann hat er beschlossen, dass er doch nicht herziehen möchte und nichts mit mir oder dem Gnadenhof zu tun haben wollte. Und ich habe versucht, ohne das Geld zurechtzukommen, aber …" Er seufzte. „Es reicht einfach nicht."

Samuel zerrte fester an dem Gras, dabei mied er Eddies Blick. „Es ist ziemlich schwer, eine Farm zu halten, wenn man keine Eier, Milch oder Fleisch verkaufen will. Du hast nicht genug Land für Ackerbau."

Eddie erwiderte nichts.

„Die vorderen zwei Hektar, die du für Alfalfa verpachtet hast, könntest du nutzen, um etwas anzubauen. Wir hatten zu Hause immer einen großen Gemüsegarten. Du könntest an der Einmündung zur Straße einen Stand aufbauen oder sogar einen Hofladen."

Samuel hatte schon einmal darüber gesprochen. Es war nicht ungewöhnlich, dass Amish-Farmen ihre Erzeugnisse direkt auf ihrem Gelände verkauften. Aber Eddie schüttelte den Kopf. Dafür war es einfach zu spät. „Es ist September. Wir bekämen frühestens im April Einkünfte daraus. Und ich glaube nicht, dass es reichen würde."

„Es tut mir leid, dass ich nicht wie er bin. Alex meine ich. Es tut mir leid, dass ich keine großartige Bildung habe oder einen hochbezahlten Job, um mitzuhelfen, die Rechnungen zu bezahlen."

„Oh Sam." Eddie schüttelte den Kopf. „Das habe ich nie von dir erwartet."

Samuel klang aufgewühlt – verletzt. Und dies war der Grund, warum Eddie seine Finanzprobleme bisher nicht mit Samuel besprochen hatte. Er hatte nicht gewollt, dass er sich Sorgen machte oder ein schlechtes Gewissen bekam. Samuel hatte sich auf der Farm den Hintern aufgerissen und vieles verbessert. Es war eine Schande, dass Lovall wahrscheinlich alles abreißen würde, denn das Anwesen hatte wahrscheinlich seit Jahren nicht so gut ausgesehen.

Eddie legte den Arm um Samuels Taille und vergrub das Gesicht an dessen Schulter. „Sam, du bist nicht das Problem. Du hast deinen Teil der Abmachung gehalten. Ich bin derjenige, der versagt hat. Ich habe es nicht geschafft, genug Interesse für diesen Ort zu wecken und ich bin schrecklich, was Marketing angeht und ich … ich bin einfach – meine Träume waren zu groß, um sie zu händeln. Ich habe mich übernommen. Und das hasse ich."

Samuel legte den Arm um Eddie, sicher und zuversichtlich. „Es ist nicht deine Schuld, dass Alex dich im Stich gelassen hat. Auch wenn ich nicht behaupten kann, dass ich wünschte, er wäre hier."

„Nein", stimmte Eddie zu, ohne zu zögern. Er hielt Samuel fester. Geld oder nicht, die Farm oder nicht, Eddie würde Alex nicht wieder zurück haben wollen, würde Samuels Platz in seinem Leben nicht eintauschen wollen. „Es tut mir leid. Ich habe die Tiere im Stich gelassen und ich habe dich im Stich gelassen."

Der Druck in Eddies Brust war immens, aber seine Augen blieben trocken. Es war so deprimierend, dass er nicht einmal mehr weinen konnte. Ein Teil von ihm war betäubt, schockiert. Er konnte kaum glauben, dass er wirklich verkaufen würde, dass er es musste. Es fühlte sich so unwirklich an.

„Was soll aus den Tieren werden?", fragte Samuel.

„Ein anderer Gnadenhof wird sie nehmen. Ihnen wird es gut gehen. Ich habe heute mit der Leiterin gesprochen."

Samuel keuchte überrascht auf. „Schon?"

„Also … ja. Tatsächlich habe ich schon ein Angebot für die Farm."

„Oh."

In diesem kleinen Laut lag eine solche Resignation, als hätte die Tatsache, dass Eddie die Tiere bereits anderweitig untergebracht hatte, die Sache real gemacht. Und so war es auch. Die Vorstellung, Fred, Ginger, Fleece, Ruby, Edelweiß, Juniper, Willow und besonders Benny Lebewohl zu sagen, war niederschmetternd. Sobald sie fort waren, wäre die Farm tot wie ein Körper, den die Seele verlassen hatte.

Eine Weile waren sie still. Samuel hatte sich neben ihm versteift. Ganz offensichtlich war er aufgeregt. Und Eddie spürte die Frage, die Samuel nicht stellte. *Was ist mit mir?*

Eddie umarmte Samuel fester. Sein Herz fühlte sich in seiner Brust an wie ein Klumpen Blei. Darauf hatte er keine Antwort. Im Grunde konnte er mit dem Geld, das er aus dem Verkauf an Lovall bekam, eine kleinere Farm in Lancaster County kaufen. Aber er würde sich keinen Ort mit viel Land leisten können, sonst würde er sich wieder übernehmen. Und somit würde es kein Gnadenhof werden. Und was hatte er davon, auf dem Land zu leben, wenn er das nicht haben konnte? Es wäre schmerzhaft, ständig an das erinnert zu werden, was er *nicht* haben konnte oder wie sein Traum zerplatzt war. Besser, wieder nach Manhattan zurückzukehren, wo er seine Wunden lecken und vergessen konnte. Aber was würde aus Sam werden? Würde er überhaupt noch mit Eddie zusammen sein wollen, wenn dieser keine Farm hatte?

Nicht Sam auch noch. Bitte das nicht.

„Wo willst du hingehen?", fragte Samuel mit ärgerlicher Stimme.

„Ich bin mir nicht sicher", wich Eddie aus. „Vielleicht zurück nach New York. Wäre das etwas für dich?"

„Ich weiß nicht, was ich dort arbeiten sollte. Und ich kann mich nicht einfach von dir aushalten lassen."

„Du könntest lernen. Wieder zur Schule gehen."

Samuel schaute Eddie voller Verzweiflung, Wut und Schmerz an. Er stand abrupt auf und wand sich aus Eddies Armen. „Ich werde mir hier etwas anderes suchen, auf einer anderen Farm. Mach dir um mich keine Sorgen."

„Sam –"

Aber Samuel marschierte schon so schnell davon, dass sein Hinken zu einem wütenden Schlingern wurde.

Eddie vergrub das Gesicht in den Händen. Das konnte nicht wahr sein. Alles an der Situation fühlte sich falsch an. *So unglaublich falsch.*

Er hatte noch nie zuvor wirklich versagt, stellte Eddie fest. Im College hatte er seine Eltern als Sicherheit gehabt und er hatte das Glück, direkt nach dem Abschluss eine Stelle als Lektor zu bekommen. Lektor bei einem der Großen Sechs, dann Ghostwriter für einen der bekanntesten Autoren der Welt. Er hatte gedacht, dass er alles schaffen konnte. Deshalb hatte er keine Ahnung, nicht die geringste, wie sehr Versagen einen niederstrecken konnte und wie es einem alles aussaugte, bis man sich wünschte, dass man es überhaupt nicht erst versucht hätte.

Bis man sich wünschte, man wäre nie geboren worden.

SAMUEL WAR so wütend, dass er Eddie im Moment nicht sehen wollte. Er musste hier weg, bevor er etwas sagte oder tat, das er bereuen würde, wie damals, als er Benny getreten hatte.

Er wollte nicht die Art Mann sein, der in seiner Wut gewalttätig wurde. Aber Herr, er war noch nie in seinem Leben so wütend gewesen und der Drang, auf etwas einzuschlagen, war groß. Er lief so schnell er konnte die Auffahrt hinab und die Straße entlang. Er lief, bis er die Steinbrücke erreichte. Dann ging er ans Ufer, um sich in den Schatten der Brücke zu setzen und Steine ins Wasser zu werfen. Fest.

Was sollte er tun?

Du weißt, was du tun musst. Du musst eine andere Stelle als Knecht in der Gegend finden. Ende der Geschichte.

Eddie würde die Farm verkaufen. Samuel hatte gewusst, dass Eddie Geldsorgen hatte. Er wusste, dass er sich darauf verlassen hatte, dass die Tage der offenen Tür ein Erfolg würden. Aber das waren sie nicht. Er hatte versucht, Eddie dazu zu bringen, mit ihm zu reden, aber das hatte Eddie nicht getan. Deshalb hatte Samuel keine Ahnung gehabt, wie schlimm es wirklich stand. Er hatte gedacht, dass Eddie schlimmstenfalls ein paar Hektar würde verkaufen müssen oder dass sie eine neue Aktion starten mussten, um Geld zu verdienen. Samuels Da hatte auch schwere Zeiten gehabt und sie hatten immer einen Weg gefunden, sie zu überwinden. Samuel hatte gedacht, dass Eddie es ihm erzählen würde, wenn es ernst wurde.

Na ja, es hatte sich herausgestellt, dass die Dinge sehr ernst waren und Eddie hatte kein Wort gesagt. Das tat weh. Es tat weh, dass Eddie ihm nicht vertraute. Es tat weh, dass Eddie bereits die Entscheidung getroffen hatte, die Tiere wegzugeben und die Farm zu verkaufen, ohne mit Samuel darüber zu reden. Wenn er gewusst hätte, wie schlimm die Dinge standen, hätte er früher angefangen, einen Gemüsegarten anzulegen. Sie hätten *irgendetwas* versuchen können. Aber jetzt hatte Eddie ein Angebot.

Selbstverständlich konnte Eddie mit der Farm tun, was er wollte. Sie war sein Eigentum, und nur seines, zumindest vor den Augen des Gesetzes. Aber Samuel hatte ebenfalls etwas zu verlieren. Er hatte so hart gearbeitet, um sie zu verschönern, damit sie auch sein war.

Er hätte wissen müssen, dass die ganze Situation zu gut war, um wahr zu sein. Er war kein guter Fang und das wusste er auch. Da war sein verkrüppelter Fuß – kein besonders schöner Anblick. Er war schüchtern und linkisch. Er war nicht gebildet, wie Alex es wahrscheinlich war, oder wie Eddie. Und zu alledem gelüstete es Samuel nach Männern. Er war schwul.

Er war so nützlich wie … wie … wie ein Hängebauchschwein.

Eddie hatte gesagt, dass es keine große Sache war, schwul zu sein. Das schien er wirklich zu glauben. Aber wenn das der Wahrheit entsprach, wenn es keine Sünde war, wieso bestrafte Gott ihn dann? Wieso nahm Gott ihm dies weg? War das Gottes Art, ihm zu zeigen, dass Männer einander nicht liebten, dass sie nicht zusammenblieben, dass sie keine *richtige* Familie sein konnten? Vielleicht würde Green Valley außerhalb seines Kopfes nie wirklich existieren. Vielleicht *war* es falsch, eine Abscheulichkeit. Oder was war sonst der Grund, dass Eddie Samuel nicht so liebte, wie Samuel ihn?

Samuel würde *nie* Eddies Zuhause verkaufen und ihn verlassen. Nie. Er würde ihn nicht ausschließen und Entscheidungen allein treffen. Dazu respektierte er Eddie viel zu sehr. Anscheinend respektierte Eddie ihn überhaupt nicht.

Er wurde es leid, Steine ins Wasser zu werfen – es half sowieso nicht. Er saß am Ufer des Flusses und legte den Kopf auf die Knie. Er wollte schreien und fluchen. Er wollte weinen. Aber nichts davon würde ihm weiterhelfen. Er war ein erwachsener Mann und Männer nahmen die Dinge in die Hand.

Doch dieses Gefühl von Verlust. Es war fast mehr, als Samuel ertragen konnte. Eddie würde die Farm verkaufen, diese wunderschöne, perfekte kleine Farm. Oh Herr, es war ein so hübscher Ort. *Niemals dein. Das war er nie.* Die Tiere würden fortgeschafft. Sobald sie weg waren, würde Eddie auch bald gehen, das wusste Samuel. Innerhalb von Tagen. Zurück in die Stadt.

Samuel würde nicht nach Manhattan gehen. Er wollte nicht. Und er war sich sicher, dass Eddie wusste, dass er dort nutzlos wäre, auch wenn er ihn zweifellos erneut bitten würde. Samuel würde Nein sagen und Eddie würde gehen, und das wäre es dann. Schließlich war Samuel nur nützlich für Eddie gewesen, als dieser eine Farm besessen hatte. Sobald er das nicht mehr tat, was würde Samuel ihm dann nützen?

Er hätte es kommen sehen müssen. Die ganze Sache mit dem Gnadenhof ergab keinen Sinn. Er hatte *gewollt*, dass es funktionierte. Er liebte Eddie sehr, er liebte die Farm und er hatte sogar gelernt, die Tiere zu lieben. Die Idee, die Eddie hier hatte verwirklichen wollen, war schon eine feine Sache. Aber die Prinzipien, nach denen Eddie diesen Ort gegründet hatte, waren offensichtlich so solide wie Träume. Man konnte Träume, gute Absichten und Freundlichkeit nicht essen. Auch hielten einen diese Dinge im Winter nicht warm. Es erforderte Blut und Milch, die wahren Kosten des Lebens zu decken. Blut und Milch, Schweiß und Tränen.

Es war grausam und unfair. Aber so war das Leben nun einmal.

Samuel wünschte sich, dass die Dinge anders stünden. Er wünschte sich, es gäbe einen Ort, wo die Dinge einfach sie selbst sein konnten und kein Geld einbringen mussten oder geschlachtet werden oder ausgelacht oder angeschrien oder geschlagen.

Eine Welt, wo zwei Männer sich lieben konnten, wie jedes andere Paar, das versuchte, sich ein Heim zu schaffen.

Aber das war ein Märchen. Und nun war es zu Ende.

Samuels Hände zitterten und sein Herz hämmerte in seiner Brust wie ein Bulle, der versuchte, sich aus einem Käfig zu befreien. Es machte ihm Angst, wie wütend er war. Er war rasend vor Wut. Nicht auf Eddie, nicht wirklich. Eddie verlor ebenfalls sein Zuhause. Und er wusste, dass Eddie sich sehr schlecht dabei fühlte. Außerdem könnte er Eddie niemals hassen, nicht nach allem, was sie miteinander geteilt hatten. Eddie würde immer eine Erinnerung sein, die Samuel wertschätzte.

Ich werde dich so sehr vermissen. Dieser Gedanke schnürte ihm die Luft ab.

Nein, Samuel hatte keine Ahnung, worauf er wütend war. Aber er wusste, dass er eine sehr, sehr lange Zeit wütend sein würde.

Vielleicht sogar für immer.

17

AM NÄCHSTEN Tag wollte Eddie seine Maklerin anrufen und sie bitten, sich den Vertrag anzuschauen. Eddie hatte ihn durchgelesen und fand, dass er ziemlich eindeutig war, aber er wollte, dass ihn jemand gegenlas, der sich mit dem Immobilienmarkt in Pennsylvania auskannte.

Er freute sich nicht im Geringsten auf ihre Reaktion darauf, dass er so schnell schon wieder verkaufte. Und dann überlegte er, ob er durch sie versuchen sollte, einen anderen Käufer zu finden, der die Farm auch weiterhin bewirtschaften würde. Es war so verlockend, das Angebot auf dem Tisch einfach anzunehmen. Aber er sollte zumindest mit ihr darüber sprechen, um zu erfahren, wie lange es ihrer Meinung nach dauern würde und wie viel sie bekommen konnten, wenn sie sich um einen anderen Käufer bemühten. Schließlich hatte Samuel das Anwesen herausgeputzt.

Andererseits wurde ihm bereits bei dem Gedanken daran, das Haus auf den Markt zu werfen und ein Schild an der Auffahrt aufzustellen, übel und er bekam Kopfschmerzen. Das war das Schlimmste, was er je hatte tun müssen. Es zerriss ihm das Herz.

Am vorigen Abend war Samuel beim Abendessen still gewesen. Er war wirklich sehr verletzt.

Eddie fragte sich, ober er vielleicht doch in der Gegend bleiben sollte. Es hätte zumindest den Anschein von Stadtleben, wenn er sich in Lancaster ein Appartement nahm. Dann könnte er immer noch mit Sam zusammenleben und Sam könnte auf einer Farm in der Gegend arbeiten. Oder vielleicht konnte Eddie einfach an den Wochenenden mit dem Zug herkommen. Auf diese Art konnte Samuel auch manchmal New York besuchen. Vielleicht gefiel es ihm in kleinen Dosen.

Aber statt ihn zu trösten, krampfte sich bei diesem Gedanken Eddies Magen zusammen. Er wollte *hier* mit Samuel zusammen sein. *Hier* gehörte er her, sie beide, gemeinsam mit den Tieren, in diesen grünen Zufluchtsort. Die Vorstellung, die Farm zu verlieren, war zu schmerzhaft und zu frisch, als dass Eddie ernsthaft andere Optionen in Betracht ziehen konnte. Deshalb erwähnte er Samuel gegenüber nichts. Als sie am letzten Abend zusammen ferngesehen hatten, hatten sie sich aneinandergeklammert, als hätten sie Angst, den anderen auch nur eine Minute loszulassen. Später im Bett liebten sie sich lange. Sorgen und Unsicherheit trieben ihr Verlangen eher an, als es zu vertreiben.

„Ich will dich nicht verlieren, Sam. Wir finden einen Weg", hatte Eddie geflüstert.

Samuel hatte nichts erwidert. Er war offensichtlich entmutigt und verzweifelt, und das konnte Eddie ihm nicht verdenken. Es war so schwer.

Eddie wollte die Maklerin um vier Uhr anrufen. Es war sinnlos, es aufzuschieben. Aber um drei Uhr klingelte das Telefon. Eddie nahm den Anruf an und legte schließlich mit einem frustrierten Stöhnen auf. „Sam!"

Er rief laut, auch wenn er wusste, dass Samuel nicht im Haus war. Eddie ließ sein Manuskript zurück und ging zur Scheune. Er fand Samuel im oberen Bereich vor, wo dieser mit einem Hammer die hölzernen Verschläge von der Wand holte.

„Hey", sagte Samuel und schaute nur kurz auf. „Ich dachte, die Scheune sieht ohne das ganze Zeug hier oben besser aus."

„Oh Sam. Das musst du nicht tun." Eddie war bestürzt. Es fühlte sich viel zu symbolisch an, mitanzusehen, wie Samuel die potenziellen Hühnerverschläge von der Wand riss, die er aufgehängt hatte. Wahrscheinlich reagierte er damit auch seinen Frust ab.

Eddie schloss die Augen und holte tief Luft. „Kannst du einen Moment herkommen? Ich habe gerade einen Anruf von Mrs. Hennessey bekommen. Benny ist wieder drüben."

„Oh nein." Samuel richtete sich auf und ließ den Hammer fallen. „Ich weiß sicher, dass der Elektrozaun funktioniert. Ich hab keine Ahnung, wie er immer wieder dorthin kommt."

„Na ja, jedenfalls hat er es geschafft. Deshalb müssen wir ihn abholen." Eddie fuhr sich ungeduldig durchs Haar.

„Ich kann gehen. Ich weiß, dass du Arbeit zu erledigen hast."

Samuel sah aus, als fühlte er sich wegen der Unterbrechung schuldig. Da tat Eddie seine Ungeduld auf der Stelle leid. Sie hatte nichts mit Bennys Verschwinden zu tun, sondern nur mit dem Verkauf der Farm. Aber das sollte Eddie nicht an Samuel auslassen. Er ging zu ihm und zog an den Schlaufen von Samuels Jeans, um ihn an sich zu ziehen.

„Tut mir leid. Ich habe keine besonders gute Laune. Aber wir sollten ihn besser holen."

Samuel schaute ihn kurz zweifelnd an, dann legte er die Hände an Eddies Taille. „Ich schätze, du bist froh, dass du deswegen bald keinen Ärger mehr hast, hm?"

Autsch. Das tat weh. Das musste in seinen Augen zu erkennen sein, denn Samuel errötete. „Tut mir leid. Ich weiß, dass du die Tiere eigentlich nicht verlieren willst."

Eddie schluckte schwer. Darüber konnte er jetzt nicht sprechen. Oder auch nur darüber nachdenken. Deshalb wechselte er das Thema. „Was glaubst du, warum er immer verschwindet?"

„Da in den Wäldern ist etwas, das ihn interessiert. Er versucht immer wieder, mich zum Zaun in der Nähe des Flusses zu lotsen."

„Ferkel kann er dort nicht haben. Dafür ist er zu jung."

Samuel kaute nachdenklich auf seiner Lippe. „Nein, das ist es nicht. Ich dachte, vielleicht hat er dort einen Vorrat alten Mais gefunden oder etwas anderes zu fressen. Aber ich habe keine Ahnung, warum er will, dass ich es sehe." Er lächelte. „Es sei denn, er will, dass ich es für ihn hole. Dieses Schwein ist so schlau, zutrauen würde ich es ihm."

„Also ich fahre jetzt rüber, um ihn abzuholen. Wir nehmen ein paar Leckerlis mit, um ihn anzulocken. Und hol den Käfig und ein Halfter."

„In Ordnung."

Samuel wollte sich zurückziehen, aber Eddie hielt seine Gürtelschlaufen fest. „Da ich nun schon einmal den ganzen Weg zur Scheune gekommen bin ..." Er küsste Samuel, zuerst nur sanft. So mochte er Samuel, verschwitzt und ein wenig schmutzig von der Arbeit. Durch den Staub auf seiner Wange wirkte er, als wäre er gerade erst aus der Erde geboren, eine Bauernjungen-Version der Venus, die sich aus den Wellen erhebt.

Ein schmerzhaftes Gefühl des Verlusts ließ Eddie den Kuss unterbrechen. Stattdessen lehnte er die Stirn an Samuels. *Oh Gott, ich will das hier nicht verlieren.*

„Du fühlst dich so gut an", seufzte Eddie.

„Für mich fühlst du dich immer gut an." Samuel umarmte Eddie fest, dann trat er einen Schritt zurück, wandte den Blick ab und blinzelte schnell. „Wir sollten besser dieses Schwein holen, bevor Mrs. Hennessey beschließt, zum Abendessen Schweinebraten zu machen."

Sie fuhren mit dem Truck die halbe Meile zu den Hennesseys. Wenn Benny von der Farm flüchtete, folgte er immer dem Fluss und das Land der Hennesseys war das erste flussabwärts, auf dem ein großer Apfelbaum stand, von dem grüne Äpfel auf den Boden fielen.

Sie hielten an und entdeckten Benny schmatzend unter jenem Baum. Mrs. Hennessey kam aus dem Haus auf sie zu. Sie war um die siebzig, mit weißem Haar und einer Vorliebe für Polyesterhosen und farbenfrohe Tuniken. Die heutige Tunika hatte pinkfarbene Rosen auf weißem Untergrund.

„Ihr Jungs könnt einfach nicht auf dieses Schwein aufpassen!", schimpfte sie.

„Es tut mir so leid." Eddie verzog das Gesicht. „Ich kann Ihnen die Äpfel bezahlen."

Sie winkte ab. „Ach, die meisten vergammeln sowieso. Ich habe nicht die Energie, sie alle aufzuheben, deshalb verrotten sie einfach. Das Schwein darf sie gern fressen, aber seine Hinterlassenschaften auf dem Rasen fand ich nicht besonders gut."

„Das tut mir leid", sagte Samuel. „Wenn wir ihn in den Käfig gesteckt haben, schaue ich mich um, ob etwas weggemacht werden muss."

137

Mrs. Hennessey nickte. „Na dann ist es in Ordnung. Ich habe noch nie zuvor ein Schwein getroffen. Er ist ein kleiner Teufel. Hat versucht, mich in Richtung des Flusses zu bringen, dabei hat er mich fast umgeschubst!"

„Das alles tut mir so leid! Wir versuchen zu verhindern, dass er wieder entkommt."

„Na ja, ich will mich ja nicht beschweren, aber das wäre wohl das Beste."

Mrs. Hennessey ging nach drinnen. Samuel holte den großen Käfig aus dem Truck, dann stellten sie ihn auf den Boden. Samuel legte ein Erdnussbutter-Sandwich und eine geöffnete Vorratsdose mit Dosenpfirsichen hinein. Das mochte Benny am liebsten und als sie Benny das letzte Mal bei Mrs. Hennessey hatten abholen müssen, hatte das auch funktioniert. Aber dieses Mal hatte Benny andere Vorstellungen.

Er schaute den Käfig unheilvoll an, als wollte er sagen: *Ernsthaft? Etwas Besseres fällt euch nicht ein?* Dann lief er zu Eddie und stieß ihn fest mit dem Kopf an.

„Hey! Hör auf damit!" Eddie trat zur Seite. „Geh in den Käfig, Benny. Komm schon. Gehen wir wieder nach Hause."

Benny drehte sich um und stieß Eddie erneut an, dieses Mal an die Wade.

„Benny, Schluss damit!", sagte Samuel ernst. Er wollte Benny packen, aber Benny entzog sich ihm. Er blieb stehen, schaute Eddie an und grunzte mit erhobener Schnauze. Er klang fast wütend.

Na toll, sogar Benny ist sauer auf mich, dachte Eddie verdrossen. Er fragte sich, ob Benny von dem Verkauf der Farm wusste.

„Na ja. Ich schätze, er will nicht nach Hause", stellte Eddie fest, dabei klang er ein wenig ratlos.

Samuel kratzte sich am Kinn. „Ich verstehe nicht, wieso. Woanders könnte es ihm kaum besser gehen."

„Ist das ... ein Paarungsverhalten? Diese Kopfstöße."

Samuel lachte. „Also er ist zwar nur ein Schwein, aber so dumm ist er nicht. Ich denke nicht, dass du sein Typ bist."

Das brachte Eddie zum Lächeln.

„Soll ich versuchen, ihn mit einem Lasso zu fangen? Ich habe ein Seil im Truck." Samuel schien zu bezweifeln, dass er damit Erfolg haben würde. Benny war so kompakt wie eine Gewehrkugel. Es gab nicht viel, woran man das Seil festmachen konnte, anders als bei einer Kuh. Und er war schnell.

„Warte mal einen Moment." Eddie hockte sich hin und schaute in Bennys Augen. Sie waren etwa zwei Meter voneinander entfernt. Benny starrte zurück und grunzte erneut – laut und entschlossen. Eddie hätte schwören können, dass etwas Flehentliches in diesem Blick lag.

„Was willst du, Kumpel? Hm?", fragte Eddie.

Benny kam langsam auf Eddie zu, als könnte dieser versuchen, ihn zu packen. Er legte die Schnauze auf Eddies Oberschenkel und versuchte, ihn zu schieben, dabei gruben sich sogar seine kleinen Klauen in den Boden.

Samuel schnaufte. „Ist das zu fassen. Er will wirklich, dass du irgendwohin gehst. Wie bei mir, als er versucht hat, mich auf die Weide zu schubsen."

Und Mrs. Hennessey hat gesagt, dass Benny sie in Richtung des Flusses drängen wollte.

„Er will etwas." Eddie stand auf. „Vielleicht hört er auf, andere zu belästigen, wenn er uns zeigen darf, was er will."

„Wenn du meinst." Samuel klang zweifelnd.

„Versuchen wir es einfach."

Eddie breitete die Arme aus und schaute Benny an. „Okay, mein Freund. Wo soll ich hingehen? Hm?"

Benny kam näher und schubste Eddie erneut. Dieses Mal ließ Eddie es zu. Er ließ sich von Benny zu dem matschigen Ufer des Flusses leiten. Am Wasser änderte Benny die Richtung und drängte Eddie nach Westen am Ufer entlang, weg von der Farm. Als Benny sich sicher war, dass Eddie freiwillig in die richtige Richtung ging, trottete er voraus und schaute zurück, um sicherzugehen, dass Eddie ihm folgte.

Eddie und Samuel folgten Benny eine Weile, dabei passierten sie eine weitere Farm und mehrere kleine Wohnhäuser. Benny machte keine Anstalten, langsamer zu werden.

„Wo zum Kuckuck will er hin?", fragte Samuel.

„Ich habe keine Ahnung. Ich gehe zurück und hole den Truck. Du folgst ihm weiter und ich fahre den Fluss entlang. Die kleine Steinbrücke ist nicht weit von hier. Dort treffen wir uns."

„Das klingt gut", erwiderte Samuel, ohne Eddie anzusehen.

Erneut verfluchte Eddie die Distanz zwischen ihnen und die Traurigkeit in Samuels Herzen, die er verursacht hatte. Aber im Moment hatten sie etwas anderes zu tun – oder einem Schwein zu folgen. Er drückte Samuels Schulter und ging zurück zum Truck.

18

SAMUEL FOLGTE Benny den Fluss entlang.

Er vermutete immer noch, dass sie einen Vorrat von Bennys Lieblingsfutter oder ein schönes, luxuriöses Schlammloch finden würden. Doch Eddie hatte recht. Sie konnten es genauso gut herausfinden. Sobald sie wussten, worüber Benny so aufgeregt war, konnten sie es vielleicht auf der Farm anbauen, damit er nicht mehr andauernd versuchte, zu verschwinden.

Nicht dass einer von ihnen noch lange genug auf der Farm wäre.

Samuel schob diese düsteren Gedanken beiseite. Letzte Nacht im Bett hatte Eddie geflüstert, dass sie „einen Weg finden" würden und dass er Samuel „nicht verlieren" wollte, doch Samuel wusste, dass das nur Worte waren. Eddie hatte selbst unsicher geklungen.

Samuel konnte sich nicht vorstellen, wie das funktionieren sollte, wenn Eddie die Farm erst einmal verkauft hatte. Doch der Gedanke war zu schmerzhaft, um wirklich darüber nachzudenken, wie in dieser Geschichte aus einem von Eddies Büchern über griechische Mythen, in der man sich in eine Statue verwandelte, wenn man eine Frau anschaute, die Schlangen statt Haaren hatte.

Eddies Verkauf der Farm war Samuels Medusa.

Selbstverständlich verdichteten und verdunkelten sich die Wolken, die den ganzen Tag über schon gedroht hatten, wie der Kordelzug der Handtasche seiner Großmutter, und es begann zu regnen. Der Regen fiel in dicken, schweren Tropfen, der Wind frischte auf und Samuel musste sich mit gebeugten Schultern gegen die Elemente schützen. Doch Benny ging einfach weiter, dabei schaute er oft über seine Schulter, um sicherzugehen, dass Samuel noch da war.

Mist, er hätte einen Regenmantel mitnehmen sollen, doch er hatte angenommen, dass es nur eine kurze Fahrt zu Mrs. Hennessey werden würde, um Benny zu holen.

„Nun beeil dich schon und zeig es mir", brummte Samuel. Er ging schneller und es war ihm egal, dass sein Hinken dadurch schlimmer wurde.

Die Steinbrücke kam in Sicht und Samuel entdeckte Eddies weißen Truck mit Eddie auf dem Seitenstreifen. Doch bevor sie die Brücke erreichten, wandte Benny sich zur Seite und stolperte die Böschung aus Kies hinauf. Er schaute zurück zu Samuel, hob die Schnauze in die Luft und quiekte. Sein gesamter Körper zitterte, entweder vor Kälte oder vor Aufregung.

Samuel schaute zu dem Schwein, dann wieder zur Brücke. Eddie war ausgestiegen und stand mit hochgezogenen Schultern im Regen und beobachtete sie. Samuel deutete den Hügel hinauf, um Eddie zu zeigen, wohin sie gingen. Eddie kam ihnen entgegen, also wartete Samuel auf ihn.

Sie folgten Benny den Hügel hinauf und erreichten einen alten Zaun. Er war in einem schrecklichen Zustand. Verrottete Zaunpfähle standen etwa drei Meter auseinander, schief wie die Zähne eines alten Mannes. Die drei Stränge Stacheldraht, die dazwischen gespannt waren, waren locker und verrostet. Benny passte unter dem untersten Draht bequem hindurch. Ein Stück weiter lagen die Drähte vollends am Boden, wo ein umgestürzter Baum darauf gefallen war.

Aber schlechter Zaun oder nicht, er markierte trotzdem ein Privatgrundstück.

Samuel blieb stehen und schaute Eddie an. Der Regen hatte nicht nachgelassen. Der Wind peitschte die Zweige der umstehenden Bäume erbarmungslos, als wäre es eine Warnung. *Bleibt zurück.* Eddies weiß-goldene Jacke, auf die die Worte *FAO Schwartz* gestickt waren, war an seinen Schultern bereits durchtränkt, was den Goldton in einen schmutzigen Senfton verwandelte. Doch Eddies Gesicht sah durch die Kapuze hinweg neugierig aus und seine Augen leuchteten.

Benny stand auf der anderen Seite des Zauns und grunzte laut, als wollte er sie auffordern, sich endlich in Bewegung zu setzen.

„Ich denke, wir sollten weitergehen", meinte Eddie.

Samuel verschränkte die Arme gegen die Nässe und schaute auf das Grundstück. Durch ein paar spärliche Bäume hindurch konnte er knapp hundert Meter entfernt eine alte Scheune entdecken. Es war ein kleines, hohes Gebäude, das wahrscheinlich billig gebaut worden war, um ein paar Pferde mitsamt ihrem Heu zu beherbergen. Doch nun war die Farbe verschwunden und die Planken halb verrottet. Die Scheune sah aus, als stünde sie kurz vor dem Zusammenbruch. Hinter der Scheune lag ein altes Farmhaus, das einst hellgrün gestrichen war, aber nun war die Farbe verblasst und schmutzig. In der Auffahrt stand ein alter, schwarzer Pickup und auf dem Dach war eine Satellitenschüssel, also war es keine Amish-Farm. Samuel biss sich besorgt auf den Daumennagel.

„Ich sehe keinen Hund und bei diesem Wetter ist bestimmt niemand draußen", sagte Eddie. In seiner Stimme lag eine Dringlichkeit.

„Es ist trotzdem Privatbesitz."

„Vielleicht stammt Benny von hier."

„Vielleicht." Samuel zuckte mit dem Schultern. „Wir können auf der Straße ein wenig herumfragen."

„Ich weiß nicht … Ich habe ein mieses Gefühl, was diesen Ort angeht. Ich glaube nicht, dass ich an die Tür klopfen will." Eddie beobachtete unentschlossen die Farm. Alles war still und leblos. Trotz des Trucks in der Auffahrt wirkte der Ort verlassen. Benny war verschwunden und Samuel entdeckte ihn, wie er am Fundament der alten Scheune herumschnüffelte, als versuchte er, einen Weg hinein zu finden.

Dann ließ der Wind nach und ein leises Geräusch erreichte Samuels Ohren. Es dauerte einen Moment, bis er erkannte, was es war. Es war das klagende Quieken eines jungen Schweins.

Eddies Gesichtsausdruck verhärtete sich. „Ich gehe rein." Er eilte durch das hohe Gras und die herabgefallenen Äste zu der Stelle, wo der Zaun zusammengefallen war.

„Eddie –"

„Sam, warte hier, wenn du willst."

Eddies Tonfall ließ keinen Zweifel daran, dass er tun würde, was er für richtig hielt. Also folgte Samuel ihm. Er würde mit Sicherheit nicht draußen warten wie ein Feigling.

EDDIE STIEG über den Zaun, dabei achtete er sorgfältig auf den Stacheldraht. Als er sah, dass Samuel ihm folgte, blieb er stehen und half ihm, damit Samuels Fuß sich nicht verfing. Es war offensichtlich, dass Samuel sich nicht wohl dabei fühle, ein Privatgrundstück zu betreten, aber das war Eddie egal. Er hatte diesen Schrei gehört und er wusste einfach, dass er dort Tiere finden würde – und dass es für sie nicht gut aussehen würde.

Trotzdem war er nicht vorbereitet.

Die Seite der Scheune, die zum Zaun wies, hatte keine Öffnungen. Eddie folgte Benny um die Ecke zum hinteren Bereich. Durch die schweren Wolken und den Regen war es düster, deshalb dauerte es einen Moment, bis er verarbeitet hatte, was er da sah. Samuel packte ihn von hinten fest am Arm, wie um ihn zu stützen. Samuel hatte zuerst verstanden, was er da sah.

Und dann erklärte sich auch für Eddie die schwarz-pinke Masse.

Hinter der Scheune stand ein verrostetes Fass zum Verbrennen. Und an der Wand der Scheune lagen, wie schlecht aufgestapeltes Feuerholz, die Kadaver von sechs Schweinen, alle in der Größe von Benny, wenn auch viel dünner.

Benny schnüffelte an dem Haufen und grunzte aufgeregt, während er um die Körper herumlief.

Eddie trat einen Schritt zurück und legte die Hand auf den Mund. „Was zum *Teufel*? Wieso?" Er schaffte es, den Blick lange genug von dem schrecklichen Anblick zu lösen, um Samuel anzusehen. Diese Tiere wurden zum Verrotten dort liegengelassen. Zu Nahrungszwecken waren sie auf jeden Fall nicht getötet worden.

Samuel sah verstört aus. „Ich glaube ... sie sehen wie Halbwüchsige aus. Männchen."

„Was hat das damit zu tun?"

In der Scheune setzten die erbarmungswürdigen, drängenden Schreie, die sie gehört hatten, wieder ein. Samuel schaute zur Scheune, dann wieder zu Eddie. Seine braunen Augen sahen besorgt aus. „Hier werden wahrscheinlich Hängebauchschweine gezüchtet, um sie zu verkaufen. Und wenn sie bis zu einem gewissen Alter nicht verkauft sind, na ja, dann sind die Eber nicht mehr viel wert." Er schüttelte bedauernd den Kopf.

„Willst du mich *verarschen*?" Wut stieg in Eddie auf, wie er es seit der High School nicht mehr erlebt hatte – ein inneres Reservoir voller Wut, das sich nun entleerte. Er riss sich von Samuel los und ging um die Scheune herum. Er musste dort hinein. Er musste sehen, was dort vor sich ging.

Samuel packte ihn erneut am Arm und hielt ihn zurück. „Warte mal, Eddie! Meine Güte."

Eddie hielt inne, auch wenn die Wut in ihm ihn zum Berserker werden ließ.

„Das nutzt nichts", sagte Samuel besorgt. „Du könntest Ärger bekommen, nur weil du hier bist. Wir haben keinen Beweis, dass dieser Typ etwas Falsches macht."

„Und wie nennst du das hier?" Eddie deutete mit dem Finger auf den Haufen Kadaver.

„Ich weiß, dass es verstörend ist, aber ich bin mir nicht sicher, dass das illegal ist. Es hängt davon ab, welche Berechtigungen der Kerl hat und für wie viele Tiere, ob er eine Geschäftslizenz hat und so weiter. Ich kann nicht glauben, dass ich das sage, aber … vielleicht sollten wir die Behörden einschalten."

Samuel hatte recht, erkannte Eddie. Er musste besonnen vorgehen. Aber es war schwer, besonnen zu bleiben, wenn direkt vor ihm der Beweis für Leid und Tod lag.

Eddie holte tief Luft. „Okay. Wir müssen es also dokumentieren." Er holte sein Handy hervor und schaltete es auf Videoaufnahme. Er filmte das rostige Fass und den Haufen mit Kadavern. Er bemerkte, dass seine Finger zitterten und atmete ein paar Mal tief durch.

Benny war weggegangen und saß mit Blickrichtung zu den Wäldern da, ihnen den Rücken zugewandt. Eddie hatte keine Ahnung, was Benny davon verstand und was nicht. Erkannte er den Tod? Kannte er die Tiere auf dem Haufen? Stammte er aus dem gleichen Wurf?

Eddie wünschte sich, er könnte Benny von hier wegbringen, aber sie waren zu Fuß und hatten nicht einmal das Halfter mitgebracht. Das Beste, was sie tun konnten, war, ihn wegzulocken, wenn sie bereit waren zu gehen.

Eddie reichte Samuel das Handy und bedeutete ihm, weiter zu filmen. Dann ging er zu Benny, um ihn kurz zu trösten. Er hockte sich zu ihm, umarmte ihn und flüsterte beruhigende Worte, die Benny nicht verstand und auf die er auch nicht reagierte. Er behielt den Kopf gesenkt und sein kompakter, schwarzer Körper zitterte, als wäre ihm kalt.

Erneut wurde Eddie von Emotionen überrollt, Feuer und Eis – Mitleid und Wut gleichermaßen. Er umarmte Benny erneut und stand auf, entschlossen, die Sache hinter sich zu bringen. Er würde nicht gehen, bevor er alles gesehen und gefilmt hatte, was sich in der Scheune befand. Er bedeutete Samuel, ihm zu folgen und ging um die Ecke herum.

Das Haupttor der Scheune zeigte zum Hof. Es war eine breite Doppeltür, groß genug, um mit dem Auto hindurchzufahren. Eine Seite hing schief in den Angeln. Eddie wusste, dass jemand in der Scheune sein konnte, aber das war ihm egal. Wenn *wirklich* jemand da war, würde derjenige etwas zu hören bekommen. Er ging zu der stabileren Tür, öffnete sie und spähte hinein. Als er niemanden entdeckte, winkte er Samuel hindurch.

Als er das dunkle Innere betrat, war der Gestank das Erste, was ihm auffiel. Es roch nach Leid, nach Fäkalien und Krankheit, nach Hässlichkeit und Schmerz. Das Innere der Scheune war voller Käfige, die übereinandergestapelt waren, immer vier oder fünf Stück. Eddie tastete nach einem Lichtschalter. Er wollte es sehen. Er wollte, dass es hell genug für das Video war.

Er fand den Lichtschalter und zwei blanke Glühbirnen leuchteten auf und warfen helles Licht und tiefe Schatten in die Scheune. Eddie legte die Hand auf den Mund. *Oh mein Gott.*

„Film weiter", sagte er zu Samuel in einem Tonfall, den er von sich nicht kannte. „Film alles."

Samuel nickte und hielt das Telefon fest, dabei ging er näher zu den Käfigen an der Wand auf der linken Seite. Eddie ging zur rechten Seite. Er schaute in alle Gesichter. Die Augen. Es waren viele sehr junge Schweine, Neugeborene und kaum ältere. Die Ferkel sahen gesund aus, aber viele waren mit ihren Müttern in einen Käfig gepfercht. Die Mütter waren zu groß, um in den Käfigen stehen zu können, deshalb mussten sie auf der Seite liegen. Ein Muttertier traf Eddies Blick und starrte direkt in seine Seele. Ihr massiver Körper atmete schwer und ihre Augen waren unendlich traurig. In anderen Käfigen waren größere Schweine, die anscheinend schon entwöhnt waren, jeweils vier bis sechs in einem Käfig. Fliegen schwirrten um sie herum. In den Käfigen waren gesprungene Näpfe, die alle leer waren. Es gab keine Matten, deshalb fielen die Fäkalien durch das Drahtgeflecht in die Käfige darunter. Die Luft in der Scheune war faulig und schwer, trotz der vielen Löcher in den Wänden.

Es war *grauenhaft.*

Eddies Herz hämmerte und in seinen Ohren klingelte es, als würde er krank werden. Vielleicht lag es an dem Geruch. Oder vielleicht war es der Schmerz. Es war schwer, die Tiere anzusehen, ihnen in die Augen zu sehen und dann wegzugehen. *So schwer.* Manche der Tiere reagierten auf Eddies Erscheinen mit Grunzen und Quieken. Wütende, verzweifelte Laute, die seine Aufmerksamkeit wollten und Freiheit verlangten. Aber viele der Tiere lagen einfach dumpf da, verloren, und ihre Augen folgten ihm leer.

Eddie hörte erneut dieses hohe Quieken – welches er schon draußen gehört hatte. Es war unaufhörlich und verängstigt. Er folgte dem Klang und fand das Schwein, das sie von sich gab. Es steckte in einer schmutzigen, ungepolsterten Transportbox, allein und ohne Futter und Wasser. Es war noch ein Baby, braun mit rosafarbenen Flecken, und etwas stimmte mit einem seiner Beine nicht. Es hing schlaff herab und das Schwein belastete es nicht. Es war wahrscheinlich gebrochen.

Hatte der Besitzer es in die Transportbox gesperrt, um es wegzubringen? Zum Beispiel zu einem Tierarzt? Das bezweifelte Eddie schwer. Wenn Samuel recht hatte, dass die älteren männlichen Schweine draußen getötet worden waren, weil sie nicht mehr ‚niedlich' genug waren, um sie zu verkaufen, würde der Besitzer dann einen Tierarzt für diese Kleine bezahlen? Wahrscheinlich nicht.

Auf keinen Fall würde Eddie es hier zurücklassen, damit es in dieser Box verhungerte oder an Dehydrierung starb. Er öffnete den Riegel und nahm das Ferkel heraus, dabei versuchte er, das verletzte Bein nicht zu berühren. Er hielt es dicht an seinen nassen Kapuzenpullover, dabei wurde er selbst ganz schmutzig. Das Schwein wehrte sich und wollte weg von ihm, aber es war zu schwach. Er versuchte, es zu beruhigen. Das arme Ding war kaum größer als seine Hand. Er steckte es in seinen Pullover und wünschte sich, er wäre wenigstens trocken, um es ihm angenehmer zu machen.

Er stand auf und sah, dass Samuel immer noch filmte.

„Ich habe alles. Wir sollten verschwinden, bevor der Farmer zurückkommt", sagte Samuel düster.

Eddie nickte. Er *wollte* verschwinden. Er wollte dem Anblick und dem Geruch dieses Ortes entfliehen, dem stechenden Schmerz, den er nicht lindern konnte. *Du kannst sie nicht alle mitnehmen.*

„Meine Güte, Samuel", sagte er elend.

Samuel schaltete das Video aus und steckte das Handy in seine Tasche. Er kam zu Eddie und legte die Arme um ihn. „Es tut mir leid", sagte er. „Aber wir können ihnen nicht helfen. Sie gehören nicht uns, außerdem haben wir nicht einmal den Truck dabei."

„Das weiß ich." Eddie lehnte sich einen kurzen Moment an Samuels Schulter. Er war zu aufgewühlt und zu wütend, um länger zu bleiben.

Eddie stolperte aus der Scheune, denn er konnte die Schweine nicht mehr ansehen. Er ging um die Ecke und sah, dass Benny immer noch dort saß, wo sie ihn zurückgelassen hatten.

„Komm schon, Benny. Lass uns nach Hause gehen."

Benny stand auf und folgte ihnen, ohne zurückzublicken. Eddie kletterte über den kollabierten Stacheldraht, dabei hielt er das Ferkel in seinem Pullover fest. Er war dankbar, dass der Regen seine Wut abkühlte und seine machtlosen, frustrierten Tränen wegwusch.

19

DREI STUNDEN später saßen Samuel und Eddie in einem Stall auf der Farm und sahen zu, wie das Ferkel versuchte, mit seinem bandagierten Bein zurechtzukommen. Der Tierarzt hatte bestätigt, dass es eine Haarriss-Fraktur hatte, ihm eine Schiene angelegt und sie mit einer neon-orangefarbenen Bandage fixiert. Jetzt wühlte das kleine Kerlchen, das etwa die Größe eines großen Katzenwelpen hatte, mit der Schnauze in dem frischen Stroh herum.

Es schnüffelte an Benny, der mit geschlossenen Augen auf dem Bauch lag. Benny ignorierte das Ferkel. Er hatte sich vollkommen zurückgezogen, nachdem sie nach Hause gekommen waren. Eddie wusste ganz genau, wie Benny sich fühlte.

„Du hättest ihn Moses nennen sollen statt Benedict", meinte Samuel.

Das war praktisch das Erste, was Samuel sagte, seit sie die Schweinezuchtfarm verlassen hatten. Das schien zuerst vollkommen aus dem Blauen heraus, dann verstand Eddie, was er meinte. Er lächelte. „Weil er sein Volk befreien wollte?" *Aber ob wir ihnen wirklich helfen können, muss sich erst noch herausstellen.* Eddies Lächeln verblasste. „Armer Benny. Er ist am Boden zerstört. Ich frage mich, ob er nach einem bestimmten Schwein gesucht hat, eines, dem er nahegestanden hat?"

„Könnte sein." Samuel runzelte die Stirn. „Er kommt schon klar. Aber Tiere können sich eng an jemanden binden. Als ich ein Kind war, hatten wir eine alte Ziege namens Balthazar. Eines der Frühlingslämmer hing sehr an ihm. Eines nachts ist Balthazar gestorben und du kannst dir nicht vorstellen, wie das Lamm sich aufgeführt hat. Es war vor Trauer halb wahnsinnig."

Eddie hatte das Gefühl, dass er nicht wissen wollte, was aus dem Lamm geworden war. Er räusperte sich. „Erzähl mir mehr von den Genehmigungen, die du vorhin erwähnt hast."

„Na ja, ich weiß nicht, welche Regelungen es für Hängebauchschweine gibt, aber ich weiß, dass es bei Hunde- und Katzenzüchtern Inspektionen gibt und eine Liste mit Impfungen, die durchgeführt werden müssen und so weiter. Und die Tiere müssen auf bestimmte Krankheiten untersucht werden, bevor man sie verkaufen kann. Wenn man sich nicht an die Regeln hält, kann man seine Lizenz verlieren."

Eddie schnaubte ungläubig. „Nie im Leben folgt dieser Ort, den wir heute gesehen haben, *irgendwelchen* Regeln."

„Das denke ich auch. Oder dem gesunden Menschenverstand. Tiere werden auf jeden Fall krank, wenn sie nicht sauber gehalten werden."

„Gibt es eine offizielle Stelle, bei der Haustierzüchter sich registrieren lassen müssen?"

„Ja. Ich weiß aber nicht, wie sie genau heißt. Wenn jemand zu uns gekommen ist, war er vom Landwirtschaftsministerium von Pennsylvania. Aber ich glaube nicht, dass die dir weiterhelfen können. Wir haben nie Hunde- oder Katzenwelpen verkauft."

„Ich rufe morgen dort an. Und ich schaue auf deren Webseite."

„Was ist mit den Schweinen?"

„Was meinst du?"

Samuel schaute Eddie nachdenklich an. „Wenn der Staat den Züchter kaltstellt, was passiert dann mit den Schweinen?"

Und damit wurde Eddie wieder die Verzweiflung seiner Situation bewusst. Verdammt, aus genau diesem Grund hatte er das Asyl gegründet – um Tieren in Not zu helfen. Er sollte eigentlich der Mann sein, den man in Situationen wie diesen anrief, derjenige, der einschritt und etwas Konkretes für diese Tiere tat, ihnen ein Zuhause gab. Und da lag nun ein unterschriftsreifer Verkaufsvertrag auf seinem Schreibtisch, durch den er mit einem Wimpernschlag diesen potentiellen Zufluchtsort für immer schließen konnte.

Entweder das oder die Bankrotterklärung. Du hast keine Wahl.

Eddie zögerte. Seine Brust schmerzte und er rieb sich über das Brustbein. „Ich poste eine Nachricht in den Foren. Und ich schreibe Vanessa in New York eine E-Mail. Vielleicht können wir einen Teil der Schweine unterbringen."

Aber er wusste bereits, dass die wenigen Gnadenhöfe in Pennsylvania überfüllt waren. Und er bezweifelte, dass Vanessa alle aufnehmen konnte, selbst wenn er einen kostengünstigen Weg fände, sie nach Upstate New York zu schaffen. Schuldgefühle überwältigten ihn. Er konnte den leeren, hoffnungslosen Ausdruck in den Augen des Muttertieres nicht vergessen.

Sie sollten hierherkommen. Das ist doch offensichtlich. Na komm schon. Warum sonst hat Benny hergefunden?

Die Stimme in seinem Kopf war so deutlich, die Worte so glaubhaft und dennoch das genaue Gegenteil von dem, was er dachte, tun zu müssen. Es war einfach zu viel. Er stand abrupt auf und fischte sein Handy aus seiner Hosentasche. Er reichte es Samuel.

„Mach ein paar Videos von dem Ferkel, okay? Ich fange an, wegen dieser Registrierungsstelle zu recherchieren."

Er ging, bevor Samuel etwas erwidern konnte.

EDDIE KONNTE die Informationen, die er suchte, online nicht finden, deshalb musste er bis zum Morgen warten, wenn die Verwaltungen wieder öffneten, damit er dort anrufen konnte.

Er verbrachte Stunden am Telefon. Er lauschte automatischen Ansagen, hinterließ Nachrichten und rief wieder und wieder zurück. Schließlich sprach er mit einer Frau von der Abteilung für Haustierregistrierung.

147

„Es gibt strenge Richtlinien für Hunde- und Katzenzüchter, aber bei Schweinen ist die Situation nicht so eindeutig."

„Was meinen Sie damit?", fragte Eddie.

„Na ja, Schweine gelten als Nutztiere, deshalb gibt es deutlich weniger Regelungen. Die Gesetze sind zum Beispiel ziemlich allgemein gehalten, was Unterbringung und Sicherung angeht. Die meisten Gesetze, die Schweine betreffen, drehen sich um den Verkauf von deren Fleisch. Deshalb umgeht man sozusagen beide Regularien, wenn man Hängebauchschweine züchtet. Ich glaube ehrlich gesagt, das ist der Grund, warum sie bei Züchtern beliebter sind als bei Käufern."

Das gefiel Eddie gar nicht. „Sie meinen also, dass Sie nichts unternehmen können?"

Er hörte, wie sie seufzte, dann wurde ihr Tonfall brüsk. „Ich werde Ihnen Formulare mailen, die Sie ausfüllen müssen, dann können wir einen Fall eröffnen, aber das landet wahrscheinlich ganz unten auf der Prioritätenliste. Um etwas unternehmen zu können, brauchen wir Beweise für eindeutige Verstöße und wie ich bereits sagte, die Gesetze, was die Unterbringung von Schweinen anbelangt, sind … na ja, nicht unbedingt streng. Aber auf wessen Schreibtisch der Fall letztendlich landet, der wird das in Betracht ziehen."

„Jedes Tier hat ein Recht auf anständige Lebensbedingungen, selbst wenn es als Fleisch aufgezogen wird!", sagte Eddie und Ärger stieg in ihm auf.

„Das können Sie vor Ihren Kongressabgeordneten bringen", sagte die Frau ruhig, dann legte sie auf.

SAMUEL JÄTETE gerade Unkraut in einem der Blumenbeete bei der Scheune, als Eddie zu ihm kam. „Sie werden nichts unternehmen. Überhaupt nichts. Was für ein Schwachsinn!", schrie Eddie.

Samuel hielt inne. „Wer wird nichts unternehmen? Was ist passiert?"

„Der Staat. Sie sagten, es gibt nicht viele Regelungen zur Unterbringung von Schweinen, deshalb können sie den Laden wahrscheinlich nicht schließen."

Samuel sah nicht überrascht aus. „Das macht Sinn. Die Schweinefarmen halten viele Tiere in einem Gebäude und das ist wahrscheinlich nicht besser als das, was wir gesehen haben."

„Also zuallererst *das ist doch totaler Bockmist*", stellte Eddie fest und begann, auf und ab zu gehen. „Und zweitens, was sollen wir tun?"

„Ich schätze, wir können nichts tun." Er zupfte weiter Unkraut und mied Eddies Blick.

Samuel hielt Eddie wahrscheinlich für einen Heuchler und Eddie war derselben Meinung. Wenn er die Tiere nicht selbst aufnehmen wollte, welches Recht hatte er dann, sich zu beschweren?

Er presste die Handballen auf die Augen und versuchte, sich zu sammeln. Seit sie die Schweinezucht gefunden hatten, waren andere Gedanken in ihm

148

aufgekommen. Seine innere Stimme war voll in Fahrt. Zum Beispiel: *Könnte ich der Farm nicht noch ein weiteres Jahr geben? Es wenigstens versuchen?*

Aber wie? Verrückte Ideen kamen ihn in den Kopf. Er konnte seinen Stolz herunterschlucken und seine Eltern um zwölftausend Dollar bitten, um sein Defizit auszugleichen, bis mehr Spenden flossen, auch wenn er sich lieber die Fingernägel rausreißen würde, als seine Eltern um Geld zu bitten.

Vielleicht konnte er eine zweite Hypothek auf die Farm aufnehmen.

Er könnte ein gutes Zuhause für einen Teil der Schweine finden, wenn er genügend Zeit zur Verfügung hätte. Aber das hatte er nicht. Nicht wenn er das Angebot von Lovall annehmen wollte. Der Stichtag war in einer Woche. Natürlich mochte Lovall auch bluffen. Sie könnten das Gelände trotzdem noch kaufen wollen, wenn er bereit war zu verkaufen.

Er hörte ein dumpfes Geräusch, als Samuels Werkzeug auf dem Boden landete. Samuel, der immer noch auf dem Boden kniete, streichelte beruhigend Eddies Bein.

„Ich glaube nicht, dass ich damit leben könnte, wenn ich nichts unternehme, um diesen Schweinen zu helfen", sagte Eddie und versuchte nicht zu zeigen, wie verstört er sich fühlte.

„Es ist nicht deine Schuld", sagte Samuel. „Nichts davon. Ich weiß, dass du die Farm behalten würdest, wenn du könntest."

Samuels Fähigkeit, offenherzig und nachsichtig zu bleiben, trotz seines eigenen Schmerzes und seiner Enttäuschung, berührte Eddie tief.

Er ließ die Hände sinken und lachte Samuel frustriert an. „Trotzdem gibt es nicht genug Regelungen, um diesem Kerl die Bude dichtzumachen. Ich schätze, wir können die Schweine nicht einfach entführen."

„Das geht nicht", sagte Samuel ruhig. „Das ist Diebstahl. Du kommst mit dem Gesetz in Konflikt und landest im Gefängnis. Und die Schweine werden wieder dorthin zurückgeschickt, wo sie hergekommen sind."

„Nur wenn wir *erwischt* werden."

Samuel prustete. „Wir haben kein Fahrzeug, das groß genug ist, um es in einer Tour zu schaffen. Und wie sollen wir sie alle rausschaffen, ohne dass derjenige, der dort lebt, uns bemerkt? Selbst wenn es dunkel ist. Nein, das funktioniert nicht."

Samuel hatte recht, und das wusste Eddie auch. Aber wie sollte er damit leben können, wenn er nichts unternahm? Sicher, überall auf der Welt ging es Tieren schlecht. Und Eddie konnte sie nicht alle retten. Aber diese Schweine hatte er *gesehen*. Er war bei ihnen gewesen und hatte ihnen gesagt, dass er ihnen helfen würde. Sie waren praktisch in seinem Garten. Wenn er nicht einmal dort etwas unternehmen konnte, was für ein Verfechter der Rechte von Tieren war er dann?

Offensichtlich einer, der versagt hat.

Er seufzte. Manchmal war seine innere Stimme einfach brutal. „Ich werde nach Benny sehen."

Er ging zu den Ställen. Er hatte Benny nicht auf der Weide gesehen, deshalb spähte er in den Stall, in dem er gestern Abend die beiden Schweine gesehen hatte. Benny war da, eine schwarze, fassförmige Gestalt im Stroh. Er lag immer noch dort, aber er hatte den Kopf auf die Vorderläufe gelegt und sein Blick war alarmiert. Das kleine Ferkel hatte sich an Bennys Seite zusammengerollt, dabei stach sein bandagiertes Bein hervor.

„Ooooh!" Eddie holte sein Handy hervor und filmte die beiden einen Moment lang.

„Wie geht's dir, Kumpel?", fragte er und betrat den Stall. Er passte auf, dass er nicht in Hinterlassenschaften trat, dann setzte er sich im Schneidersitz hin. Er streichelte Bennys Rücken.

„Wir schaffen das schon", sagte er zu den Schweinen.

Benny legte den Kopf auf Eddies Bein und schaute zu ihm auf, als wollte er sagen: *Mach es wieder gut, Dad.*

Wenn Eddie doch nur wüsste, wie.

20

SAMUEL STAND am Straßenrand und betrachtete das blassgrüne Farmhaus, dabei knetete er seinen Hut in den Händen. Was er vorhatte, nämlich zu diesem Haus zu gehen und mit den Leuten zu reden, die die Schweinezucht besaßen, war ihm wirklich unangenehm. Aber er war entschlossen, es dennoch zu tun. Sie wären wahrscheinlich nicht erfreut, dass jemand seine Nase in ihre Angelegenheiten steckte, aber was konnte schon großartig passieren? Er konnte angeschrien und aufgefordert werden, das Grundstück zu verlassen. Jedenfalls hoffte er, dass das das schlimmste war, etwa im Vergleich zu einer Schrotflinte. Aber er musste es trotzdem versuchen.

Nachdem er sich ein paar Tage lang selbst bemitleidet hatte, weil Eddie die Farm verkaufen würde und wütend gewesen war – oh Herr, war er wütend gewesen – und das Gefühl gehabt hatte, dass er nichts wert war und Eddie und die Farm sowieso nicht verdient hatte … na ja, nachdem er sich ein paar Tage lang so gefühlt hatte, war Samuel es einfach leid.

Er wusste, dass er Eddie wirklich etwas bedeutete und dieser nicht wollte, dass sie sich trennen mussten. Er sah es in Eddies Augen und spürte es in seinen Berührungen. Tatsächlich ging es Eddie nicht gut. Er war mit seiner Weisheit am Ende. Die ständigen Sorgen ums Geld, um die Farm und wie es zwischen ihnen funktionieren konnte, und nun auch noch Sorgen um die Schweine. Samuel kannte sich mit Farmern aus. Er *war* einer. Und er wollte verdammt sein, wenn er nicht versuchen würde, diesem speziellen zu helfen.

Er war dem Fluss zur Farm gefolgt und hatte einen weiten Bogen gemacht, um über die Auffahrt zu kommen, damit es nicht den Anschein machte, als hätte er das Gelände unbefugt betreten. Sein Blick wanderte abschätzend über die Farm. Der Himmel war grau, aber es regnete nicht, deshalb konnte er einiges erkennen. Die Farbe des Farmhauses war in ziemlich schlechtem Zustand, verblasst und an unzähligen Stellen gesprungen wie Porzellan, das einen Sprung hatte. Die Fliegengittertür an der Vordertür war schmutzig und gerissen. Die Blumenbeete um das Haus herum waren von Unkraut überwuchert. Das Gras war lang und ungepflegt. Die Stufen zur Veranda sahen aus, als würden sie jeden Moment zusammenbrechen. Und die große alte Scheune war in so schlechtem Zustand, dass es aussah, als könnte ein harter Windstoß sie umwerfen.

Der Farmer war entweder faul oder krank, dachte Samuel. Vielleicht hatte er nicht viele Kinder oder sie waren weggezogen. Vielleicht hatte er es nur gemietet. Es gab nur ein Fahrzeug, einen alten, schwarzen Pick-up, der neben dem Haus geparkt war. Der Ort sah fast verlassen aus.

Samuel erreichte die Stufen und wischte sich die Hände an seiner schwarzen Hose ab. Er war so nervös. Er hasste es, mit Menschen zu sprechen, die er nicht kannte. Darin war er nicht gut. Aber er hatte seine Amish-Kleidung angezogen – inklusive seiner schwarzen Hose, dem weißen Hemd, Hosenträgern, dem schwarzen Mantel und dem Hut. Er dachte, dass es das vielleicht ein wenig einfacher machen würde. Die meisten Leute in dieser Gegend würden einen Amish nicht sofort attackieren.

Samuel holte tief Luft, um sich Mut zu machen, dann klopfte er.

Einen Moment später öffnete sich die Tür vorsichtig. Ein alter Mann schaute hervor. Er war klein und hatte dünnes, weißes Haar, das nach hinten gekämmt war. Er trug eine alte braune Brille, ein verwaschenes Flanellhemd und alte graue Hosen. Er sah aus, als wäre er im gleichen Zustand wie die Farm.

„Was willst du?", bellte er.

„Hallo. Mein Name ist Samuel Miller. Ich bin gekommen, um mit Ihnen über Ihre Schweine zu sprechen." Samuel behielt die Arme an den Körper gepresst und versuchte, so ruhig auszusehen, wie er konnte.

Der Mann verengte interessiert die Augen. „Ach ja? Ich habe im Moment einige Ferkel zu verkaufen. Dreihundert das Stück. Aber wenn du nach Zuchtbestand suchst, kostet es mehr. Für die mit den besten Genen natürlich."

Samuel musste sich zwingen, die Hände stillzuhalten und nicht seinen Hut zu packen und zu drehen. „Ja, Sir, aber ich bin nicht hier, um ein Schwein zu kaufen. Dürfte ich vielleicht reinkommen, damit wir uns unterhalten können?"

Der Mann schaute finster. „Reden? Worüber reden?"

Er klang einschüchternd und Samuels Stimme wurde noch leiser. „Na ja, Sir, über Ihre gesamte Schweinezucht. Wenn Sie mir zehn Minuten Ihrer Zeit schenken, kann ich es Ihnen erklären."

Der Blick des Mannes verfinsterte sich noch weiter. „Ich brauche keine Hilfe."

„Nein, Sir", lenkte Samuel ein. Er stand da und wartete.

Schließlich schloss der Mann die Tür und Samuel hörte, wie die Kette gelöst wurde. Die Tür öffnete sich. „Ich hab' keine Ahnung, was du willst, aber du kannst genauso gut auch reinkommen, denn ich hab keine Lust mehr, hier zu stehen."

Der verbitterte alte Mann stakste wieder hinein, als könnte er wirklich nicht mehr stehen. Von Flur aus gelangte man ins Wohnzimmer. Es war nicht sonderlich sauber, aber es sah besser aus als das Äußere des Hauses.

Der alte Mann ließ sich auf ein muffiges Sofa sinken, dessen Stoff mit Handtüchern bedeckt war. Er deutete auf Samuel. „Dann setz dich."

Das andere Sofa sah aus, als wäre es eine Weile nicht benutzt worden. Samuel nahm Platz. Er nahm seinen Hut ab und hielt ihn fest, weniger aus Höflichkeit, sondern um seine Hände zu beschäftigen.

Nun da der alte Mann wieder in seinem Umfeld war, wurde er fordernder. „Also was soll das hier?"

Samuel holte tief Luft. Es machte keinen Sinn, um den heißen Brei herumzureden. „Sehen Sie, ich arbeite für den Mann, der ein paar Meilen entfernt wohnt. Auf der Farm ist ein Schwein aufgetaucht ..."

Samuel erzählte die ganze Geschichte, auch wie Benny sie hergeführt hatte, dass sie das Innere der Scheune gesehen hatten und dass sie sich Sorgen um die Schweine machten.

Das Gesicht des Mannes wurde immer roter und unglücklicher, je länger Samuel sprach, egal wie ruhig Samuel die Geschichte erzählte. Schließlich brach es aus dem Mann heraus.

„Das ist Hausfriedensbruch! Ihr habt kein Recht, auf meinen Besitz zu kommen und eure Nasen in meine Angelegenheiten zu stecken! Ich könnte die Polizei rufen."

„Ja, Sir. Und wir könnten den Tierschutz rufen", bluffte Samuel ruhig. „Aber weder das eine noch das andere ist besonders nachbarschaftlich. Deshalb dachte ich, ich rede mit Ihnen. Vielleicht kann ich helfen."

„Helfen?", fragte der Mann mit verkniffenem Gesichtsausdruck, als kannte er das Wort nicht.

„Ja, Sir." Der Hut drehte sich ein ums andere Mal in Samuels Händen. „Ich denke, Sie wissen, dass diese dreckigen Käfige nicht gut für die Schweine sind. Und kranke Schweine sind nicht gut fürs Geschäft. Mir scheint, Sie sind allein hier, und vielleicht haben Sie zu viel zu tun. Vielleicht finden wir eine Lösung, die gut für alle ist, auch für die Schweine."

Er rechnete damit, dass der Mann ihn hinauswarf. Aber zu Samuels Erstaunen fiel der Gesichtsausdruck des Mannes und er begann zu weinen. Es war das Weinen eines alten Mannes, feuchte Augen, verzogene Lippen und eine einzelne Träne, die an seinem Gesicht herunterlief. Dennoch war es vollkommen überraschend.

„Ich wollte die verdammten Schweine nicht einmal!", sagte der Mann verbittert. „Mein Sohn hat mich überredet. Er sagte, Minischweine sind der letzte Schrei und dass es kaum Richtlinien gibt. Damit könnten wir gutes Geld machen. Es klang so einfach. Dann ist er vor zwei Jahren nach Florida verschwunden und hat mich mit dem Geschäft sitzengelassen. Meine Frau ist im letzten Frühling gestorben. Jetzt ist, neben der Sozialhilfe, das Geld von den Schweinen alles, was ich habe. Nur dass sie sich nicht mehr so gut verkaufen wie früher. Und es werden mehr geboren, als ich verkaufe. Ich komme nicht mehr mit."

Er holte ein Taschentuch aus seiner Tasche und wischte sich über das Gesicht. „Wenn du es besser weißt, schön für dich! Aber ich bin allein hier und ich tue, was ich kann. Das geht niemanden etwas an. Und wenn die Leute vom Tierschutz versuchen –"

Samuel merkte, dass der Mann dabei war, sich in Rage zu reden. Er hob eine Hand und unterbrach. „Moment. So weit sind wir noch nicht."

Der Mann verzog den Mund zu einer grimmigen Linie. Er schien sich zu sammeln und funkelte Samuel an, einmal mehr wütend. „Was willst du dann hier? Was erwartest du von mir? Ich habe kein Geld für ein Schweine-Luxushotel."

Samuel nickte, als verstünde er genau, was der Mann meinte. „Das klingt, als hätten Sie keine Freude mehr daran. Wären Sie bereit, die gesamte Zucht zu verkaufen? Alle Schweine? Ich sage Ihnen, mein Freund hat nicht viel Geld. Er versucht auch noch, sein Geschäft aufzubauen. Aber vielleicht wären Sie zufrieden damit, die Schweine loszuwerden."

Samuel würde noch weitere Kompromisse anbieten, wenn nötig. Er hatte lange darüber nachgedacht. Er konnte anbieten, die Scheune des Mannes sauberzumachen oder vielleicht konnte er größere Käfige bauen. Aber er wusste, dass das nur Tropfen auf den heißen Stein waren, wenn man den Zustand der Farm betrachtete. Außerdem wäre Eddie mit etwas größeren Käfigen oder einer saubereren Scheune nicht zufrieden, wenn der Mann weiterhin Schweine züchtete. Nein, es wäre das Beste, wenn man sie ganz von dem Mann wegholte.

„Du willst die Zucht kaufen?" Der Mann klang skeptisch, aber sein Gesicht hatte den wütenden Ausdruck verloren. Zum ersten Mal sah er interessiert aus.

„Na ja, vielleicht, wenn sie nicht zu teuer ist. Ich habe kein eigenes Geld und mein Freund, dem die Farm gehört, hat auch nicht viel. Ich könnte Ihnen aber anbieten, Ihr Haus zu streichen. Die Veranda reparieren oder so was im Austausch für die Schweine."

Aber der Mann schüttelte den Kopf. „Nein, ich brauche *Cash*. Mein Sohn kann das verdammte Haus streichen, wenn ich tot bin. Der Scheck von der Sozialhilfe ist schließlich nicht üppig."

Samuel nickte und ignorierte den jammernden Tonfall des Mannes. „In Ordnung. Was wäre denn ein fairer Preis für Sie?"

Der alte Mann dachte darüber nach. Er kratzte seine Stirn. „Ich muss zugeben, es wäre schön, sich nicht mehr um die Schweine zu sorgen."

„Wir würden uns gut um sie kümmern. Das kann ich Ihnen versprechen."

„Na ja." Der Mann dachte nach. „Wie wären fünftausend Dollar? Ihr könnt sie zu Fünfhundert das Stück verkaufen, wenn ihr den richtigen Käufer findet, da wäre es ein richtiges Schnäppchen! Ihr bekommt auch den Zuchtbestand und die Käfige und all das. Ich biete sie euch nur zu diesem Preis an, weil ich Arthritis habe und es mir zu schwer wird, mich um sie zu kümmern. Ich brauche Bargeld. Und ihr könnt sie so schnell wie möglich holen. Das wäre das Beste, wenn überhaupt."

Fünftausend Dollar. Es könnte genauso gut eine Million sein, was Samuel betraf.

Er stand auf. „Ich bin mir sicher, dass das ein fairer Preis ist. Ich rede mit meinem Freund, dann komme ich wieder auf Sie zu."

„Wo warst du?", fragte Eddie, als Samuel die Küche betrat. „Ich war in der Scheune und konnte dich nicht finden."

„Ich war bei Mr. Wannaker", sagte Samuel ernst.

„Wer ist Mr. Wannaker?"

„Der Mann, dem die Schweinezucht gehört."

Eddie war überrascht. Aber es war nicht zu übersehen, dass Samuel draußen zu Fuß unterwegs gewesen war, denn er sah zerzaust aus und sein Fuß schien ihm Schmerzen zu bereiten. Außerdem trug er seine Amish-Kleidung, die Eddie seit Monaten nicht mehr an ihm gesehen hatte.

„Du bist einfach hingegangen und hast mit dem Kerl *geredet?*"

„Das habe ich. Ich hoffe, du bist nicht wütend, aber ich wollte wissen, was dort vor sich geht."

Eddie lehnte sich mit der Hüfte an die Anrichte. „Selbstverständlich bin ich nicht wütend! Aber ich wünschte, du hättest mir Bescheid gesagt, wo du hinwolltest. War er wütend?"

Samuel erzählte von Mr. Wannaker, dass er allein lebte, nicht gesund war und sich kaum um die Schweine kümmern konnte und über das Angebot, sie zu verkaufen.

Während Eddie zuhörte, wunderte er sich, warum er nicht daran gedacht hatte, einfach mit dem Züchter zu sprechen. Aber in seiner Vorstellung waren Menschen „böse" und „der Feind". Anscheinend sah Samuel die Dinge in einem weniger bruchstückhaften Licht.

„Wenn der Staat ihm nicht zumacht, scheint das Einzige, was wir tun können zu sein, die Tiere direkt zu kaufen", sagte Samuel.

„Ja." Eddie dachte darüber nach. Wenigstens war der Schweinezüchter einverstanden, zu verkaufen. „Nur dass ich nicht weiß, wo ich fünftausend Dollar herbekommen soll. Ich hätte das Geld, wenn ich die Farm verkaufen würde, aber dann wüsste ich nicht, wohin mit ihnen."

Er dachte an Vanessas Gnadenhof. Wenn er die Farm verkaufte, könnte er den Transport der Schweine zu ihr bezahlen. Aber der Gedanke war niederschmetternd.

„Du brauchst keine fünftausend Dollar." Samuel kam einen Schritt auf Eddie zu, als wollte er ihn berühren, doch er zögerte. „Ich habe zwölfhundert in bar: etwas von dem Geld, das mein Da mir gegeben hat und was du mir bezahlt hast. Ich habe kaum etwas davon ausgegeben. Dann habe ich Mr. Wannaker dazu gebracht, dass er um fünfhundert runtergeht, wenn ich das Innere seines Hauses streiche und es richtig saubermache. Das Äußere war ihm egal, aber ich habe ihn überzeugt, dass er sich dann besser fühlen würde, außerdem wäre alles viel heller. Das sind dann schon mal siebzehnhundert weniger. Du brauchst also nur noch dreitausenddreihundert. Ich dachte, ich könnte etwas von dem alten Holz aus der Scheune verkaufen. Man bekommt von Möbelherstellern einen guten Preis für Scheunenholz. Und ich könnte mir einen zweiten Job in der Nähe suchen. Ich kann mich immer noch um meine Aufgaben hier kümmern und gleichzeitig woanders arbeiten. So bringe ich auch etwas mehr Geld rein, um die Rechnungen zu bezahlen. Und wir können im Frühling anfangen, Gemüse anzubauen. Das bringt ein paar Hundert im Monat ein."

Samuel, der selbst so wenig hatte, bot all das Geld an, das er sich mit harter Arbeit auf der Farm verdient hatte, nur um diese Schweine zu retten. Und er bot für die Zukunft seine Arbeitskraft an. Es war ein Vollzeitjob, sich um die Farm zu kümmern, besonders wenn sie die Schweine nahmen. Doch Samuel hatte es dennoch angeboten, außerdem, einen weiteren Job anzunehmen *und* das Haus dieses Idioten zu streichen und sauberzumachen.

Eddie hatte sich noch nie in seinem Leben so beschämt gefühlt. Er schluckte den Kloß in seinem Hals hinunter. „Das ist unglaublich großzügig von dir, Sam, aber ich will nicht, dass du dich zu Tode schuftest."

Samuel ignorierte ihn. „Und ich habe mir gedacht, wenn du Fotos von den Schweinen machst und auf diese Webseite und so was machst, könntest du vielleicht den Rest des Geldes sammeln und findest vielleicht sogar ein Zuhause für ein paar der Schweine."

Ja, genau, sagte Eddies innere Stimme. *Der Amish tritt dir in den Hintern, wenn es um das Einspannen von sozialen Medien geht.*

Eddie ging zu Samuel und schlang die Arme fest um ihn. „Ich liebe dich. Du bist ein unglaublicher Mensch. Weißt du das?"

Es war das erste Mal, dass Eddie die Worte „Ich liebe dich" ausgesprochen hatte, und sie kamen von ganzem Herzen.

Samuel erwiderte die Umarmung, als wollte er ihn nie wieder loslassen. „Ich liebe dich, Eddie. Ich würde alles für dich tun. Alles auf der Welt."

In diesem Moment erkannte Eddie, dass Samuel zu einhundert Prozent hinter ihm stand, und dass sie sich gemeinsam dem stellen würden, was auch immer ihnen bevorstand. Er hatte noch nie erlebt, was es bedeutete, Teil eines Teams zu sein, Partner zu sein. Alex hatte immer sein eigenes Ding gemacht und alles, was sie kauften oder unterschreiben mussten, wurde verhandelt, alle Kosten und Aufgaben geteilt. Es war immer nur darum gegangen, was für Alex dabei heraussprang. Aber Samuel … er rechnete nicht auf, wer was beitrug. Er wollte einfach helfen.

Um das Leben, das wir uns aufgebaut haben, zu behalten. Wir beide gemeinsam.

Und damit verschwanden die Schuldgefühle und die Angst der letzten Wochen aus Eddies Kopf und der dunkle Nebel lichtete sich. Wenn Samuel willens war, all das zu tun, um die Schweine und den Gnadenhof zu retten, wie konnte Eddie dann weniger geben als sein Bestes? Und zur Hölle mit der Sicherheit, dem Versagen vor aller Augen und der Angst davor, um Geld zu bitten.

„Du bist so zuversichtlich", flüsterte Eddie. „Du beschämst mich."

Einen Moment lang war Samuel still und umarmte Eddie fester. „Wenn ich zuversichtlich bin, dann liegt das daran, dass du mir gezeigt hast, was wahre Liebe ist."

21

EDDIE LUD all die Videos und Fotos aus seinem Dropbox-Account hoch. Dann nahm er das Telefon und bat um Hilfe.

Zuerst rief er Devin an. Devin liebte das Material, angefangen mit den Bildern von Benny, als dieser zum ersten Mal auf der Farm aufgetaucht war, über die Versuche, ihn zu zähmen, dem Ausflug zur Schweinezucht und schließlich Carrot, dem Ferkel mit dem geschienten Bein, das versuchte, Benny aus seiner Depression zu holen.

In typischer Devin-Manier rief dieser aus: „Oh mein Gott!", während sie sich das Material anschauten. Und ebenfalls in typischer Devin-Manier hatte er eine Million Ideen. „Ich werde dir ein hammermäßiges Video machen! Warte es nur ab. Tu mir einen Gefallen. Sprich Bennys Geschichte über ein Mikrofon auf deinen PC und schick sie mir. Das kann ich als Soundtrack verwenden."

„Was soll ich denn sagen?"

„Was du mir gerade erzählt hast. Rede es dir von der Seele. Wenn ich spezielle Aussagen brauche, während ich es ausarbeite, sage ich dir Bescheid."

„Danke", sagte Eddie bewegt. „Ich weiß, dass das viel Zeit in Anspruch nehmen wird, aber du bist einfach so gut darin. Das weiß ich wirklich zu schätzen."

Devin machte abwehrend *Pfft*. „Hol du die Schweine da raus, das ist genug der Bezahlung für mich. Meine Güte. Diese armen Dinger! Ich kann nicht einmal darüber nachdenken." Devin klang aufgewühlt, mehr als Eddie erwartet hatte.

„Na ja, ein tolles Video wird auf jeden Fall helfen, genug Geld zu sammeln, um die freizukaufen."

„Gut. Ich fange an, sobald ich aufgelegt habe. Bis Ende der Woche sollte ich etwas parat haben. Oh, ruf Mateo an. Ich wette, er würde dir gern mit der Webseite helfen. Neue Banner und so was. Ich kann mich mit ihm kurzschließen, wenn er mitmacht."

Eddie rief Mateo an, und nachdem er das Material gesehen hatte, war er auch dabei. „Na klar helfe ich. Zufällig haben sich meine Pläne für dieses Wochenende in Luft aufgelöst, also stehe ich dir voll und ganz zur Verfügung. Ich rufe Devin an, dann können wir uns beraten."

Gracey, eine Freundin von Mateo, die Eddie nicht kannte, war ebenfalls mit an Bord. Eine Stunde, nachdem Eddie das Gespräch mit Mateo beendet hatte, rief sie an, um sich vorzustellen und zu fragen, ob er Hilfe mit GoFundMe brauchte. Gracey war Tierliebhaberin und sie leitete Spendenkampagnen für mehrere gemeinnützige Organisationen. Sie hatte viele Ratschläge für Eddie, die während ihres Gesprächs drei Seiten in seinem Notizbuch füllten.

Eddie rief auch Vanessa an und erzählte ihr von Benny und der Schweinezucht. Vanessa hatte ein ebenso weiches Herz wie er, und sie konnte kaum sprechen, während sie sich die Bilder anschaute, weil sie so sehr weinte.

„Oh Gott, Eddie, sag mir, wie ich helfen kann. Wenn du dein Video fertig hast, poste ich es auf allen Accounts unserer Farm und auf meinen persönlichen Seiten. Ich bin mir sicher, Carter wird auch helfen wollen. Dieser großartige Mann hat über eine Million Follower auf Twitter und wir haben jedes Mal positive Reaktionen bekommen, wenn er etwas über unser Asyl gepostet hat."

„Das würdest du tun? Das wäre unglaublich."

„Selbstverständlich! Ein paar seiner Freunde aus Hollywood sind auch Veganer. Ich wette, die teilen es auch sofort. Du musst nur dafür sorgen, dass es einen Link für Spenden gibt."

„Wir starten eine GoFundMe-Aktion zur Rettung der Schweine."

„Perfekt! Außerdem wirst du von Schweinen überschwemmt werden, Süßer. Ich kann dir ein Dutzend abnehmen, wenn du sie gerettet hast."

„Du bist toll", sagte Eddie ehrlich zu ihr. Er wünschte sich, sie würden näher beieinander wohnen. Vanessa schien ein Mensch zu sein, mit dem er gerne zu Mittag essen würde. Und zwar oft.

Vanessa lachte. „Wir müssen tun, was unser Herz uns rät, nicht wahr?"

„Ja, das stimmt." Eddie errötete, während er ihr zustimmte. Er schämte sich, weil es Vanessa so leicht fiel, zu glauben. Sie inspirierte ihn.

ALS EDDIE fertig war mit Telefonieren, war es fast Zeit fürs Abendessen. Er ging zur Scheune, um ein paar Minuten mit Benny und Carrot zu verbringen, die selbst gerade im Stall ihr Abendessen bekommen hatten. Benny wollte auf die Weide, deshalb nahm Eddie Carrot mit dem neonfarben geschienten Bein hoch und zusammen gingen sie nach draußen. Samuel und Eddie schauten zu, wie Benny nach dem suchte, wonach Schweine im hohen Gras eben suchten, während Carrot sich in seiner Nähe aufhielt. Fred und Ginger kamen herbei, um gestreichelt zu werden und Hallo zu sagen, und die Schafe grasten zufrieden. Es war ein perfekter Abend.

„Ich habe heute etwas erkannt", sagte Eddie zu Samuel.

„Und was?"

„Ich bin so ein Idiot, aber mir ist endlich aufgegangen, dass es nicht um mich geht. Auf der Farm geht es nicht um mich. Und wenn jemand die Farm unterstützen will, hilft er nicht *mir* oder gibt *mir* Geld. Es geht um die *Tiere*. Es geht um die einzelnen Spender und deren Verhältnis zu den Tieren. Ich muss nur zur Seite treten, dann passiert es von allein."

Samuel drückte Eddies Hand und lächelte. „Das ist eine schöne Denkweise."

„Benny und Carrot haben ihre eigene Geschichte. Ihn kann ihnen nur helfen, sie zu erzählen." Eddie rieb sich das Brustbein. Verdammt, er war in letzter Zeit so emotional.

„Aber die Geschichte von dir und mir ... das ist unsere Geschichte", sagte Samuel.

Eddie lächelte. „Ja, diese Geschichte ist deine und meine, niemandes sonst."

Eddie ließ Samuels Hand los, um den Arm um seine Taille zu legen. Sie beide hier zusammen auf der Farm, das war alles. Und endlich gestattete er sich, Vertrauen darin zu haben.

Vielleicht waren manche Dinge zu groß, um an sie zu glauben. Während er so dastand und Samuels warme Stärke neben sich spürte, fragte Eddie sich, ob er an all das nicht geglaubt hatte, weil er meinte, dass er es nicht verdiente. Ob es in ihm tief vergrabene Ängste oder Selbstvorwürfe durch die Schikanen in seiner Kindheit gab, von denen er selbst nichts wusste.

Wenn das der Fall war, konnte sein Unterbewusstsein ihn am Arsch lecken. Von heute an würde Eddie mit Zähnen und Klauen um all das hier kämpfen.

Besonders um Samuel Miller.

„Morgen geht das GoFundMe online", sagte Eddie. „Hoffentlich haben wir Ende der Woche die Fünftausend zusammen. Ich *hasse* den Gedanken an die Schweine in diesen Käfigen."

Samuel legte das Kinn auf Eddies Haar. „Ich habe mir was überlegt. Da wir ja mit Mr. Wannaker über die Schweine reden wollen, können wir vielleicht zu ihm gehen und sagen, dass wir die Schweine inspizieren wollen oder sie zählen oder so was. Dann können wir ihnen etwas Futter geben und ein bisschen saubermachen. Wenigstens hätten sie es dann etwas besser, bis wir sie rausholen können."

Eddie spürte einen Stich der Freude. „Oh Gott, das ist eine großartige Idee! Das machen wir sofort. Denkst du, er würde uns etwas Zeit in der Scheune verbringen lassen?"

„Ich glaube, wenn sein Fernseher läuft, ist ihm egal, was wir draußen tun. Es fällt ihm schwer, sich zu bewegen."

Sie aßen schnell zu Abend, dann packte Eddie einen Sack Schweinefutter, Reinigungsmittel und ein paar alte Handtücher und Lappen aus dem Second-Hand-Laden in den Van. Einerseits verabscheute er die Vorstellung, wieder dorthin zu fahren und die Schweine zu sehen, ohne ihnen helfen zu können. Doch das war selbstsüchtig. Zumindest konnte er *überhaupt* etwas für sie tun. Und sie konnten noch mehr Videomaterial aufnehmen.

Auf der Farm ging Samuel zur Tür und sprach mit Mr. Wannaker, der mit einem Grunzen abwinkte. Eddie wollte den Mann nicht kennenlernen, denn er konnte sich nicht darauf verlassen, dass er nicht einen Streit vom Zaun brach und die Sache ruinierte.

In der Scheune schalteten sie alle Lichter an, öffneten das große Tor um frische Luft hereinzulassen und machten sich an die Arbeit. Sie fütterten die

160

Schweine, füllten die Wassertröge und reinigten die Käfige so gut es ging, ohne die Schweine herauszuholen. Eddie wollte sie rauslassen, damit sie ein wenig umherlaufen konnten, doch Samuel warnte ihn, dass es schwer werden würde, die Schweine wieder einzufangen und zurück in die Käfige zu stecken. Außerdem wusste Eddie, dass er es nicht übers Herz bringen würde, sie wieder einzusperren.

Er legte in jeden Käfig ein gefaltetes Handtuch, bis er keine mehr hatte. Er streichelte diejenigen Schweine, die es zuließen und sagte ihnen, dass er daran arbeitete, sie zu befreien. Die älteren Schweine wollten nicht gestreichelt werden. Die meisten waren wütend und schrien Eddie an, dass er sie befreien sollte oder sie zogen sich zurück. Manche schienen krank zu sein. Es war so schwer. Aber nach vier Stunden Arbeit waren ihre Bedingungen besser.

„Morgen geht das GoFundMe online", sagte er zu den Schweinen. „Dann erfahren die Leute eure Geschichte. Ich verspreche euch eins: Egal was aus der Spendenaktion wird, ich finde einen Weg, euch hier rauszuholen."

Samuel legte eine Hand auf Eddies Schulter und drücke sie.

Und einen Weg, bei Samuel zu bleiben. Dieses Versprechen gab Eddie sich selbst.

ZU HAUSE sagte Samuel, dass er eine Dusche brauchte, um den Dreck loszuwerden und Eddie schlug vor, dass sie gemeinsam duschten.

Samuel sah schockiert aus. „Das geht?"

Eddie lachte. „Sicher. Niemand kann uns daran hindern. Ich würde dich gern nass und eingeseift erleben."

Samuels Augen weiteten sich und er schluckte schwer. „Ja. Oh Mann. Wer zuerst da ist?"

Sie zogen sich hastig im Badezimmer aus. In Eddies Gegenwart war Samuel sein Fuß nicht mehr peinlich und Eddie dachte überhaupt nicht mehr daran. Er sah nur den wunderschönen Mann vor sich und wollte jeden Zentimeter von ihm lieben.

Tatsächlich *brauchte* Eddie es in diesem Moment, Samuel zu lieben. Statt sich von allem, was vor sich ging, ablenken zu lassen, fühlte er sich erleichtert und klarsichtig. Sie hatten heute einiges erreicht, er und Samuel, am Telefon und was die Bedingungen in der Schweinezucht anging. Und nun wollte er nichts anderes, als diesem Mann zu zeigen, wie sehr er alles zu schätzen wusste, was dieser getan hatte.

Alex hätte nie seine gesamten Ersparnisse angeboten, um Eddie oder den Schweinen zu helfen.

Alex hätte nie vier Stunden damit verbracht, Schweinemist wegzumachen, ohne sich zu beschweren.

Alex war außerdem, erkannte Eddie mit einem nicht geringen Maß an Befriedigung, nicht annähernd so jung und schön wie Samuel. Karma, Mann. Man musste es lieben.

Unter dem warmen Wasser sank Eddie auf die Knie. Er fühlte Samuels stramme Oberschenkel, die dicken Muskeln und die feinen, blonden Haare. Der moschusartige Geruch von Schweiß und Samuels eigener Geruch wurden vom Strahl aus dem Duschkopf weggewaschen. Eddie fing die letzten Spuren mit der Zunge auf, als er an einem feuchten, behaarten Oberschenkel hinauffuhr.

Samuel seufzte, als litt er große Qualen. Er legte die Hand an Eddies Kopf.

Seine Eier waren groß, rötlich und hingen tief, sein Schwanz war lang, gerade und unbeschnitten – pure Männlichkeit. Von dem Anblick und dem Geruch wurde Eddie vor Erregung schwindelig. Er drückte Nase und Kinn an die weiche, faltige Haut und die drahtigen Haare, während der Schwanz darüber sich erhob und hart wurde wie ein Kompass, der Norden gefunden hatte. Samuel seufzte erneut und schob die Hüften ein wenig vorwärts.

Eddie streckte die Zunge aus und leckte über die lose Haut und die weichen Kugeln. In den Falten waren noch Spuren des reichhaltigen Geruchs und Eddie atmete ihn tief ein, bevor er den Kopf hob und mit den Händen Wasser auffing, um den Bereich zu reinigen.

Eddie kniete noch immer, als er das Duschgel zur Hand nahm, etwas auf seine Handflächen gab und damit über Samuels Erektion und zwischen dessen Beine fuhr. Es lag etwas Demütiges darin, seinen Geliebten zu waschen. *Danke. Du bist mir wichtig. Ich bin dankbar, dass du hier bist.*

Als die Seife weggewaschen war, war Samuel so hart wie das Grundgestein aus Granit, auf dem die Farm erbaut worden war und seine Hände waren rastlos auf Eddies Schultern. Sein Verlangen war greifbar.

Ich bin hier, mein Liebster, dachte Eddie.

Er bog Samuels Schwanz herunter und nahm ihn in den Mund.

Er leckte und saugte langsam und ließ sich Zeit. Er änderte auf der harten Keramik der Badewanne die Position. Gleichzeitig pumpte er in seine eigene Hand. Aber irgendwann war es für Eddie nicht mehr genug, denn er wollte mehr anbieten, mehr damit ausdrücken. Er langte nach dem Badeöl, das er bei der Wanne aufbewahrte, und bewegte seine Hand nach hinten, darauf konzentriert, sich zu dehnen. Dann stand er auf.

„Benutz mich", sagte er, dann drehte er sich um und stützte sich an der Duschwand ab.

„Eddie?" Samuel klang unsicher.

Eddie schaute Samuel über die Schulter hinweg an. Die Spitzen seines langen, dunkelblonden Haars tropften und kleine Rinnsale flossen an Samuels Brust hinunter. Sein Blick war wie benebelt vor Lust, doch es lag auch eine Frage in seinen Augen.

„Bitte, Sam. Ich will, dass du es tust."

Das hatten sie noch nie getan. Alex hatte es nicht besonders gemocht, deshalb war es keine Priorität für Eddie. Und er hatte sich in Bezug auf Samuel immer zurückgehalten, dank derselben Unsicherheit, die ihn bei der Farm gebremst hatte. Aber damit war jetzt Schluss. Er wollte Samuel in sich. Er wollte ihm zeigen, dass nichts mehr zwischen ihnen stand.

„Brauchen wir nicht ein Kondom?", fragte Samuel und packte Eddies weiße Hüften mit seinen großen, gebräunten Händen. „In den Büchern nehmen sie immer welche."

„Ich möchte keins. Ich habe mich testen lassen und du bist Jungfrau, also ist alles gut."

„Sicher?", fragte Samuel ein weiteres Mal. Doch er kam einen Schritt näher und drückte sich an Eddies nassen Rücken, dabei glitt sein schwerer Schwanz zwischen Eddies schlüpfrige Arschbacken.

„Ich bin mir sicher. Ich brauche dich, Sam."

Noch einmal fragte Samuel nicht. Er nahm seinen Schwanz und drang ein, seine Bewegungen ein wenig linkisch und verzweifelt. Eddie spreizte die Beine weiter und neigte die Hüften nach hinten. Er ließ Samuel seinen Weg finden und schon spürte er den Druck und Samuels keuchenden Atem an seinem Ohr. Es brannte ein wenig, als er den Ring durchbrach, dann war die Spitze seines Schwanzes drin.

„*Verdammt.*" Samuel ließ die Stirn auf Eddies Schulter sinken.

„Mach langsam", bat Eddie, denn er wollte alles spüren.

Samuel packte seine Hüften hart und drang vorwärts, langsam und unerbittlich. Zentimeter für Zentimeter wurde Eddie geweitet und erobert, geöffnet, bis Samuels Oberschenkel sich an seine pressten. Eddie ließ die Hüften einmal kreisen, um sicherzugehen, dass Samuel so tief in ihm war wie möglich.

Samuel saugte an Eddies Hals. Sein Körper war vor Aufregung ganz angespannt. „Es ist so eng. Noch nie hat sich etwas so gut angefühlt. Geht's dir gut?"

„Ja."

„Es tut nicht weh?"

Eddie drehte den Kopf und lehnte ihn an die Fliesen, als das Brennen nachließ und ein starkes Verlangen, eine Sehnsucht in seinem Bauch wuchs. „Nicht mehr. Bitte, Sam. Mehr. Zeig mir, dass du mich willst."

Samuel übernahm das Ruder. Er stützte die Handflächen an die Fliesen und schaute nach unten, während er eindrang und sich wieder zurückzog, langsam zunächst, dann schneller und sah zu, wie Eddie ihn wieder und wieder aufnahm. Ein Feuer leuchtete in seinen Augen auf, ein Funke aus schmutzigem Verlangen. Seine Lippen zogen sich vor Lust zu einem Knurren zurück und sein Schwanz wurde in Eddies Körper noch härter. Seine Oberschenkel begannen zu zittern und seine Bewegungen wurden rau und hart, sodass Eddie seine Füße gegen die Wanne stemmen musste, um den Stößen entgegenzuwirken.

Samuel *gefiel* es, erkannte Eddie. Es gefiel ihm wirklich. Ob es der Anblick war oder wie es sich anfühlte oder das Gefühl von Dominanz, etwas daran schürte das Feuer von Samuels Libido. Eddie hingegen mochte, dass Samuel derart erregt war. Sein Fleisch wurde empfänglicher für seine eigenen langsamen Bewegungen, so empfindlich, dass er aufhören musste, sonst würde er zu früh kommen. Seine Lider wurden schwer, als wollten sie sich vor Leidenschaft schließen, und sein Nacken tat weh, weil er über seine Schulter schaute, doch zuzusehen, wie Samuel ihn nahm, war zu gut, um es zu verpassen. Da er seine Hüften geneigt hatte, traf Samuel seine Prostata mit jedem Stoß. Eddie hätte nie erwartet, dass er allein durch Stimulation der Prostata kommen konnte. Und vielleicht lag es nicht nur daran. Vielleicht lag es daran, wie Samuel aussah oder an den Geräuschen, die aus seiner Kehle kamen, doch der Druck wurde größer und größer. Eddie war fast so weit.

Die Dusche prasselte über ihnen wie Regen und sandte Wasserströme über Eddies Rücken. Mit jedem Stoß von Samuels Schwanz entstanden kleine Spritzer und entließen Mineralien in die Luft, die Eddie mit jedem erstickten Stöhnen keuchend einatmete.

Eddie kam, wobei die Spannung in ihm nicht explodierte, sondern sich in langen, langsamen Wellen löste. Er war vor Glückseligkeit fast besinnungslos, doch er spürte, wie Samuel sich anspannte und an ihn klammerte, dann hörte er, wie er in Eddies Stöhnen einstimmte. Eddie ließ den Kopf nach vorn fallen und die Leidenschaft überspülte ihn.

Es fühlte sich an wie eine Taufe. Eddie war sich nicht ganz sicher, als was er wiedergeboren worden war, doch es musste mit Vertrauen zu tun haben und dass er Samuel in die geschützten Teile seines Herzens ließ.

Indem er ja gesagt hatte.

VII.
Pig Bottom Farm

Dies ist euer Moment. Hier gehört ihr her.
– Herb Brooks

22

AM DIENSTAGMORGEN wurde Samuel von Eddies Kreischen geweckt.

„*Vas*?“, murmelte Samuel verschlafen und setzte sich im Bett auf.

Eddie tanzte in Unterwäsche durch das Schlafzimmer, dabei hatte er sein Telefon in der Hand. „Schau!“ Er hielt das Telefon in Samuels Gesicht.

Samuel blinzelte und versuchte, den Blick zu fokussieren. Auf dem Display standen die Zahlen *23 104*. „Ist das …?“

„Die Kampagne zur Rettung der Schweine. Großer Gott! Ich kann es nicht glauben!“

„Jetzt schon?“

Die GoFundMe-Kampagne lief erst seit gestern Nachmittag. Eddie hatte Samuel die Webseite und das Video gezeigt. Ein paar von Eddies Freunden aus New York hatten geholfen, die Seite zu erstellen und das Video zu machen, und es sah sehr beeindruckend aus, zumindest in Samuels Augen. Er hatte von GoFundMe und all dem keine Ahnung, aber bei dem Video waren selbst Samuel die Tränen gekommen und er hatte etwas spenden wollen. Und das, obwohl er die Geschichte schon in- und auswendig kannte.

„Bedeutet das wirklich dreiundzwanzig*tausend*? Dollar?“, fragte Samuel schockiert.

„Es bedeutet dreiundzwanzigtausend Dollar! Und die Kampagne läuft noch nicht einmal einen ganzen Tag. Ich kann es nicht glauben!“

Plötzlich wankte Eddies freudiger Gesichtsausdruck und er schluchzte. Er schaute Samuel mit glitzernden Augen an. Die Hand mit dem Telefon fiel an seine Seite.

„Oh, komm her.“ Samuel breitete die Arme aus.

Eddie setzte sich auf das Bett und Samuel hielt ihn fest. „Vanessa hat es auf der Seite ihres Asyls gepostet, ihr berühmter Ehemann hat es getwittert, genauso wie einige seiner Freunde. Oh mein Gott, Sam. Es passiert wirklich. Wir werden es schaffen.“

Samuel spürte, wie sein Herz anschwoll, auch wenn er es immer noch kaum glauben konnte. Das war wirklich viel Geld, um ein paar Schweine zu retten. „Das sind wirklich gute Nachrichten.“

„Wir *werden es schaffen*.“

„Ich schätze schon.“

„Ich meine, wir werden ein *richtiger* Gnadenhof.“

Samuel rieb über Eddies Rücken. „Das war auch vorher schon so.“

Eddie schüttelte den Kopf und zog sich zurück. „Nein. Ich habe nicht an meinen eigenen Traum geglaubt. Und schau, was passiert ist! Gott oder das Universum oder was auch immer haben mir die Anzeige mit dieser Farm geschickt und sie haben mir dich geschickt, und dann Benny und Vanessa. Und Benny hat uns zu diesem Ort geführt, dann hat sich die Sache in die Welt verbreitet und ich hatte gar nichts damit zu tun. Dies alles ist *trotz* meiner Ängste und meines Zauderns geschehen. Und jetzt schwafele ich." Er bedeckte das Gesicht mit den Händen und lachte. „Oh Gott, ich bin hysterisch."

„Du brauchst Kaffee." Samuel stand auf, zog eine lange Unterhose an und ging grinsend nach unten.

Nach Kaffee und mehr hocherfreutem Geplapper von ihnen beiden ging Samuel nach draußen, um seine morgendlichen Aufgaben zu erledigen, während Eddie über die sozialen Medien mit allen sprach, ihnen dankte und ein „Update" machte.

Alles war so schnell passiert, dass Samuel keine Zeit gehabt hatte, in der Scheune alles vorzubereiten. Aber nachdem er am Vortag das Video gesehen hatte, hatte er das Gefühl bekommen, sie würden bald von Schweinen überschwemmt, deshalb hatte er begonnen, weitere Ställe in der Scheune vorzubereiten.

In der alten Bank-Scheune war ein großer Bereich, der als Lagerplatz genutzt wurde. Samuel hatte bereits einen Großteil der alten Bretter, Werkzeuge und Krimskrams weggeräumt. Jetzt verteilte er dort Stroh – jede Menge Stroh. Er holte die automatische Tränke aus dem Schafstall – sie waren nur zu dritt, deshalb reichte ihnen ein großer Eimer. Er untersuchte alle Wände, entfernte hervorstehende Nägel und schmirgelte raue Stellen ab. Er verschloss ein paar Löcher in den Wänden, die zum Gang führten, mit Kanthölzern, damit auch die kleinsten Ferkel sich nicht hindurchwinden konnten.

Er verlor das Zeitgefühl, bis Eddie die Tür öffnete und den Stall betrat. „Schau dir das an! Du arbeitest schnell."

Sein Gesicht strahlte, offen und glücklich. Er sah aus, als wäre seine Seele gereinigt worden, wie eine Scheune, die abgeschliffen und weiß getüncht, oder wie ein Mann, der vor einem Todesurteil bewahrt worden war. Und plötzlich verstand Samuel, wie groß die Sorgen gewesen waren, die Eddie förmlich aufgefressen hatten.

Samuel erwiderte das Lächeln und seine Brust brannte förmlich vor Freude. „Na ja, das musste ich ja. Ich habe das Gerücht gehört, dass du eine Menge neuer Bewohner erwartest."

„Das tun *wir*. Wir sind jetzt bei über dreißigtausend!"

Samuel schüttelte den Kopf, denn er konnte es nicht glauben. „Diese Leute, die du da kennst, haben wirklich viele Freunde."

„Es ist unglaublich. Hör mal, viele Leute haben auf Facebook gepostet und mir gemailt, dass sie helfen wollen. Es wird eine große Angelegenheit, diese Schweine abzuholen."

„Das ist wahr."

„Deshalb habe ich mir gedacht, ich setze den Umzug für Samstag an, damit mehr Leute teilnehmen können. Wir können heute Abend zu Mr. Wannaker gehen, ihn bezahlen und alles arrangieren. Es wird mit nur einem Truck ewig dauern, deshalb habe ich ein Fahrzeug gemietet und ein paar der Freiwilligen werden ebenfalls Fahrzeuge mitbringen. Ich habe eine Tierärztin gefunden, die für einen ganzen Tag herkommen und die Schweine untersuchen wird. Sie ist nicht einmal besonders teuer. Sie macht uns einen guten Preis. Am Freitag kommen Devin und Mateo mit dem Zug aus New York, sodass sie auch helfen können. Devin wird die Rettung filmen. Das werden die Unterstützer lieben und hoffentlich wird es uns helfen, für einige der Schweine ein Zuhause zu finden."

„Das ist wirklich gut", sagte Samuel, aber Beklommenheit regte sich mit eisigen Fingern in ihm. Eddies New Yorker Freunde würden *hierher*kommen? Was um alles in der Welt sollte er zu ihnen sagen? Was, wenn sie dachten, dass er dumm war? Was, wenn sie dachten, dass er aufgrund seines Fußes hässlich war?

„– heute Abend?"

„Was?"

„Ich möchte heute Abend zu Mr. Wannaker gehen und ihm die fünftausend in bar geben. Wir können nach den Schweinen sehen, sie füttern und ihnen Wasser geben wie beim letzten Mal. Dafür sorgen, dass es ihnen noch ein paar Tage gut geht. Und wenn ein paar von ihnen in kritischen Zustand sind, nehmen wir sie gleich mit."

„In Ordnung." Samuel nickte.

„Okay. Ich fahre zur Bank, hole das Bargeld und bringe Sandwiches mit, dann können wir nach dem Essen rüberfahren."

„Dann kümmere ich mich wohl wieder um meine Aufgaben."

Eddie lächelte ihn strahlend an, dann verließ er im Laufschritt und mit leichtem Fuß die Scheune.

Samuel kam ein schrecklicher Gedanke. Was, wenn Eddie ihn nicht mehr brauchte, nachdem er nun dieses viele Geld hatte? Was, wenn jetzt viele andere Leute auf die Farm kommen wollten? Leute, die gebildet waren, Leute, die nicht behindert waren?

Samuel verließ den Stall, um den Tieren ein frühes Abendessen zu geben. Während er arbeitete und die Tiere von der Weide kamen, um zu fressen, fühlte Samuel die Wärme der spätnachmittäglichen Sonne und hörte das friedliche Kauen der Kühe. Diese einfache Schönheit beruhigte ihn.

Mach dir nicht zu viele Gedanken, hatte sein Da immer gesagt.

Samuel dachte daran, wie Eddie ihn gehalten und ihm gesagt hatte, dass er ihn liebte, nachdem Samuel mit Mr. Wannaker gesprochen hatte. Er dachte an die Stunden, die sie Seite an Seite gearbeitet hatten. Er dachte an die Leidenschaft, die sie im Bett teilten, wo sie so intim miteinander waren, wie es zwei Menschen nur möglich war. Eddies Mund hatte jede erdenkliche Stelle von Samuels Körper erkundet, und das viele Male. Und Samuel hatte es genossen, dasselbe bei ihm zu tun.

Er dachte an die Dusche. Wie Eddie ihn in seinen Körper gelassen und sich ihm vollkommen unterworfen hatte. *Benutz mich.*

Allein beim Gedanken daran prickelte Samuels Fleisch. Das war vielleicht etwas gewesen. Das Sagen zu haben, mochte Samuel mehr, als er erwartet hatte. Es gefiel ihm, dass Eddie ihm so sehr vertraute, um sich auf diese Art nehmen zu lassen.

Samuel holte tief Luft und ließ seine Erregung und seine Ängste fahren.

Eddie liebt mich. Er liebt mich genauso wie diese Tiere.

Samuel richtete sich auf. Eddies Herz war rein. Samuel hatte keinen Grund, Angst zu haben. Er war nun ein Mann und stand nicht mehr unter der Knute seines Vaters. Er führte die gesamte Farm und er hatte Eddie mehr als einmal geholfen, seinen Weg zu finden. Eddie begehrte ihn. Sie waren nicht gleich, aber sie passten gut zusammen, so gut wie Kaffee und Kuchen. Er hatte keinen Grund zu glauben, Eddie wäre wankelmütig oder dass ihre Liebe nicht echt war.

Deshalb versprach er sich, dass er das auch nicht tun würde. Es gab eine Zeit für Vorsicht und es gab eine Zeit, nach vorn zu blicken und zu glauben.

Und so machte er sich wieder an seine Arbeit.

DER SAMSTAGMORGEN war der Beginn eines wundervollen Herbsttages, es war warm und der Himmel war blau. Sie standen früh auf und Samuel ging nach draußen, um seine Arbeiten zu erledigen. Devin und Mateo waren am letzten Abend mit dem Zug angekommen, aber es war so spät gewesen, dass Samuel sie noch nicht kennengelernt hatte. Er war nervös deswegen. Er war an diesem Morgen beim Zähneputzen und Kämmen gründlicher als gewöhnlich und er zog sein bestes blaues Hemd und eine Jeans an, bevor er zur Scheune ging.

Er hatte gerade die Ställe fertig ausgemistet, als ein Fremder in die Scheune geschlurft kam. Er trug eine pinkfarbene Pyjamahose, grüne Gummistiefel und ein T-Shirt, das so durchsichtig war, dass man seine Brustwarzen sehen konnte. Sein Haar war schwarz und stand ab wie bei einem Hahn. Er hatte eine Tasse Kaffee in der Hand.

Er gähnte. „Oh verdammt. Habe ich die Chance verpasst, Scheiße zu schippen?"

Samuel starrte den Kerl an und fragte sich, ob das eine Beleidigung gewesen war. Doch der Mann grinste. „Bin ich zu spät? Zu dumm. Ich bin übrigens Devin."

Devin streckte die Hand aus. Sie war feingliederig und sehr sauber. Samuel zögerte. Er trug Handschuhe, wenn er mistete, aber seine Hände waren dennoch schmutzig.

„Oh Schnuckelchen, glaub mir, wenn ich sage, dass diese Hände schon *viel* Schlimmeres gesehen haben", meinte Devin.

169

Samuel schüttelte Devins Hand. Er wusste nicht, was er von ihm halten sollte. Er hatte einen festen Händedruck und in seinen Augen lag eine große Stärke. „Du bist Eddies Freund. Ich bin Samuel."

„Ich weiß. Eddie hat mir *alles* über dich erzählt." Er zwinkerte. „Nur dass er ausgelassen hat, wie hinreißend du bist. Wahrscheinlich hat er befürchtet, dass ich mit dem ersten Zug herkommen und dich ihm wegschnappen würde."

Samuel ließ Devins Hand los und seine Schüchternheit setzte seine Wangen in Flammen.

„Ach, bist du vielleicht süß! Tut mir leid, wenn dir das peinlich war. Es freut mich, dich kennenzulernen, Samuel. Ich weiß, wie wichtig deine Arbeit für Eddie ist. Es sieht fantastisch aus hier. Ich habe dich in den Bildern und Videos gesehen. Du bist praktisch ein Star!"

Samuel überlegte, was er erwidern konnte, das auch Sinn ergab. „Danke, dass du das Video gemacht hast. Es hat Eddie und mir mehr geholfen, als du ahnst."

Devin winkte ab, aber er sah zufrieden aus. „Nicht der Rede wert, Cowboy. Ich freue mich, dass alles funktioniert hat. Vanessa und Carter waren ein Glücksfall, was? Heilige Scheiße. Beziehungen, ich sag's ja. Ich kann es nicht erwarten, die Schweine zu sehen. Eddie redet nur noch davon, sie aus ihren Käfigen zu befreien. Ich bin total aufgeregt. Und ich werde auch filmen!"

Er hatte so viel Energie, dass Samuel Kopfschmerzen bekam. Doch er nickte. „Das wäre gut. Ich schätze, die Leute, die was gespendet haben, wollen sehen, was daraus geworden ist."

Devin stand da und betrachtete ihn wie die Touristen, die die Amish anstarrten. Allerdings war Devins Blick um einiges wärmer. Samuel fummelte mit seinem Besen herum, denn er wusste nicht, was er sonst sagen sollte. Devin war viel freundlicher, als Samuel erwartet hatte. Doch er war so draufgängerisch, dass Samuel sich neben ihn leise fühlte, ungebildet.

„Möchtest du Benny kennenlernen?", schlug er schließlich vor.

„Oh ja! Ich will Benny unbedingt kennenlernen. Und Carrot auch." Devin beugte sich herunter und stellte seine Kaffeetasse ab. „Zeig sie mir."

Samuel rief Benny und er kam herbei, zusammen mit Carrot. Das Ferkelmädchen schrie, wenn er sie im Stall ließ, deshalb ließ Samuel sie mit Benny auf die Weide. Als wüsste er, dass Carrot mit ihrer Schiene nicht weit laufen konnte, blieb Benny in der Nähe der Scheune. Carrots neonpinkfarbene Bandage war mittlerweile braun, aber sie war ein glückliches kleines Schwein. Benny hatte sich noch nicht vollständig von seinem Ausflug zur Schweinezucht erholt. Er war zurückhaltend, nicht mehr das offenherzige, fröhliche Schwein, das er gewesen war.

Devin konnte sich gar nicht beruhigen. Die Schweine tolerierten seine Aufmerksamkeit wegen der Leckerlis, die Samuel aus der Scheune mitgebracht hatte. Nachdem Devin sie etwa eintausend Mal gestreichelt hatte, meinte er, dass

Eddie wahrscheinlich mit dem Frühstück fertig war. Er zerrte Samuel praktisch zurück zum Haus.

Herr, dachte Samuel. *Dieser Mann ist wie eine Naturgewalt.*

In der Küche hatte Eddie auf der Kücheninsel für vier gedeckt und holte gerade einen Karton Sojamilch. Er starrte Devin und Samuel an, als sie hereinkamen. „Devin! Ich dachte, du wärst noch im Bett. Aber du versuchst, meinen Freund abzuschleppen, wie ich sehe."

Devin lachte. „Schön wäre es. Wenn du über Sam gesprochen hast, hast du nie erwähnt, wie heiß er ist. Ich frage mich, woran das liegt. Hm." Er tippte sich nachdenklich an das Kinn.

Eddie rollte mit den Augen. „Du bringst Sam in Verlegenheit. Hör auf damit."

Zu spät, dachte Samuel.

„Devin, kannst du Mateo wecken? Wir müssen uns fertig machen. Heute ist der große Tag." Eddie vibrierte praktisch. Er sah eher glücklich als nervös aus, aber bei der Erwähnung, wie „groß" dieser Tag werden würde, drehte sich Samuel der Magen um.

„Jep. Ich mache dem Kerl Beine." Devin ging nach oben.

Samuel holte tief Luft und bemerkte dann, dass er den Atem angehalten hatte. Er schaute zu den vier Gedecken. „Wo soll ich sitzen?"

„Wo du willst. Hier, setz dich neben mich. Ist alles in Ordnung? Devin hat dich nicht allzu sehr verschreckt, oder?"

„Er ist verrückt", sagte Samuel leise und nahm Platz.

Eddie lachte. „Ein wenig. Aber er ist ein guter Mensch. Größtenteils."

„Ich habe mich bei ihm bedankt, dass er das Video gemacht hat."

„Ja, dafür schulde ich ihm wirklich was." Eddie klang wehmütig. „Iss auf. Der heutige Tag wird verrückt."

23

DER TAG war verrückt – auf die bestmögliche Art. Sechzehn Freiwillige erschienen um neun Uhr auf der Farm, inklusive Loretta, der älteren Dame, die zu ihrem ersten Tag der offenen Tür gekommen war. Die Tierärztin war auch zeitig. Eddie hatte mit ihr und dem Manager des Watkins Glen Sanctuary besprochen, wie sie am besten vorgehen sollten. Dort hatten sie dutzende groß angelegte Rettungsaktionen durchgeführt. Deshalb war Eddie bereit. Sozusagen. Er versammelte die Freiwilligen auf dem Rasen vor der Scheune, informierte sich, wer ein Fahrzeug hatte, mit dem er beim Transport helfen konnte, und teilte die Leute in zwei Gruppen ein. Eine würde die Schweine verladen und die andere würde auf der Farm warten und die Tiere dann ausladen. Er warnte die Leute vor, in welchem Zustand die Schweine wahrscheinlich sein würden, und ermunterte sie, darüber nachzudenken, eines zu adoptieren.

Devin trat mit seiner Videokamera vor und erklärte, dass er den gesamten Tag für die sozialen Medien filmen wollte und bat darum, ihn wissen zu lassen, wenn jemand nicht gefilmt werden mochte.

Sie hatten viele Käfige, die ihnen von ein paar Tierheimen aus der Gegend geliehen worden waren und Samuel hatte aus dem Holz, das sie in der Scheune gehabt hatten, noch mehr gebaut.

Oh Gott, war Eddie nervös! Er versuchte, so zu tun, als wüsste er, was er tat. „Okay, alle miteinander! Fangen wir an. Dieser süße Typ hier ist Samuel, der Manager des Farmbetriebs dieses Asyls." Eddie klopfte auf Samuels Schulter. „Er ist meine rechte Hand bei dieser Operation, und er wird hierbleiben, um diejenigen zu koordinieren, die für die Umsiedelung und die tierärztliche Untersuchung zuständig sind. Deshalb zögert nicht, euch an ihn zu wenden, wenn ihr etwas braucht. Ich fahre mit der Rettungsgruppe zur Zuchtfarm. Sind wir bereit, diese Schweine aus ihren Käfigen zu retten?"

„Ja!", rief die Menge.

„Na dann los!" Eddie ging zu seinem Truck.

Er erkannte voller Dankbarkeit und Freude, dass es soweit war. Dies war seine Vision. Er führte ein Nutztierasyl und sie würden Tieren in Not helfen. Und er war nicht allein. All diesen Menschen bedeutete es auch etwas. Den Leuten, die online gespendet hatten. Er war Teil einer Gemeinschaft.

Danke, Gott.

„Ist alles okay?", fragte Devin und drückte seinen Arm. Eddie dachte an all die Monate zurück, als Devin und er zum ersten Mal zur Farm gefahren waren und Devin ihn dasselbe gefragt hatte.

„Es ist mehr als okay", sagte Eddie überzeugt, als er den Truck startete.

172

AUF DER Wannaker Farm stellte Eddie überrascht fest, dass ein paar Leute des lokalen Nachrichtensenders aus Harrisburg da waren. Sie interviewten Eddie – eine bizarre Erfahrung – und er erklärte, wie und warum sie die Schweine retteten. Er war froh, dass das Asyl Erwähnung fand und er erlaubte, dass der Kameramann die Aktion filmte. Der Besitzer, Mr. Wannaker, hatte seine Vorhänge geschlossen und ließ sich nicht blicken, nicht einmal als das Nachrichtenteam an seine Tür klopfte. So weit Eddie wusste, war er vielleicht nicht einmal zu Hause.

Sie öffneten die großen Scheunentore und die Tierärztin begann, die Käfige zu untersuchen. Sobald sie die einzelnen Schweine für transportfähig erklärt hatte, setzte Eddie sie in Transportkäfige. Die Freiwilligen mit den Käfigen bildeten eine Schlange und so hatte Eddie die Möglichkeit mit vielen von ihnen zu reden, während er ein zappelndes Schwein in einen Käfig bugsierte. Viele der Freiwilligen bekundeten ihre Unterstützung und Eddie bedankte sich für ihre Hilfe. Die Trucks setzten sich in Richtung Meadow Lake Farm in Bewegung, um die Schweine abzuliefern, damit sie mit den Käfigen für eine weitere Fahrt zurückkommen konnten.

Gegen drei Uhr am Nachmittag waren alle Schweine umgesiedelt und Eddie konnte zur Farm zurückkehren und sehen, wie es dort lief. Die Tierärztin war bereits zu ihrer Klinik zurückgekehrt und hatte drei Schweine, die in wirklich schlechter Verfassung waren, mitgenommen – ein untergewichtiges Neugeborenes und zwei Muttertiere, denen es sehr schlecht ging. Sie hatte ein paar Kollegen hergeschickt, die sich in einer kleinen Ecke der Scheune um die Patienten kümmerten, die Samuel ausgeräumt und gepolstert hatte, damit sie als Krankenlager dienen konnte. Es gab Infusionen und ein Tierarzt kümmerte sich um ein Muttertier, das Geschwüre auf der Haut hatte, weil es zu lange auf einer Seite gelegen hatte. Eddie merkte, dass es ihm für den Moment zu viel wurde, deshalb überließ er sie ihrer Arbeit und ging zu dem großen Stall, wo die Schweine, die keine medizinische Betreuung brauchten, untergebracht waren.

Dort war Samuel mit Devin, Mateo und etwa zehn Freiwilligen, die noch nicht nach Hause gegangen waren. Samuel hatte mit Strohballen einzelne Bereiche abgegrenzt, die etwa eineinhalb Quadratmeter groß waren. In jedem provisorischen Pferch waren sieben oder acht Schweine, die etwa gleich groß waren. In manchen waren Muttertiere mit ihren Würfen, die noch gesäugt wurden. In allen war frisches Stroh und Näpfe mit Wasser und Futter.

Samuel war damit beschäftigt, weitere Pferche aufzubauen, während ein paar Schweine noch in den Käfigen bei dem Tor waren. Ein paar Helfer saßen bei den Schweinen, die noch in Käfigen waren und redeten mit ihnen oder streichelten sie durch die Gitter, aber die meisten hatten sich verteilt und betrachteten die Schweine in den verschiedenen Pferchen. Benny hatte sich mit den Vorderläufen auf einen Strohballen gestellt und spähte in einen der Pferche, dabei ignorierte er die junge Frau, die seinen Rücken streichelte.

„Wie sieht's aus?", fragte Eddie Samuel.

„Gut." Samuel sah verschwitzt aus und Eddie bemerkte, dass sein Hinken durch die Anstrengung schlimmer war. „Ich will nicht sofort zu viele Schweine zusammensetzen. Sie könnten anfangen zu kämpfen. Aber bis jetzt kommen sie in den kleinen Gruppen gut zurecht."

„Das ist eine gute Idee." Eddie war davon ausgegangen, dass die Schweine einfach in dem großen Bereich herumlaufen und sich darüber freuen würden. Aber ja, es wäre nicht gut, wenn die größeren Schweine mit den kleineren kämpfen würden. Es würde Zeit brauchen, bis sie sich eingewöhnt hatten. Zum Glück wusste Samuel, was er tat.

„Ich musste zwei ausgewachsene Männchen trennen, die aufeinander losgegangen sind, aber davon abgesehen benehmen sie sich alle. Allein der viele Platz ist im Moment Luxus für sie."

„Ja."

Eddie half Samuel, weitere Ballen zu einem Viereck zu ordnen, während er den „Pferch" daneben beobachtete. Darin waren Schweine, die ein wenig kleiner waren als Benny, als er auf der Farm aufgetaucht war, was bedeutete, dass sie wahrscheinlich gerade entwöhnt waren. Sie waren damit beschäftigt, ihre neue Umgebung zu erkunden und ihre Futternäpfe waren bereits leer. Sie waren still und neugierig und versuchten nicht, sich quiekend, zu befreien, wie sie es in den Käfigen getan hatten. Eines der jungen Schweine kletterte immer wieder auf einen Strohhaufen in der Ecke und ließ sich dann ins Stroh fallen, bis nur noch sein Hintern, sein Rücken, die Hinterläufe und der Schwanz zu sehen war. Es war zu niedlich.

Eddie schichtete die letzten Ballen auf, dann beugte er sich darüber, um eines der Schweine auf der anderen Seite zu streicheln, doch es rannte weg, dann blieb es stehen, drehte sich zu ihm um und starrte ihn an, als hätte es keine Ahnung, was es von ihm halten sollte.

„Es muss komisch für sie sein. Sie wissen noch nicht, wie viel Glück sie haben. Das kommt noch", sagte Samuel.

„Ja." Eddie holte tief Luft und schaute sich um. Großer Gott, es waren zahllose Schweine. Sie waren überall. Jetzt, wo sie nicht mehr in die winzigen Käfige gezwängt waren, schienen es viel mehr zu sein. So viele Schweine. Und sie alle mussten versorgt werden.

„Wie viele sind es?"

„Wir haben bisher sechsundachtzig gezählt. Diejenigen, die die ärztliche Versorgung brauchen, nicht eingerechnet."

Sechsundachtzig Schweine. Wenn du etwas tust, dann tust du es richtig, Eddie Graber. Seine innere Stimme klang sehr nach seiner Mutter.

„Okay, alle miteinander!" Eddie klatschte in die Hände, um die Aufmerksamkeit aller zu erregen. „Ihr könnt gern den Nachmittag mit den Schweinen hier verbringen oder mit den anderen Tieren. Aber bevor sich alle auf den Weg machen, möchte ich mich bedanken, dass ihr heute hergekommen seid. Ihr könnt euch als freiwillige Helfer in die Liste eintragen. Wenn ihr ein paar Stunden pro Woche herkommen und uns helfen könntet, wäre das toll für uns und euch würde es helfen, zu den Tieren eine Beziehung aufzubauen. Außerdem haben wir Spendengläser aufgestellt. Was auch immer ihr geben könnt, wird uns helfen, die Rechnungen für Futter und den Tierarzt für diese kleinen Kerle zu bezahlen.

Oh, und auf der Veranda des Farmhauses liegen Adoptionspapiere. Jedes Schwein sollte mittlerweile eine Nummer haben, also wenn ihr eins ins Auge gefasst habt, könnt ihr es aufschreiben. Es gibt keine Garantien, aber wir werden unser Bestes geben, um jeden mit dem richtigen Schwein zusammenzubringen. Wenn ihr euer Herzblatt – oder euer Herzensschwein – noch nicht gefunden habt, werdet ihr eure große Liebe bestimmt finden, wenn ihr genug Zeit hier verbringt."

Eddie schaute Samuel an, der ein wenig entfernt stand und mit verschränkten Armen zuhörte. Eddie zwinkerte ihm zu. „Nicht wahr, Samuel?"

Samuel errötete und Pink färbte seine gebräunten Wangen, doch er nickte. „Wenn ihr einen dieser Kerlchen in euer Herz lasst, wird es euch bestimmt nicht leidtun."

„Oh!", gurrte Devin, der auf einem Strohballen saß und ein winziges Schwein hielt. „Ihr beide macht mich *fertig*."

Plötzlich quiekte Benny auf. Er stand auf einem Strohballen und schaute in einen Pferch, und plötzlich stürzte er sich hinein. Dort war das hässlichste braune Schwein, das Eddie je gesehen hatte – ein Weibchen, wenn das tief hängende Gesäuge etwas zu bedeuten hatte. War das Bennys Mutter? Schwester? Eine Freundin? Sie und Benny beschnüffelten sich und grunzten freudig.

Eddie grinste. Was für ein Tag. Schweine gerettet, neue Freunde gefunden und selbst Benny hatte gefunden, wonach er gesucht hatte.

AN DIESEM Abend machten Eddie und Devin einen riesigen Topf veganes Chili und Maisbrot und holten kaltes Bier. Die Vier – Devin, Mateo, Samuel und Eddie – saßen am Esstisch und aßen still und konzentriert wie Verhungernde. Samuel war so hungrig, dass er zwei Schüsseln leer aß, bevor die anderen auch nur eine geleert hatten. Und es war ihm nicht einmal peinlich.

Erst als Eddie geräuschvoll mit dem Löffel seine Schüssel auskratzte und mit einem entschuldigenden Blick aufschaute, bemerkte Samuel, dass sie beim Essen kein Wort gesagt hatten.

Devin schaute sich um und lachte. „Oh mein Gott, diese Landluft! So viel zu Manieren. Als Nächstes fangen wir an, Tabak zu kauen und veranstalten einen Spuckwettbewerb."

Samuel prustete. „Ich weiß, das sollte ein Witz sein, aber das gibt es hier wirklich."

„Ernsthaft?", fragte Devin und riss die Augen auf.

Samuel begann Devin zu necken. Er war sehr freundlich und sah gut aus mit seinem stacheligen dunklen Haar und seinen grünen Augen. Nicht dass Samuel auf diese Art an ihm interessiert wäre, doch es fühlte sich nett an, in der Gesellschaft von anderen schwulen Männern zu sein. Kameradschaftlich.

„Viele Amish bauen Tabak an, deshalb kauen ihn manche auch. Und Spuckwettbewerbe ... jep. Man findet alle möglichen Wege, sich zu beschäftigen, wenn es keinen Strom und keine guten Bücher gibt."

Devin beugte sich auf seinen Ellenbogen vor und betrachtete Samuel sorgfältig. „Ich schätze, das erklärt, warum ihr so produktiv seid." Er schaute Eddie an. „Lass den hier niemals gehen. Ich habe noch nie einen Mann erlebt, der härter arbeitet als Sam heute. So einen gibt es nur einmal."

„Als wüsste ich das nicht", stimmte Eddie zu. Seine Augen waren so warm, dass Samuel erschauerte.

Devin schaute Samuel eine lange Weile an. Das war Samuel unangenehm. Er rutschte auf seinem Stuhl hin und her und zupfte an seinem Ohr.

„Süßer", sagte Devin sanft. „Weißt du, dass man deinen Klumpfuß richten kann? Ich meine, das macht man normalerweise schon bei Babys. Gibt es einen Grund, warum das bei dir nicht gemacht wurde? Die Amish gehen doch zum Arzt, oder?"

Samuel spürte einen beschämten Stich und seine Wangen entflammten. Devin schien es nicht böse gemeint zu haben, doch Samuel mochte es trotzdem nicht, wenn jemand über seinen Fuß sprach. Das war dumm, denn selbstverständlich musste er Devin aufgefallen sein. Trotzdem gefiel es Samuel nicht, dass Devin ihn gesehen hatte und darüber nachdachte.

„Devin –", warnte Eddie.

„Ist schon in Ordnung", sagte Samuel. „Ja. Wir hatten einen Hausarzt, der ab und zu vorbeigekommen ist. Er hat meinem Da gesagt, dass er meinen Fuß richten könnte, aber mein Da hat gesagt, es wäre Gottes Wille."

„Oh mein Gott!" Devin warf den Kopf zurück und stöhnte entnervt auf. „Soll das ein Scherz sein? Was ist damit, dass Ärzte gelernt haben, Knochen zu richten – ist das nicht auch Gottes Wille?"

„Und Vicodin", warf Mateo ein. „Und Krücken."

Devin starrte ihn mit weit aufgerissenen Augen an.

„Was? Das braucht man nach einer solchen Operation." Mateo, ein pummeliger Mann mit dunklem Haar und olivfarbener Haut, der sehr schlau zu sein schien, lächelte Samuel mitleidig an. „Mein Cousin hatte O-Beine. Die wurden gerichtet, als er klein war. Ich weiß noch, dass ich mit ihm gespielt habe, während er an beiden Beinen Orthesen hatte. Er ist jetzt vollkommen in Ordnung. Ich bin mir sicher, das ginge."

Eddie streckte die Hand aus und rieb Samuels Rücken, wie um ihn zu beruhigen. Aber sein besorgter Blick lag auf Devin. „Darüber hätte ich mich informieren sollen. Geht das auch noch bei Erwachsenen?"

Devin zuckte mit den Schultern. „Ich denke schon. Vielleicht kann man den Fuß nicht vollkommen richten, weil er schon so viele Jahre darauf läuft, aber es wäre viel besser." Er schaute Samuel an. „Ich kann nicht glauben, dass deine Eltern zugelassen haben, dass du wegen irgendeiner dummen Religion jahrelang Schmerzen ertragen musstest. Es tut doch weh, oder?"

Samuel zuckte mit den Schultern. „Manchmal. Meistens tun mein Rücken und mein Bein weh, wenn ich zu viel laufe."

„Also *immer*", meinte Eddie und rieb seinen Rücken fester. „Du beklagst dich nie. Ich wusste nicht, dass du deswegen Schmerzen hast."

„Meistens tut es gar nicht so sehr weh", beharrte Samuel. Das traf zu, auch wenn es die „schlechten Tage", wie er sie nannte, gab, wenn er es übertrieb. Außerdem wurden die Schmerzen in seinem Rücken *jeden* Tag schlimmer. Es war etwas, das er einfach ertrug. Aber nun überlegte er, wie es wäre, überhaupt keine Schmerzen zu haben, und ja, das war eine schöne Vorstellung.

„Na ja, vielleicht könntest du einfach mit einem Arzt reden", sagte Devin zu Samuel. „Dich beraten lassen. Es liegt nun in deinen Händen, Samuel, nicht mehr in denen deines Vaters."

Samuel dachte darüber nach. „Aber ich bin nicht versichert. Eine Operation würde sehr viel Geld kosten."

„Du bist über HarperCollins versichert, nicht wahr?", fragte Devin Eddie.

„Ja, aber –"

„Dann solltet ihr beide heiraten. So wäre Sam über dich versichert."

Samuel erstarrte. Das erste, was ihm durch den Kopf ging, war Green Valley und die jahrelangen Tagträume mit einem Mann eine Farm zu haben, *seinem Ehemann*. Er hatte nie gewagt, auf diese Weise an Eddie zu denken. Aber vielleicht war dieser Traum doch nicht außer Reichweite. Eines Tages.

Eddie versetzte Devin unter dem Tisch einen Tritt. „Du bist dieses Wochenende wirklich ein Unruhestifter. Darüber entscheiden Sam und ich, wenn wir bereit dazu sind, vielen Dank auch."

Devin gackerte böse. „Na ja, du könntest immer noch mich heiraten, Sam, wenn Eddie sich ziert. Ich bin auch versichert." Er klimperte schüchtern mit den Augen. „Und ich habe einen größeren Schwanz."

„Und … damit habe ich genug. Das wollte ich gar nicht wissen." Mateo schob seinen Stuhl zurück und tätschelte seinen Bauch. Samuel hatte bereits erkannt, dass Mateo nicht schwul war, auch wenn er sich daran nicht zu stören schien.

„Nein, warte, bevor du gehst …" Devin schaute Mateo verschwörerisch an, dann schauten beide Eddie an.

„Richtig. Wir haben etwas für dich", sagte Mateo.

„Was? Ihr beide habt doch schon so viel getan. Das kann ich doch nie wiedergutmachen."

Devin winkte ab. „Benenn ein Schwein nach mir, dann ist alles gut."

„Devin als Name für ein Schwein … Wieso kann ich mir das so gut vorstellen?", witzelte Mateo.

„Spar dir das. Aber wie auch immer, Mateo und ich haben uns letzte Woche unterhalten und wir hatten eine tolle Idee, der wir nicht widerstehen konnten. Du musst es nicht benutzen, wenn du nicht willst."

„Was ist es?", wollte Eddie wissen und seine Augen glitzerten vor Neugier.

„Ich hole es." Devin rannte die Treppe hinauf.

Mateo presste den Mund zusammen, als müsste er sich davon abhalten, damit herauszuplatzen.

Devin kam wieder herunter und drückte einen Ordner an die Brust. „Okay. Zuerst: der Kontext." Er machte mit der Hand eine kreisende Bewegung. „Der Name ‚Meadow Lake Farm' ist langweilig. Er wird diesem Ort nicht einmal annähernd gerecht. Deshalb haben Mateo und ich nachgedacht. Uns sind viele nette Sachen eingefallen, aber letztendlich ist das, was diese Farm in den sozialen Medien bekannt gemacht hat, die Schweine. Und sie sind so süß. Deshalb haben wir uns das überlegt."

Er holte eine Seite aus dem Ordner und legte sie auf den Tisch. Auf dem dicken, weißen Papier war ein buntes Logo. Ein rustikales, blaues Banner, auf dem *Pig Bottom Farm* stand. Ein kleines Schwein, das wie Benedict aussah, lehnte sich über das Banner, den Kopf auf einen Lauf gestützt, und grinste frech.

„Oh. Mein. Gott." Eddie legte die Hand auf die Brust, wie er es immer tat, wenn er emotional war.

„Meine Güte. Das habt ihr gemacht?", fragte Samuel Devin beeindruckt. Es war ein niedliches Logo, eines der schönsten, das er je gesehen hatte.

„Mateo hat es erstellt, aber wir haben uns zusammen das Konzept überlegt."

„Ich liebe es", hauchte Eddie. „Es ist *perfekt*. Ihr Zwei! Ich weiß nicht, was ich sagen soll." Er schlang die Arme um sich, als wüsste er nicht, wohin mit seiner eigenen Freude, dann änderte er seine Meinung und riss stattdessen Samuel an sich. Das machte Samuel überhaupt nichts aus. Er umarmte Eddie fest.

Herr, er war wegen dieses Wochenendes so nervös gewesen. Eddies Freunde zu treffen und nicht zu wissen, ob Eddie so tun würde, als wären sie kein Paar oder ob sie ihn als minderwertig betrachten würden, weil er Amish war oder mit ihrer Beziehung nicht einverstanden sein würden. Aber nichts davon war passiert. Sie waren wirklich nett und Eddie war sogar noch aufmerksamer zu ihm, als wäre er stolz darauf, Samuel zu präsentieren.

Trotz Samuels Schüchternheit hatte er es vermisst, viele Menschen um sich zu haben. Es fühlte sich schöner an, *sicherer*, zu wissen, dass andere einen unterstützten. Eine *Gemeinschaft*. Eine eigene Gemeinschaft. Er war so dankbar.

„Du musst es nicht benutzen, wenn du nicht willst", sagte Mateo. „Doch ich denke, es wäre ein tolles Webdesign. Diese Kombination von Blau und Ocker ist im Moment total in."

„Bist du verrückt?", sagte Eddie. „Ich will es überall. Auf T-Shirts. Hüten. Der Scheune. Ich will es auf meinen *Laken*." Er lachte. „Vielleicht lassen wir es auf Samuels Arsch tätowieren."

Samuel hob eine Augenbraue und erwiderte neckend: „Es gefällt mir, aber *so* sehr auch wieder nicht."

Devin grinste. „Ist es dir wirklich recht, die Farm nach den Schweinen zu benennen? Es steckt dich vielleicht zu sehr in eine Schublade."

„Überhaupt nicht! Ich bin mir sicher, dass wir immer Schweine haben werden. Und nur weil es Pig Bottom Farm heißt, bedeutet das nicht, dass wir keine anderen Tiere haben können. Es ist ein toller Name. Und ja, es wird die Leute daran erinnern, wer wir sind, weil sie sich an die Rettungsaktion erinnern werden."

„Außerdem passt es, weil das Wort 'Bottom' darin vorkommt", stellte Devin fest.

Eddie schaute ihn böse an, dann drehte er sich zu Samuel. „Moment mal. Sam hat noch nicht seine Zustimmung gegeben. Was denkst du? Es ist auch deine Farm."

Samuel lachte überrascht auf. „Es ist nicht meine Farm. Es ist deine, Eddie. Du solltest tun, was du für richtig hältst."

„Es ist *unsere* Farm. Sam, wenn du nicht gewesen wärst, hätte die Arbeit hier mich im ersten Monat erschlagen. Ich hatte keine Ahnung, was ich tue. Ich hätte den Glauben verloren und schon vor Langem verkauft. Du hast dich um alles gekümmert, inklusive mir. Du bist mein –" Seine Stimme wankte ein wenig, dann bekam er einen entschlossenen Gesichtsausdruck und fuhr fort: „Du bist mein Fels."

Samuel schluckte den Kloß in seinem Hals herunter. Er wusste nicht, was er sagen sollte. „Wenn das so ist, freue ich mich."

„Ja, ja. Also was hältst du von dem Logo, Sam?", drängte Devin.

Samuel schaute sich das Design auf dem Tisch an. „Ich denke, wir haben die beste kleine Farm mit dem besten Namen und den besten Freunden überhaupt."

„Darauf trinke ich", sagte Mateo und hob sein Bier.

Und das taten sie auch.

EPILOG

Ein Jahr später

„ICH BIN Eddie Graber. Willkommen im Pig Bottom Nutztier-Asyl. Das ist der Manager der Farm, Samuel, und er wird Ihnen gleich all die wunderbaren Tiere vorstellen, die wir gerettet haben. Nachher zeige ich Ihnen, wie die meisten Nutztiere auf konventionell geführten Farmen leben, und was Sie tun können, um zu helfen."

„Dürfen wir Simon, den Esel, streicheln?", fragte ein Mädchen von etwa zehn Jahren.

„Auf jeden Fall! Simon liebt es, gestreichelt zu werden. Am liebsten würde er einem den ganzen Tag folgen auf der Suche nach Karotten und Streicheleinheiten, wenn er könnte. Sie werden auch Truthähne, Enten, Hühner, Hasen, einen Bullen namens Jasper, Fred und Ginger, unsere Kühe, Schafe, Ziegen und natürlich unsere Hängebauchschweine, inklusive Benny kennenlernen. Er ist der niedliche Kerl aus unserem Logo." Eddie tippte auf sein T-Shirt.

„Und es gibt einen Hund", sagte ein gut aussehender Vater von drei Kindern.

Eddie tätschelte den Kopf von Honeydew, einer älteren, gelben Labradorhündin, die neben ihm saß. „Ja, es gibt auch einen Hund auf der Pig Bottom Farm. Aber Honeydew kennen Sie ja bereits."

„Sie versucht nicht, die Hasen oder Hühner zu fangen?"

„Nein. Sie ist auf einer Amish-Farm aufgewachsen, deshalb ist sie daran gewöhnt, dass viele Tiere um sie sind. Ihr Schwanz wurde überfahren und war gebrochen, aber ihr Besitzer wollte sie lieber einschläfern lassen, statt ihre Behandlung zu bezahlen. Zum Glück hat Samuel von ihr gehört und wir haben sie hergebracht. Wie Honeydew hat jedes Tier hier eine Geschichte, und Sie werden sie alle hören. Sind alle bereit? Wollen wir einmal sehen, ob wir Samuel überzeugen können, die Tiere von der Weide zu holen. Sie müssen ihn wirklich laut fragen."

Es entstand ein lauter Chor, als die Besucher – heute waren es sechsundzwanzig – ihr Bestes gaben, um Samuel zu überzeugen. Natürlich musste er nicht wirklich gebeten werden, doch er mochte es, dieses Spielchen mitzuspielen. Er zuckte mit den Schultern und legte die Hand hinter das Ohr, als könnte er sie nicht hören.

Eddie trat zurück. Der nächste Teil war Sams Part und es machte Spaß zuzusehen, auch wenn Eddie ihn nun seit Monaten jede Woche gesehen hatte. Samuel schien jedes Mal mehr aufzublühen.

180

Sein Fuß steckte in einem großen, schwarzen Plastikstiefel, doch er konnte sich gut damit bewegen. Zu gut sogar. Eddie musste ihn andauernd daran erinnern, es nicht zu übertreiben und sich auszuruhen. Die Monate nach der Fußoperation waren hart gewesen, denn Samuel hatte den Fuß überhaupt nicht belasten dürfen. Aber dank ihrer Freiwilligen hatten sie es geschafft.

Eddie hatte nicht gewollt, dass sie es mit der Heirat überstürzten. Wenn er Sam heiratete, und das hoffte er wirklich, dann nicht wegen der Krankenversicherung. Deshalb hatte er Samuel in Obamacare angemeldet. Davon wurde ein Großteil der Operationskosten übernommen, aber nicht alles. Trotzdem war es jeden Penny wert, zu wissen, dass Samuel sich leichter würde bewegen können und nicht von entsetzlichen Schmerzen gequält, wenn er älter wurde. Wenn sie beide älter wurden.

Eddie hatte vor, sehr lange mit Samuel zusammenzubleiben.

NACHDEM DER Tag der offenen Tür zu Ende war, saßen Eddie und Samuel mit ihren freiwilligen Helfern Loretta, Jessica und Nathan auf der Terrasse und aßen, was von dem Essen für die Gäste noch übrig war. Aus ihnen waren Freunde und Kollegen geworden, die die Farm beinahe ebenso sehr liebten wie Eddie und Sam. Es war schön, Gleichgesinnte um sich zu haben, auch wenn Eddie ob Devins monatlichen Besuchen und dessen überaus enger Beziehung zu Samuel ein wenig misstrauisch war. Nicht dass Eddie glaubte, zwischen ihnen würde tatsächlich etwas passieren, doch Devin brauchte einen festen Freund. Und zwar bald.

Am Abend gingen Samuel, Eddie und Honeydew auf die Weide, um den Sonnenuntergang zu genießen. Sie mochten es, den Zaun zur Gänze abzuschreiten. Der Blick auf die Scheune und das Farmhaus vom anderen Ende der Weide aus war friedlich und idyllisch. Es gab auch eine alte Eiche in jener Ecke, die einen verdrehten Stamm und verbogene Äste hatte. Samuel hatte in der Scheune eine Holzbank gefunden, die er für solche Abende unter den Baum in den Schatten gestellt hatte. Eddie ließ Samuel Platz nehmen und seinen Fuß auf einem Stamm hochlegen, um ihn auszuruhen. Samuel zog Eddie an sich, sodass er sich an ihn lehnte und schlang die Arme um ihn.

„Ich habe etwas für dich", sagte Samuel. Er holte ein kleines Kästchen aus seiner Tasche und reichte es Eddie mit einem schüchternen Lächeln.

„Was ist es?", fragte Eddie und wurde ganz aufgeregt. Geschenke waren doch das Beste.

„Ich weiß nicht, ob du dich erinnerst, aber heute vor einem Jahr bin ich diese Auffahrt heraufgekommen und habe um einen Job gebeten."

„Ach ja?" Eddie fühlte sich schuldig. „Mist. Ich wusste, dass es um diese Zeit war, aber nicht, dass es heute war. Tut mir leid."

„Ach nein, wir haben alle möglichen Jahrestage. Zum Beispiel, als wir zum ersten Mal ausgegangen sind, als wir uns das erste Mal geküsst haben … Dieser Tag ist einfach etwas Besonderes für mich, das ist alles. Mach es auf."

Das tat Eddie. Darinnen war eine silberne Halskette. Sie hatte zwei runde Anhänger. Einer war ein Medaillon des Heiligen Franziskus, und der andere war eine ebenso große silberne Scheibe, in die das Logo der Pig Bottom Farm eingraviert war.

„Oh Sam!" Eddie hielt die Kette hoch. Er hatte sich nie für Schmuck interessiert, aber dies war eher wie eine sehr besondere Erkennungsmarke. „Es ist perfekt. Wo hast du das machen lassen?" Er studierte das Logo.

„Da gibt es online diese Seite, die Lasergravuren macht. Man kann praktisch alles reproduzieren lassen, wenn man eine JPEG hochlädt."

„Na so was! Mr. Technologie."

Samuel zuckte mit den Schultern, aber er sah zufrieden aus. „Devin hat ein wenig geholfen."

„Hm-mh. Na ja, so lange du dich von Grindr fernhältst, ist alles gut." Eddie legte die Kette um seinen Hals und platzierte die Anhänger an seinem Herzen. „Ich liebe sie. Und dich."

Er küsste Samuel ausgiebig und sie wärmten einander trotz der kühlen Abendbrise. Als sie sich voneinander lösten, lehnte Eddie sich zurück und sah Benny, Carrot, Chili, Pepper, Monstro und Lilith, die Hängebauchschweine, die sie dauerhaft aufgenommen hatten, in der Nähe grasen. Als er sah, dass sie aufgehört hatten zu knutschen, kam Benny herüber und lehnte sich an Eddies Bein. Honeydew leckte Bennys Kopf, was Benny mit einer königlichen Würde hinnahm, als hätte er ein Anrecht darauf.

Eddie lehnte sich entspannt an Samuel. Während die sinkende Sonne die Weide in Gold tauchte, mit dem wundervollen Ausblick auf die Scheune und das Haus, mit den Tieren um sie herum, fühlte er sich so reich, so unglaublich glücklich. Er dankte still dem Schicksal, den Engeln oder welcher Fügung auch immer, die ihn zu diesem Moment geleitet hatte.

Ja, sagte die Stimme in seinem Kopf. *Immer ja.*

ELI EASTON war zu unterschiedlichen Zeiten und unter verschiedenen Namen die Tochter eines Pfarrers, Computerprogrammiererin, Spieledesignerin, Autorin von paranormalen Mystery-Geschichten, Schreiberin von Fan Fiction, Biofarmerin und profunde Schläferin. Jetzt ist sie glücklich mit ihrer aktuellen Inkarnation, einer Autorin von M/M-Romance.

Als begeisterte Leserin solcher Geschichten ist sie glücklich, wenn ein Autor es schafft, Schreibkunst, jede Menge Humor, sengende Hitze und Stoff, die ans Herz geht, in einer Geschichte zu vereinen. Sie verspricht, sich Mühe zu geben, dies so oft wie möglich selbst zu erreichen. Zurzeit lebt sie auf einer Farm in Pennsylvania mit ihrem Ehemann, drei Bulldoggen, drei Kühen und sechs Hühnern. Sie alle (mit Ausnahme des Ehemannes) sind weiblich, daher kommen in ihren aktuellen Geschichten wahrscheinlich so viele nackte Männer vor.

Webseite: www.elieaston.com
Twitter: @EliEaston
E-Mail: eli@elieaston.com

DIE ZWEITE ERNTE

ELI EASTON

Buch 1 in der Serie – Men of Lancaster

David Fisher hat sein ganzes Leben lang nach den Regeln gespielt. Er wurde in eine Mennoniten-Familie hineingeboren, deshalb hat er stets seinem Vater gehorcht, die Familienfarm übernommen, geheiratet und wurde Vater zweier Kinder. Jetzt sind seine beiden Kinder im College, seine Frau ist verstorben und er führt die Farm allein und ohne Freude, dabei zählt er die Tage seines nur halb gelebten Lebens.

Christie Landon, Grafikdesigner, Manhattaner und schwuler Partyboy aus Leidenschaft, braucht eine Veränderung. Jetzt ist er dreißig und findet, dass es an der Zeit ist, erwachsen zu werden und an seine Zukunft zu denken. Als sein bester Freund eine Überdosis nimmt, beschließt Christie, die Stadt für eine Weile zu verlassen. Er macht sich auf den Weg zu einem kleinen Haus in Lancaster County, Pennsylvania, um sich zu erholen und nachzudenken.

Aber das Leben auf dem Land ist langweilig, abgesehen von dem attraktiven Silberfuchs, der nebenan wohnt. Um seine kreative Seite beim Kochen auszuleben, beschließt Christie, an seinen verwitweten Nachbarn heranzutreten, um sich die Mahlzeiten und die Kosten für die Einkäufe zu teilen. David ist einverstanden und schnell stellen die ungleichen Männer fest, dass sie gern Zeit miteinander verbringen.

Christie fordert David heraus, über die Grenzen seiner Welt hinauszudenken und weckt Gefühle, die lange vergessen schienen. Wenn David sich von der Vergangenheit befreien kann, erhält er vielleicht eine zweite Chance auf sein Glück.

www.dreamspinner-de.com

Im mittelalterlichen England steht die Pflicht über allem. Die Ehre eines Mannes ist wichtiger als sein Leben und Homosexualität wird weder von der Kirche noch von der Gesellschaft geduldet.

Sir Christian Brandon wuchs in einer Familie auf, die ihn für seine ungewöhnliche Schönheit und seine Abstammung hasste. Kleiner als seine sechs rücksichtslosen Halbbrüder musste er mithilfe seines Verstandes und seines Talents für Listen überleben, was ihm den Spitznamen Krähe einbrachte.

Sir William Corbet, ein als „der Löwe" bekannter stattlicher Ritter, hat seine unnatürlichen Neigungen ein Leben lang unterdrückt. Er ist fest entschlossen, das Ideal des edlen Ritters zu verkörpern. Als er sich eines Tages auf den Weg macht, um seine Schwester zu retten, nachdem er von ihrer Misshandlung durch ihren adeligen Ehemann gehört hat, zwingen ihn die Umstände, Sir Christians Hilfe anzunehmen. Diese Partnerschaft stellt all seine Moralvorstellungen auf die Probe und letztendlich gar sein Verständnis von Pflicht, Ehre und Liebe.

www.dreamspinner-de.com

eli easton

TONYS
THERAPIE

Buch 1 in der Serie – Sex in Seattle

Privatdetektiv Tony DeMarco soll in Seattle den Mord an einer jungen Frau aufklären. Dazu meldet er sich als Patient in der Sexklinik von Dr. Jack Halloran an, der das Opfer vor ihrem Tod behandelt hat. Tony arbeitet nicht das erste Mal als verdeckter Ermittler, aber dieses Mal möchte er am liebsten mit einem seiner Verdächtigen unter eine Decke kriechen. Er kann es nicht ändern – Jack Halloran ist der Typ von stahlhartem Mann, auf den Tony steht. Aber bevor Tony den Romeo spielen kann, muss er erst Jacks Unschuld beweisen und gleichzeitig verhindern, dass der Arzt sein falsches Spiel herausfindet.

Dr. Halloran hat seine eigenen Probleme. Als Feldchirurg im Irakkrieg wurde er verwundet, ist seitdem am rechten Arm behindert und leidet unter PTSD. Der attraktive neue Patient, ein großer, amüsanter Italiener mit treuherzigem Blick, verwirrt ihn. Tonys Humor bringt Jacks kühle Fassade zum Wanken und weckt Gefühle in ihm, die er lange vergraben und vergessen glaubte. Können der Arzt und der Privatdetektiv trotz der trennenden Geheimnisse, die zwischen ihnen liegen, ihren Weg ins Glück finden?

www.dreamspinner-de.com

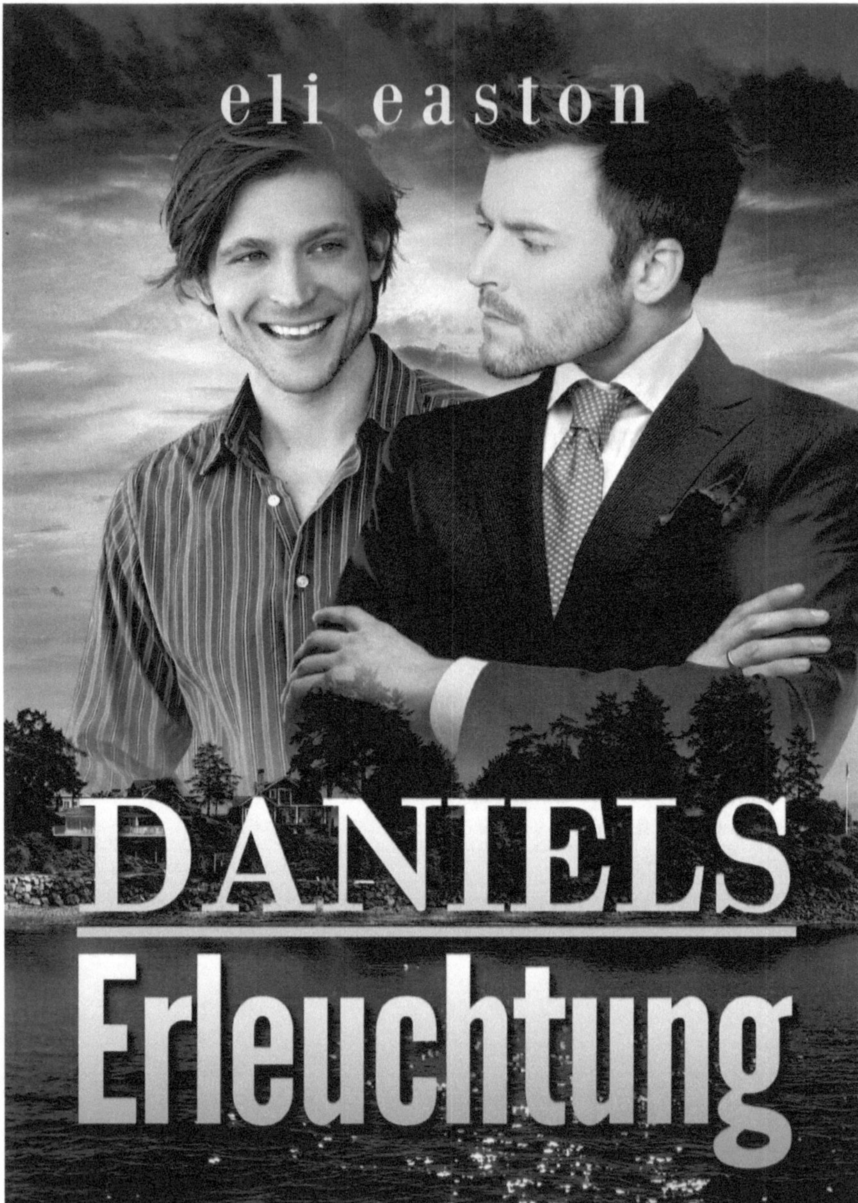
eli easton
DANIELS
Erleuchtung

Buch 2 in der Serie – Sex in Seattle

Der erfolgreiche Geschäftsmann Daniel Derenzo lebt nur für seine Arbeit. Doch dann wird er durch seinen sterbenden Vater daran erinnert, wie kurz das Leben ist. Daniel setzt seine Prioritäten neu und macht eine überraschende Entdeckung – er fühlt sich zu seinem Geschäftspartner und besten Freund Nick hingezogen, obwohl er immer davon ausgegangen war, ein absolut normaler, heterosexueller Mann zu sein. Auf seine typisch perfektionistische Art erkundet Daniel diese neue Entwicklung mit Hilfe der Experten von ‚Expanded Horizons‘, einer Sexklinik. Und anschließend geht er das Problem an, wie er es aus dem Geschäftsleben kennt – mit dem festen Entschluss, sich das Geschäft nicht durch die Finger rutschen zu lassen.

Nick Ross war vor vielen Jahren in Daniel verliebt, als sie sich ein Zimmer im Studentenwohnheim teilten. Aber Nick wusste schon damals, dass Daniel nicht schwul ist. Er reparierte sein gebrochenes Herz durch eine Heirat mit Marcia. Vierzehn Jahre und zwei Kinder später gleicht ihre Ehe zwei Schiffen, die sich nachts begegnen. Da Nick seine Kinder über alles liebt, verzichtet er auf eine Scheidung. Er hat Angst davor, dass Marcia das alleinige Sorgerecht zugesprochen bekommt. Aber wenn er seinem eigenen Herzen und den Gefühlen, die in Daniel erwacht sind, vertrauen kann, gibt es vielleicht doch noch ein glückliches Ende für sie beide.

www.dreamspinner-de.com

Von ELI EASTON

Der Löwe und die Krähe

SEX IN SEATTLE
Tonys Therapie
Daniels Erleuchtung

MEN OF LANCASTER
Die zweite Ernte
Der Wind in den Zäunen

Veröffentlicht von DREAMSPINNER PRESS
www.dreamspinner-de.com